Diogenes Taschenbuch 22620

de
te
be

Celia Fremlin

# *Wetterumschwung*

*Geschichten*

*Aus dem Englischen von Barbara Rojahn-Deyk, Ursula Kösters-Roth und Isabella Nadolny*

Diogenes

Nachweis der einzelnen Geschichten
am Schluß des Bandes.
Umschlagzeichnung von
Tomi Ungerer

*Deutsche Erstausgabe*


150/94/43/1
ISBN 3 257 22620 9

## *Inhalt*

## *Mutters rettende Idee*

Mal sehen, was Mutter *dieses* Mal vergessen hat, dachte Joanna, als sie ihrer Schwiegermutter beim Aussteigen aus dem Zug behilflich war.

»Zwei Koffer, eine Hutschachtel, dein Schirm – oh, und Polly samt Käfig! Ich habe gar nicht gewußt, daß du ihn auch mitbringst! Ist das alles, Mutter? Bist du sicher, daß wir jetzt alles haben?«

Beide Frauen starrten noch einmal suchend durch das Zugfenster in das Abteil. Türen schlugen, alle warteten auf die Abfahrt, die jeden Augenblick erfolgen mußte.

»Ich kann nichts entdecken ...«, begann Joanna.

»Ja, ich bin sicher, daß ich nichts vergessen habe!« Aber Mrs. Trents rosiges Kindergesicht, das von grauen Locken umrahmt wurde, sah immer noch ein wenig unsicher aus.

»Ich *glaube*, das ist alles ... Oh!« Sie schlug wie ein Schulmädchen erschrocken die Hand vor den Mund und starrte hilflos dem abfahrenden Zug hinterher.

»Ich hab's! Jetzt weiß ich es wieder!«

»Und was ist es diesmal?« fragte Joanna geduldig.

»Ich habe es ihm nur kurz geliehen, dem kleinen Jungen im Zug. Er war so süß. Ich hatte Angst, daß Polly ihn beißen würde, wenn er weiter mit ihr herumspielt, und er hatte doch solche Langeweile. Es ist aber auch wirklich eine lange Reise für ein Kind. Ich weiß, wie das ist. Ich kann mich noch gut daran erinnern, als Robert klein war – er ähnelte Robert ein wenig, die gleichen blauen Augen und ...«

»*Was* hast du ihm geliehen, Mutter?«

»Roberts Fernglas.« Mrs. Trents Stimme klang ganz

hohl. »Er will es doch immer haben, wenn er an der See ist. Also habe ich es gesucht, und als ich es gefunden hatte, habe ich es sofort in den Koffer gelegt, damit ich es bloß nicht vergesse – du kennst ja mein Gedächtnis, und jetzt ...«

»Jetzt können wir nichts mehr daran ändern«, unterbrach Joanna ihren Redefluß. »Vielleicht gibt die Mutter des Jungen das Glas beim Schaffner ab. Robert wird dort anrufen ...«

Immerhin kann Robert nicht mir die Schuld daran in die Schuhe schieben, überlegte sie, als sie Mrs. Trent und ihr Gepäck zum Ausgang dirigierte. Es ist *seine* Mutter, und es ist *sein* Fernglas. Außerdem hätte er wissen müssen, daß so etwas passieren würde, wenn sie allein reist. Wir hätten sie letzte Woche doch mit uns im Auto mitnehmen sollen. Aber wir hatten es uns so schön vorgestellt, eine Woche der Ferien für uns allein zu haben.

»Für uns allein«, bei dem Gedanken schlich ein trauriges Lächeln über ihr Gesicht. Als sie die Koffer abstellte und sich in die lange Schlange derjenigen einreihte, die auf ein Taxi warteten, ertappte sie sich dabei, wie sie wieder einmal an Corinne dachte.

Corinne. Noch vor einer Woche hatte der Name ihr kaum etwas gesagt. Nur mit Mühe erinnerte sie sich an ein paar alte, schon halb vergessene Geschichten aus der Vergangenheit; aber seit neuestem verband sie mit diesem Namen einen Ehemann, der sie vernachlässigte, und einen verdorbenen Urlaub. Corinne war Roberts Ex-Verlobte. Seit fünf Jahren hatte er von ihr nichts mehr gehört und gesehen, bis letzten Sonntag nachmittag.

Es war ein heißer Nachmittag gewesen, der zweite in ihrem Urlaub. Joanna kämpfte mit dem Hauptwasserhahn, der draußen an ihrem Ferienhaus angebracht war und dessen launisches Verhalten schon mehr von ihrer Zeit in Anspruch genommen hatte als sämtliche anderen Urlaubsaktivitäten zusammengenommen. Robert, den die unfreiwillige Rolle des Do-it-yourself-Mannes schon wieder langweilte, hatte ihr diesmal diese Aufgabe überlassen. Er aalte sich auf der Veranda und beschränkte sich darauf, den lieben Gott einen guten Mann sein zu lassen und hin und wieder hilfreiche Bemerkungen von sich zu geben wie: »Nun mach schon!« oder »Willst du nicht doch erst mal eine Pause machen!« Diesen Schauplatz betrat nun Corinne, die, aufgetakelt, wie sie war, an diesem Ort absolut lächerlich wirkte. Sie trug ein eng anliegendes, schwarzes Kostüm, hochhackige, schwarze Sandalen und unglaublich große, goldene Ohrringe. Graziös stöckelte sie über die kleinen Rasenflächen und den staubigen, trockenen Sand, den Kopf anmutig geneigt, um nicht mit den zahlreichen Wäscheleinen zu kollidieren, die zwischen den Ferienhäusern gespannt waren.

Joanna entdeckte sie als erste, sah, wie das perfekt zurechtgemachte Gesicht sich darauf vorbereitete, erstaunt zu wirken, und konnte dann auch beobachten, wie sich dieses Erstaunen höchst überzeugend genau in dem Augenblick auf ihrem Gesicht breitmachte, als Robert aufschaute. Das war dann auch der Grund, warum Joanna in den darauffolgenden Auseinandersetzungen mit ihrem Mann nicht glauben konnte, daß Corinne (die die fünf Jahre dazu genutzt hatte, zweimal zu heiraten und auch wieder geschieden zu werden) »ganz zufällig« ihren ehemaligen Verlobten getroffen hatte. »Ganz zufällig« wohnte sie im größten Hotel dieses Badeortes; »ganz zufällig« hatte sie zwei Eintrittskarten für ein Konzert oder für das Theater. Joanna war zutiefst empört darüber, wie Robert all diese Zufälle mit der allergrößten Selbstverständlichkeit zu schlucken schien.

»Entschuldige, Mutter, ich habe nicht richtig zugehört.« Joanna versuchte, den Berichten der alten Dame zu folgen. Was auch geschieht, nahm sie sich vor, Mutter darf nichts von Corinne erfahren. Sie würde sich fürchterlich aufregen, weil sie glaubt, Robert und ich sind das ideale Paar, und daß ich die perfekte Frau für ihn bin. Das mußte sie ihr wirklich zugestehen, keine Schwiegermutter der Welt konnte mehr Freude und Glück über die Wahl ihres Sohnes zeigen, als die ihre.

Aber sie könnte wirklich etwas lebenstüchtiger sein, dachte sie düster. Genau in dem Augenblick, da sie endlich die Spitze der Warteschlange erreicht hatten, klappte die Tür von Pollys Käfig auf. Bis sie den Papagei schließlich wieder eingefangen und sich durch die Menge begeisterter, kleiner Jungen einen Weg gebahnt hatten, waren zwei Taxis ohne sie davon gefahren, und Mrs. Trent bat sie tausendmal um Verzeihung.

»Es tut mir so leid, ständig vergesse ich, den Riegel richtig vorzulegen...« Die Ankunft des nächsten Taxis unterbrach ihren Redefluß.

Erst als sie ihr Ferienhaus erreicht hatten, erkannte Joanna, wie schwierig es werden würde, Corinnes Anwesenheit geheimzuhalten. Wie sollte sie zum Beispiel erklären, daß Robert jetzt, bei der Ankunft seiner Mutter, nicht da war und sie deswegen, ohne daß ihr jemand zu Hilfe eilte, mit zwei Koffern und einer Hutschachtel durch die Eingangstür stolperte, gefolgt von Mrs. Trent mit dem Papagei und dem Regenschirm?

»Robert tut es wirklich leid, daß er nicht hier sein kann, um dich zu begrüßen«, improvisierte sie hastig. »Er mußte ins Dorf gehen, um – um Paraffin für den Herd zu besorgen.«

Aber war das eine ausreichende Entschuldigung dafür, daß er den gesamten Nachmittag nicht da war? Wenn, wie sie annahm, Robert wieder mit Corinne Golf spielte, kam er bestimmt nicht vor dem Abendessen zurück. Auf jeden Fall aber würde er ganz erstaunt »Was für Paraffin?« fragen, wenn seine Mutter es heute abend erwähnte. Wenn Männer doch nur etwas mehr Takt besäßen, müßte man sich über solche Dinge nur halb so viel Gedanken machen. Zum ersten Mal war Joanna froh, daß ihre Schwiegermutter so zerstreut war. Mit ein wenig Glück hatte sie das Paraffin schon wieder vergessen, bis Robert nach Hause kam.

Aber kaum hatte sie sich mit diesem Gedanken ein wenig getröstet, als sie ein Geräusch hörte, das sie hochfahren ließ. Ein leises Poch-Poch kam von der Tür her, die sie gerade geschlossen hatte, und dann hörte sie eine vertraute Stimme, die vor gekünstelter Herzlichkeit und Freundlichkeit nur so troff: »Joanna? Joanna, sind Sie da?«

Mrs. Pratt! Joanna fluchte innerlich. Mrs. Pratt war Witwe und wohnte in dem kleinen Haus an den Klippen. Offenbar hatte sie es sich zum Hobby gemacht, die Sommerurlauber in ihren Ferienhäusern zu beobachten und so vielen wie eben möglich ihre Freundschaft aufzudrängen. Joanna war sich nur allzusehr darüber im klaren, daß Mrs. Pratts kleinen, braunen Augen auch nicht die geringste Kleinigkeit der Corinne-Affäre entgangen war; kaum ein Tag in dieser Woche war vergangen, an dem sie nicht vorbeigekommen war und mit unverhohlener Neugier versucht hatte, Joanna einen Kommentar zu diesem Thema zu entlocken, um dann gleich im Anschluß all ihre anderen Freunde darüber zu informieren.

»Da sind Sie ja, meine Liebe«, ihr Kopf lugte schelmisch durch die Tür. »Wie können Sie sich nur so vor Ihrer kleinen Freundin verstecken. Ich habe Sie den ganzen Morgen nicht gesehen! Sie müssen mir alle Neuigkeiten genau berichten. Und – oh, entschuldigen Sie – (sie gab vor, erst jetzt Mrs. Trent entdeckt zu haben) Sie sind ...?«

»Das ist Mrs. Trent, die Mutter meines Mannes«, stellte Joanna steif vor. »Mutter, das ist Mrs. Pratt, eine Nachbarin.«

»Wie schön, ich freue mich, ihre Bekanntschaft zu machen. Joanna wird glücklich sein über ein wenig Gesellschaft.« Sie wartete auf eine Antwort, aber als keine ihrer Zuhörerinnen auf die spitze Bemerkung reagierte, versuchte sie es noch einmal.

»Wo ist denn Robert? Er wird doch wenigstens an dem Nachmittag, an dem seine Mutter ankommt, zu Hause sein?«

»Er ist Paraffin holen gegangen«, erklärte Joanna kalt.

»Paraffin? Da müssen Sie sich irren, meine Liebe. Das Paraffin wird doch immer gebracht. In diesen großen Behältern – ich schau mal nach.« Bevor Joanna sie daran hindern konnte, war Mrs. Pratt schon auf den Knien und untersuchte den Paraffinbehälter in der Ecke des Zimmers.

»Er ist noch fast voll! Was hat sich ihr Mann denn da wohl gedacht? Der arme Teufel, dieser lange Weg, bei der Hitze, und alles umsonst. Wenn ich ihn treffe, werde ich ihm sagen, wie leid es mir tut, daß er sich grundlos so abgestrampelt hat.«

»Das werden Sie sicher«, stimmte Joanna eisig zu. »Nur jetzt, fürchte ich, werden Mutter und ich zu tun haben. Wir müssen die Koffer auspacken.« Mit sanfter Gewalt versuchte sie, Mrs. Pratt zur Tür zu schieben.

»Natürlich, selbstverständlich, ich will Sie nicht weiter aufhalten. Ich dachte nur gerade« – Mrs. Pratt senkte bedeutungsvoll ihre Stimme –, »ich will nicht der Grund für irgendwelche Ungelegenheiten sein, bestimmt ist alles ganz bedeutungslos, aber als ich hierherkam, habe ich ihren Mann gesehen. Er saß zwischen den Büschen auf den Klippen mit dieser jungen Frau aus dem Hotel. Corinne heißt sie, glaube ich, Corinne Fairbrother. Sie saßen nebeneinander.« Mrs. Pratt holte Luft. »Es hat bestimmt nichts zu sagen. Wahrscheinlich hat er sie ganz zufällig auf dem Rückweg getroffen. Aber warum ist er auf diesem Weg zurückgekommen? Das ist doch ein Riesenumweg. Trotzdem, so muß es gewesen sein. Er hat sich dann wohl ein Weilchen zu ihr gesetzt, um sich auszuruhen. Denn es ist ja ein ziemlich weiter Weg. Sie brauchen sich wirklich nicht den Kopf darüber zu zerbrechen, meine Liebe. Ich bin sicher, daß das alles nichts zu sagen hat.«

»Ja, da bin ich ganz ihrer Meinung«, Joanna wurde jetzt energisch. »Auf Wiedersehen, Mrs. Pratt.« Sie gestattete sich, die Tür hinter ihr zuzuwerfen, aber nicht zu fest, weil es sonst in der Wasserleitung wieder so unheilverkündend gegurgelt hätte, eine Art Vorwarnung, daß beim nächsten Versuch der Wasserentnahme nichts weiter als ein paar häßliche, braune Tropfen kommen würden.

Als Joanna sich wieder dem Raum zuwandte, sah sie, daß das rosige Gesicht ihrer Schwiegermutter ganz blaß geworden war.

»Corinne hat sie gesagt?« Ihre Stimme klang sehr besorgt. »Corinne Fairbrother? Dann muß es Roberts ehemalige Freundin sein, die, von der du ihn übernommen hast.«

Joanna nickte zustimmend, obwohl sie dachte, daß man diese Tatsache auch etwas eleganter hätte ausdrücken können. Zu ihrer Überraschung – und natürlich auch Erleichterung – stellte Mrs. Trent keine weiteren Fragen, weder zu jenem Zeitpunkt noch dann, als Robert erschöpft nach Hause zurückkam. Die Neuigkeit über das Fernglas, das seine Mutter vergessen hatte, nahm er ziemlich ungnädig auf. Normalerweise begegnete er der Zerstreutheit seiner Mutter mit einem Lächeln, hänselte sie ein wenig, wenn sie wieder mal etwas vergessen hatte und lachte anschließend mit ihr gemeinsam darüber. Diesmal aber war er anders. Unter der Wolke seines nicht ungerechtfertigten Ärgers versiegte sogar der Redefluß seiner Mutter, und obwohl Joanna sich sehr bemühte, die Konversation an diesem Abend in Gang zu halten, versagte sie kläglich. Am Ende wurde die unerträgliche Stille nur noch von Polly unterbrochen, der schon gelernt hatte, das gurgelnde Geräusch der Wasserleitung nachzuahmen, das immer dann zu hören war, wenn sie mal wieder nicht funktionieren wollte.

Als sie zu Bett gingen, war Joanna mit ihrer Weisheit am Ende. Wenn das so weiterging, wußte sie nicht, wie sie den Rest der Ferien überstehen sollte. Wenn Robert doch wenigstens so tun würde, als ob er die Gesellschaft seiner Familie genießen könnte; wenn er sich doch bemühen würde, zumindest zeitweilig, den aufmerksamen Ehemann und liebevollen, pflichtbewußten Sohn zu spielen.

Bis zu einem gewissen Grad trat schließlich genau das ein. Schon der nächste Morgen brachte die Neuigkeit, daß das Fernglas heil und unversehrt aufgetaucht war, was die Situation ganz erheblich entspannte. Nun schien Robert sich wirklich – wenigstens hin und wieder – Mühe zu geben, seinen Damen zu gefallen, beehrte sie für ein paar Stunden am Tag mit seiner Anwesenheit, verschwand nicht ganz so oft aus fadenscheinigen Gründen und blieb dann auch nicht mehr so lange Zeit fort.

Schließlich kam es sogar so, daß Joanna begann, sich mehr Gedanken um die häufige Abwesenheit ihrer Schwiegermutter zu machen, als um die ihres Mannes. Selbst Robert hatte es schon bemerkt.

»Wo ist Mutter?« fragte er eines Nachmittags, als er zum Strand nachgekommen war, und das sogar früher, als sie erwartet hatte. »Ich dachte, sie wäre hier, bei dir!«

»Ich glaube, sie macht einen Spaziergang auf den Klippen«, erklärte ihm Joanna unbestimmt und fühlte sich dabei nicht ganz wohl in ihrer Haut.

»Schon wieder? Sie macht das jetzt wohl regelmäßig? Was ist mit ihr los, Jo? Sie ist so still in letzter Zeit und verschwindet ständig einfach. Was kann sie denn nur haben?«

»Ich denke, sie besucht hin und wieder Mrs. Pratt. Ich würde nur zu gerne wissen, welche Ideen sie Mutter in den Kopf setzt, sie läßt sich so leicht beeinflussen.«

»Und noch was ist mir aufgefallen«, fuhr Robert fort. »Sie ist so ... wie soll ich sagen? – so verläßlich geworden, wie zum Beispiel gestern: du hast sie zum Bauern geschickt, um ein Dutzend Eier und einen Liter Milch zu holen. Und womit kam sie zurück? Mit einem Dutzend Eier und einem Liter Milch! Das muß man sich erst einmal vor Augen führen! Sie hat weder einen Blumenkohl noch ein halbes Pfund Butter noch ein Katzenbaby mitgebracht, nichts dergleichen! Was ist bloß los mit ihr?«

Er lachte, während er sprach, und Joanna fiel in sein Lachen ein. Aber unter diesem Lachen fühlte sie seine Besorgnis, die sie voll und ganz teilte. Sie gingen noch mal zusammen ins Wasser, blieben aber nur kurz, weil diese vage, unausgesprochene Sorge sie beunruhigte. Gleich darauf machten sie sich auf den Weg zurück zu ihrem Haus.

Joanna ging ein wenig voraus, darum war sie die erste, die es sah: ein eilig zusammengefaltetes Blatt Papier, das jemand unter die Eingangstür geschoben haben mußte. Erst nachdem sie es aufgehoben und gelesen hatte, sah Joanna, daß es an Robert adressiert war.

*»Wenn Du diesen Brief liest, werde ich tot sein.*
*Verzeihe mir, aber ich sehe keinen anderen Ausweg.*
*Corinne.«*

Gemeinsam starrten sie darauf.

»Das ist doch bloß eine leere Drohung«, meinte Robert endlich, seine Stimme zitterte leicht. »Sie droht ständig mit solchen Sachen. Es ist ... Ich ... Ach Jo, es tut mir leid! Ich sage dir wohl besser die Wahrheit ...!«

»Wenn du die Wahrheit meinst, daß du mit dieser verdammten Frau ein Verhältnis hast und damit unsere Ferien ruinierst, dann gib dir keine Mühe!« platzte Joanna los. »Ich weiß Bescheid! Als ob mir das was ausmacht! Geh doch zu ihr, wenn du willst ... Zerstör unsere Ehe, ich halte dich nicht ...!« Tränenüberströmt eilte sie zur Hintertür.

»Jo ...! Jo ...!« Er erwischte sie am Arm und zog sie ins Zimmer zurück. »Jo, Liebling. Es ist vorbei. Das habe ich die ganze Zeit versucht, dir zu sagen. Ich habe sie heute zum letzten Mal getroffen, in dem Restaurant, und ich habe ihr ein für allemal erklärt, daß ich meine Ehe nicht aufgebe. Auf gar keinen Fall bekommt sie mich nochmal in ihre Fänge, das eine Mal hat mir fürs ganze Leben gereicht, schönen Dank. Sie kann mich mit diesen falschen Selbstmorddrohungen erpressen, solange sie will. Es ist aus und vorbei.

Jo, hast du verstanden, Jo, es ist vorbei. Du bist es, die ich liebe, ... du bist es immer gewesen ...«

Wie schnell Joanna sich von ihm überzeugen lassen und sich den Freuden der Versöhnung hingegeben hätte, das wird niemand erfahren, denn als er sich ihr gerade näherte, um sie in seine Arme zu schließen, hörten sie plötzlich jemanden kommen. Sie drehten sich um und sahen, wie Mrs. Trent halb stolpernd, halb laufend durch das sandige Gras auf das Haus zusteuerte; sie schnappte nach Luft, ihr Gesicht war leuchtend rot, die grauen Locken klebten an ihrer Stirn, und ihre Augen waren ganz schmal vor Aufregung.

»Corinne«, keuchte sie; »Sie ist tot! Sie hat sich umgebracht, ist von den Klippen gesprungen!«

Robert stützte seine Mutter am Arm.

»Was erzählst du da? Woher weißt du das?«

»Ich hab es gesehen! Ich bin auf den Klippen spazierengegangen, und als ich runterschaute, habe ich sie entdeckt. Sie lag unten auf den Felsen, mausetot!«

»Mutter, setz dich jetzt erst einmal hin und erzähl uns die Geschichte in aller Ruhe. Du hast sie tot auf den Felsen liegen sehen. Woher weißt du, daß es kein Unfall war? Warum glaubst du, daß sie sich umgebracht hat?«

»Nun, sie hat doch einen Abschiedsbrief hinterlassen! Ach Gott, jetzt bring ich alles durcheinander. Ich wollte, daß man glaubt, daß *sie* ihn geschrieben hat. Ach, es hat doch keinen Zweck! Oh, Robert, *ich* habe sie die Klippen hinuntergestoßen! Ich habe es für dich getan, Robert! Um deine Ehe zu retten.«

»*Mutter*! Wie *konntest* du nur? Wie konntest du glauben ...? Oh, Herr des Himmels, was um alles in der Welt können wir ...? Paß auf! Paß auf, Jo – zuallererst, ehe wir überhaupt an irgend etwas anderes denken, müssen wir versuchen, Mutters Spuren zu verwischen, bevor die Polizei sie entdeckt. Du kennst sie ja – mit Sicherheit hat sie jede Menge Spuren hinterlassen.«

»Das habe ich nicht!« widersprach ihm seine Mutter und gewann dabei wieder an Selbstsicherheit. »Wie du redest! Man könnte meinen, ich wäre senil! Ich bin nicht senil – bin es nie gewesen, ich bin vielleicht manchmal etwas nachlässig; diesmal war ich sehr gewissenhaft. Außerdem weißt du ja, wie viele Kriminalromane ich schon gelesen habe. Ich habe an *alles* gedacht. Hört zu!«

Und dann erzählte sie ihnen ihre Geschichte, und es schien so, als ob sie tatsächlich an alles gedacht hätte. Am Morgen hatte sie Corinne angerufen und sie gebeten, sich mit ihr oben auf den Klippen zu treffen, um sich mit ihr »unter vier Augen über Robert« zu unterhalten. Als sie dorthin gegangen war (in Turnschuhen, um keine Fußabdrücke zu hinterlassen), hatte sie eine Thermoskanne Tee mitgenommen, in dem sie so viele Tabletten aufgelöst hatte, daß Corinne im Verlauf ihrer Unterhaltung einschlafen mußte. Nur so konnte ein Kampf vermieden werden, und es bedurfte bloß eines kleinen Schubses (natürlich hatte sie Handschuhe an, um keine Fingerabdrücke zu hinterlassen), und schon würde die junge Frau den grasbewachsenen Abhang hinunterrollen und in den Abgrund stürzen. Dann – das Alibi. Sofort danach war sie so schnell wie möglich zum Haus von Mrs. Pratt gelaufen, das weiter hinten auf den Klippen lag. Dort angekommen, hatte sie sich zu ihr gesetzt, um wie immer mit ihr Tee zu trinken und zu plaudern. Mitten in ihrer Unterhaltung hatte sie dann plötzlich innegehalten, um erregt auszurufen: »Was war das? Ich habe jemanden schreien gehört!« Mrs. Pratt hatte natürlich nichts gehört, aber da Mrs. Trent Mrs. Pratt gut genug kannte, wußte sie, daß diese, sobald die Tragödie bekannt werden würde, nicht nur den Schrei gehört, sondern auch die Stimme erkannt haben würde und sich praktisch zum Augenzeugen des Unglücks aufspielen würde. Und natürlich würde sie bezeugen, daß sie mit ihrer Freundin zu der Zeit, als es passierte, Tee getrunken hätte, und so könnte keinerlei Verdacht auf sie fallen.

Wirklich, es hörte sich narrensicher an.

Nur eine Kleinigkeit hatte Mrs. Trent nicht bedacht.

»Das ist ja alles gut und schön, Mutter!« stöhnte Robert. »Aber was ist mit *mir?* Das halbe Dorf hat in dem Restaurant mit angehört, wie wir uns gestritten haben, und weiß, daß ich mit ihr Schluß machen wollte und daß sie mir Gott weiß was alles angedroht hat, wenn ich wagen sollte, es wirklich zu tun! Und als nächstes erfahren sie, daß Corinne von den Klippen gestürzt ist! Was glaubst du, wie *ich* jetzt dastehe?«

»Oh, Robert! Liebling! Ich bin nicht auf die Idee gekommen ...! Oh, was kann ich bloß tun ...?«

»Du kannst überhaupt nichts tun. Wir können jetzt nur noch ... ich weiß es nicht – wir können jetzt nur noch ... Oh, mein Gott ...!«

Und obwohl die kleine Familie bis spät in die Nacht diskutierte und überlegte, kamen sie doch zu keiner Lösung. Sie beschlossen, den Dingen einfach ihren Lauf zu lassen: die Polizei würde kommen und ihre Arbeit machen, und was immer auch geschehen würde, sie mußten es hinnehmen.

In dieser Nacht konnte Joanna nicht einschlafen. Als sie endlich in die Traumwelt hinüberglitt, hörte sie ein undeutliches Geräusch im vorderen Teil des Hauses. Klopfte da jemand an die Tür? Oder übte Polly in der stillen Nacht das

Geräusch von Roberts Schreibmaschine? Da sie zu müde war, um nachzusehen, fiel sie schließlich in einen unruhigen Schlaf – in dem sie von ihrer Schwiegermutter gestört wurde, die sie voller Stolz anstrahlte:

»Ich habe alles in Ordnung gebracht! Robert kann nicht mehr verdächtigt werden! Ich habe an seiner Stelle einen Brief geschrieben und ihn in den Briefkasten des Hotels eingeworfen, in dem das Mädchen wohnt. Darin steht, wie schrecklich leid ihm der Streit tut und daß er sie aus tiefstem Herzen liebt und nicht ohne sie leben kann und daß er bereit ist, mit ihr durchzubrennen, wann immer sie will. Ich habe ihn mit ›Rob‹ unterschrieben – so hat sie ihn immer genannt – und seine große, krakelige Schrift nachgeahmt. Wenn die Polizei diesen Brief findet, wird sie zweifellos annehmen, daß Robert sie doch nicht loswerden wollte und darum überhaupt gar kein Motiv hatte, sie zu töten. Na, was sagst du nun! Wenn das nicht *der* rettende Einfall war!«

Das konnte man wohl sagen. Er hatte nur einen klitzekleinen Fehler. Corinne war natürlich überglücklich, als sie den Brief erhielt, und eilte sofort ans Telefon.

Mrs. Trent, die den Anruf entgegennahm, fiel aus allen Wolken. Dann schlug sie mit der vertrauten Geste die Hand vor den Mund.

»Das ist es also gewesen! Ich wußte ja, da war noch was! Es hatte so schrecklich lange gedauert, bis sie endlich eingeschlafen war, und weil ich möglichst schnell bei Mrs. Pratt sein wollte, habe ich glatt vergessen, sie den Abhang hinunterzuschubsen!«

## *Das Telegramm*

Als das Telefon anfing zu klingeln, wußte sie augenblicklich, daß es nicht Franklin sein würde, und er war es auch nicht.

»Ja«, hörte sie sich sagen, während sie krampfhaft darum bemüht war, ihre bleierne Enttäuschung nicht durchklingen zu lassen, »ja, ich habe sie dann fertig, ich verspreche es Ihnen. Ja, ich bringe sie zur Elternversammlung mit... Nein, wirklich nicht... es macht mir überhaupt keine Mühe... es ist mir ein Vergnügen!«

Es war natürlich kein Vergnügen, wie auch? Wem bereitet es schon Vergnügen, ein Theaterprogramm zu tippen und sechshundertmal zu vervielfältigen, besonders wenn es sich um eine Schulaufführung handelt, von der die eigene Tochter gerade mit Schimpf und Schande ausgeschlossen worden war?

Es war keinerlei Ungerechtigkeit im Spiel gewesen. Niemand, auch die verblendetste Mutter nicht, hätte gegen diese Entscheidung einen berechtigten Einwand haben können. Es wäre vielleicht einfacher gewesen, wenn man sie hätte beanstanden, wenn man in die Schule hätte stürmen und einen wilden Streit hätte beginnen können. Mit wem eigentlich? Nun, vermutlich mit Miss Harding, der völlig überlasteten, freundlichen Englischlehrerin, die die Geschichte inszenierte. Wenn es doch bloß möglich gewesen wäre, ihr ins Gesicht – jenes besorgte, ängstliche, ältliche Gesicht – zu schleudern, was man von ihr hielt, von ihrer Günstlingswirtschaft, von ihrer Voreingenommenheit und ihrem himmelschreienden Mangel an Sensibilität...

Aber das ging leider nicht. Die ganze Sache war einzig und allein Sophies Schuld gewesen, von Anfang bis Ende. Nachdem man sie unter allen Schülerinnen der Oberstufe ausgewählt hatte, die Hauptrolle in Anouilhs *Antigone* zu spielen, hatte Sophie in der Folgezeit alle ganz unverzeihlicherweise im Stich gelassen. Sie hatte ihre Rolle nicht gelernt; kam nicht pünktlich zu den Proben; kam schließlich überhaupt nicht mehr.

Miss Harding hatte getan, was sie konnte, hatte sich fast ein Bein ausgerissen, um ihre aufsässige Schülerin im Ensemble zu halten. Denn Sophie war nicht nur eine begabte Schauspielerin, sondern mit ihren regelmäßigen Zügen und ihrem vollkommenen Profil, mit ihren weit auseinanderliegenden grauen Augen und ihrem langen, hellbraunen, völlig glatten Haar auch die ideale Antigone. Zu all dem kam noch hinzu, daß in ihrem Gesicht ein natürlicher Ernst lag, ein Zug verhaltener Intensität, der in genau jenen Ausdruck fanatischer Leidenschaft und frohlockenden Märtyrertums umschlagen konnte, die das Wesen dieser Rolle ausmachten.

»Die geborene Antigone ... die Rolle ist ihr wie auf den Leib geschrieben!« hatte Miss Harding nach der Vorsprechprobe im letzten Trimester geschwärmt, und Harriet war natürlich entzückt gewesen und vor mütterlichem Stolz schier geplatzt. Aber selbst da schon, selbst am glücklichen Beginn hatte Harriet, während sie den gutgemeinten Lobeshymnen der Lehrerin lauschte, gespürt, wie sich hinter und unter ihrer Freude ein Gefühl der Kälte ausbreitete.

»Die geborene Antigone ... ihr wie auf den Leib geschrieben.« Antigone, das Mädchen, das ohne weiteres in den Tod gegangen war, trotzig, mit hoch erhobenem Haupt, nicht willens, auch nur ein Jota seiner Prinzipien aufzugeben oder den kleinsten Kompromiß einzugehen, wenn es um Liebe oder Loyalität ging.

Liebe und Loyalität. Genau das war es, was Sophie in vollem Maße – im Übermaß, wie Harriet fand – den ganzen Sommer lang über den wenig einnehmenden und undankbaren Franklin ausgeschüttet hatte.

Franklin war drei Jahre älter als Sophie, hatte sein Studium abgebrochen und sah noch nicht einmal gut aus. Er hatte Hängeschultern, war dünn, und sein scharf geschnittenes Gesicht wurde von glatten, fettigen Haarsträhnen von unbestimmtem Blond eingerahmt. Sophie hatte ihn Anfang Juni auf der Party einer Freundin kennengelernt und sich auf der Stelle, total und, wie es schien, unwiderruflich in ihn verliebt. An einem goldenen Sommerabend hatte sie ihn zum ersten Mal mit nach Hause gebracht, hatte mit ihm im Garten gesessen und hingerissen sein bleiches, scharfnasiges Profil betrachtet, während er hin und wieder an den Saiten seiner Gitarre zupfte und redete, endlos redete, und zwar nur von sich.

Und so war es – mehr oder weniger – den ganzen Sommer über gegangen. Juni – Juli – August – und Harriet hatte, wie es sich für eine moderne Mutter gehörte, den Mund gehalten, hatte ihn in ihrem Haus willkommen geheißen, sich jeder Kritik enthalten, ihm riesige Mengen zu essen vorgesetzt und ohne Zeichen der Langeweile seinen endlosen Monologen über sich selbst und seine grandiose Zukunft gelauscht – besonders über diese Popgruppe, die er zu bilden im Begriff stand und mit der er demnächst auf Tournee gehen wollte: Leeds, Liverpool, Glasgow... vielleicht würden sie gegen Ende des Sommers auf Tournee durch Kalifornien sein... vielleicht würden sie dort ja eine revolutionäre Kommune gründen...

Aus alledem wurde natürlich nichts, es war alles nur Gerede. Die Popgruppe zerfiel, bevor sie sich noch richtig gebildet hatte, und all die großartigen Pläne schrumpften zu einem einzigen Plan zusammen (jedenfalls war das Harriets Eindruck) – zu einem Vorwand für Franklin, sich nicht um einen Job bemühen zu müssen.

»Was bringt das denn?« pflegte er blasiert zu fragen, während er in großen Schlucken seinen Tee trank, den ihm Sophie in anbetender Liebe zu jeder Tages- und Nachtzeit in riesigen Bechern servierte. »Was bringt das denn? Um die Zeit bin ich vielleicht schon in Kalifornien ...«

Was *fand* Sophie nur an ihm? Als sich Harriet bei dieser uralten Frage ertappte, erschrak sie richtig. Wie konnte man als aufgeklärte, moderne Mutter, für die sie sich schließlich immer gehalten hatte, überhaupt so etwas denken? Sie, die sich im Umgang mit ihrer halbwüchsigen Tochter immer bemüht hatte, tolerant und verständnisvoll zu sein und sich jedes Urteils zu enthalten!

Schließlich liebte Sophie den Jungen. War das nicht genug?

Und vielleicht wäre es das auch gewesen, wenn es irgendein Anzeichen dafür gegeben hätte, daß Franklin sie trotz aller seiner Fehler gleichfalls liebte. Aber da war Fehlanzeige. O ja, er fühlte sich zu ihr hingezogen, das war offenkundig. Er hing ewig bei ihnen zu Hause rum, ließ sie nicht aus den Augen, beanspruchte ihre Zeit und ihre Aufmerksamkeit und schlief vermutlich mit ihr, wann immer sie, Harriet, nicht in der Nähe war... Was das anbetraf, wagte sie nicht – genau wie die meisten anderen Mütter in ihrer Bekanntschaft auch – nachzufragen.

Ergab das, alles zusammengenommen, Liebe? Wenn ja, dann war sie von kurzer Dauer. Als es September wurde, begann sein Interesse merklich nachzulassen, merklich jedenfalls für Harriet, und es tat ihr weh, mit ansehen zu müssen, wie sich ihre Tochter immer verzweifelter bemühte, so zu tun, als sei alles wie immer.

»Er hat wahnsinnig viel um die Ohren mit dieser Popgruppe, die er gründet«, pflegte sie mit Festigkeit zu erklären, wenn jemand so taktlos war, Franklins Nichterscheinen zu kommentieren. »Er kann sich nur in der Wochenmitte freimachen.« Und dann hieß es: »Nur dienstags.« Und dann ... und dann ...

Harriet, die keine Fragen stellen durfte, deren Versuche, Mitgefühl zu zeigen, schroff abgewiesen wurden, hatte voller Qual dabeistehen und zusehen müssen, wie allmählich das Leuchten im Gesicht ihrer Tochter erstarb, hatte hören müssen, wie der freudige Schwung aus ihrer Stimme schwand, hatte miterleben müssen, mit welch ängstlicher Spannung sie jetzt schnell nach dem Telefonhörer griff, während sie früher voll strahlender Vorfreude zum Apparat gelaufen war. Harriet stellte fest, daß sie selbst in dieses Gewebe aus Unruhe und Sehnsucht unerbittlich mit hineingezogen wurde. Auch sie stürzte jetzt zum Telefon, erfüllt von dem quälenden Verlangen, die ihr einst so widerwärtige Stimme zu hören. Unentwegt träumte sie davon, sich eines Tages am Telefon umwenden und mit gespielter Ungezwungenheit die Treppe hinaufrufen zu können: »Sophie, es ist für dich, Schatz – es ist Franklin ...«

Aber dazu kam es nie. Manchmal saß sie sogar nägelkauend neben dem Apparat und versuchte, den gräßlichen jungen Mann durch ihre schiere Willenskraft dazu zu bringen, daß er anrief, genauso, wie sie einst in ihrer Jugend dagesessen und sich nach der Stimme irgendeines sich entziehenden Freundes verzehrt hatte. Das war nicht ohne Ironie, wie der Kreis sich wieder schloß. Wie hätte sie damals, vor all diesen Jahren, ahnen können, daß der Tag kommen würde, wo sie noch einmal genau dasselbe würde durchmachen müssen, nur diesmal für eine Tochter, die da noch gar nicht geboren war?

Nein, nicht genau dasselbe. Es war schlimmer, es war wirklich schlimmer. Denn diesmal war sie vollkommen und absolut hilflos. Es gab *nichts*, was sie hätte tun, ja, was zu tun sie sich auch nur hätte vorstellen können. Betraf die unerwiderte Liebe einen selbst, so konnte man wenigstens irgendeine Form von Aktion in Erwägung ziehen. Man konnte mit dem Gedanken spielen, ihn selbst anzurufen...? Ihn eifersüchtig zu machen, indem man mit jemand anderem ausging...? Ja sogar, ihm eine lautstarke, hysterische Szene zu machen...?

Natürlich tat man nichts von alledem – vermutlich wäre das Ergebnis verheerend gewesen. Aber man konnte wenigstens daran *denken*, es zu tun, konnte die Möglichkeiten in seiner fieberhaften Vorstellung hin und her wenden, bis die scharfen Konturen der Realität verschwammen. Aber jetzt, angesichts der stillen, nicht mitteilbaren Verzweiflung der Tochter, wußte man von vornherein, daß man nichts tun konnte – gar nichts...

Anfänglich hatte sie noch gehofft, der Beginn des neuen Trimesters würde Sophie aus ihrer Depression aufrütteln, aber das war nicht der Fall gewesen. Weder der Unterricht noch die nun einsetzenden Proben für das Stück, auf das sie sich ursprünglich so gefreut hatte, schienen sie irgendwie zu interessieren. Einen Tag um den anderen schleppte sie sich von der Schule nach Hause, ging sofort hinauf in ihr Zimmer und schloß sich bis zum Abendbrot ein. Am Anfang hatte sich, wenn sie zur Haustür hereinkam, ihre düstere Stimmung vorübergehend aufgehellt.

»Irgendwelche Anrufe für mich?« hatte sie mit gepreßter Stimme übertrieben beiläufig gefragt, und auf die vertraute verneinende Antwort hin wurde ihr Gesicht wieder kalt und ausdruckslos. Sie murmelte dann etwas von »Hausaufgaben« und verschwand nach oben, wo sie ihre Tür mit einer Art verzweifelter Endgültigkeit schloß.

Nicht daß sie irgendwelche Hausaufgaben gemacht hätte, die der Rede wert gewesen wären. Zweimal war ihre Mutter bereits in die Schule zitiert worden zu einem langen, besorgten Gespräch darüber, was in aller Welt denn mit dem Mädel los sein könnte. So eine gute Schülerin und so eifrig, bis zu diesem Trimester... und jetzt stieg sie auch noch aus dem Stück aus... was war denn bloß *passiert*? War sie krank? Sollte sie vielleicht einen Arzt aufsuchen? War es möglich, daß sie schwanger war?

Nein, sie sei *nicht* schwanger. Sophie hatte nur Verachtung für diese Idee, tat sie als eins dieser altmodischen Hirngespinste ab, die für die Erwachsenen so typisch waren. Und nein, sie werde auch nicht zum Arzt gehen. Warum sollte sie auch, wenn ihr überhaupt nichts fehle? Sie sei über sechzehn, oder etwa nicht? Also sei es ihre Sache, ob sie einen Arzt aufsuche oder nicht. Es gehe ihr ausgezeichnet, vielen Dank auch, alles bestens in Ordnung... könne man sie um Himmels willen nicht einfach in Ruhe lassen...?

Sie in Ruhe lassen? Damit sie immer weniger aß? Damit sie immer weniger schlief? Damit sie immer blasser und dünner wurde und immer stumpfer dreinblickte, während sie tiefer und tiefer in Lethargie und Schweigen versank?

Von Sorge und Angst gemartert, ertappte sich Harriet manchmal dabei, daß sie sich fragte, was Graham, ihr

Mann, geraten haben würde, wenn er noch am Leben gewesen wäre. Hätte er »Komm, reg dich ab« gesagt? Oder »Hör mal, das ist was Ernstes, wir brauchen die Hilfe eines Experten«...?

Sie wußte es einfach nicht. Dadurch, daß er ganz plötzlich – Sophie war erst sieben Jahre alt – an einem Herzinfarkt gestorben war, war er all dem entgangen. Es gab Augenblicke, in denen Harriet ihn schlichtweg darum beneidete, daß er den komplexeren Problemen des Elternseins so leicht entronnen war, daß er all die frühen, unkomplizierten Freuden miterlebt hatte und ihm die sich verdunkelnden, unbegreiflichen Teenagerjahre erspart geblieben waren...

Das war der Augenblick, wo Harriet das Tagebuch fand. Oder um genauer zu sein – denn natürlich hatte sie schon die ganze Zeit über gewußt, wo es war, nämlich in dem Nähkasten aus geprägtem Leder unter Sophies Bett –, dies war der Augenblick, wo Harriet, von einer dunklen und immer größer werdenden Angst getrieben, so tief sank, daß sie es las. Im Oktobersonnenschein auf der Kante des ungemachten Bettes sitzend, blätterte sie mit zitternden Fingern die engbeschriebenen Seiten um.

»*30. Sept.* Immer noch keine Antwort auf meinen Brief. Er *muß* ihn inzwischen bekommen haben... Ist er schon in Kalifornien? – Und ohne mir Bescheid zu sagen? Oh, wie *konnte* er bloß? Ich wäre doch mitgefahren, das weiß er doch, ich hätte das Geld schon irgendwie aufgetrieben...«

»*3. Okt.* Ich liebe ihn! Ich liebe ihn! Ich muß ihm vertrauen, ich vertraue ihm auch... aber was ist bloß passiert? Vielleicht ist er krank? Vielleicht ist er in einer Gegend von Kalifornien, wo meilenweit nichts ist... keine Post? Vielleicht *hat* er mir ja geschrieben, hat mir alles erklärt, und die Briefe sind irgendwie verlorengegangen? Vielleicht haben sie da drüben ja einen Poststreik? Vielleicht ist das Flugzeug mit der ganzen Post abgestürzt und im Atlantik versunken...? Vielleicht... vielleicht... vielleicht...«

*Vielleicht*... Dieser uralte Wegweiser zum Tod der Hoffnung. Harriet überflog die nächsten paar Seiten mit immer größer werdender, entsetzlicher Gewißheit – und richtig, auf der allerletzten Seite, erst am Vortag geschrieben, stand es:

»*23. Okt.* Ich warte noch eine Woche, und dann bringe ich mich um. Noch eine Woche, bis zum 30. Oktober, und wenn bis dahin kein Brief gekommen ist... kein Anruf... dann, so schwöre ich...«

Tiefschwarz stand er da, der entsetzliche Schwur, mit wild ins Papier gedrücktem Kuli geschrieben, und jedes schreckliche Wort war dreimal unterstrichen:

»Falls er tot ist, werde ich bei ihm sein. Falls er mir untreu geworden ist, werde ich es nie erfahren, noch im Tod werde ich ihm vertrauen.

Sophie Caroline Travers
Mitternacht, 23. Oktober...«

Theatralisches Getue eines Teenagers? Oder wirklich echt? Ernstgemeint mit all seinen furchtbaren Konsequenzen?

Gab es in Sophies Natur einen düsteren, fanatischen Zug, der so lange geschlummert hatte, bis der erste harte Zusammenprall mit dem Leben ihn wachrief?

»Die geborene Antigone ...«

Ein Schauer überlief Harriet. Sie schloß die Augen und versuchte, auch ihre Gedanken vor den grauenhaften Folgerungen zu verschließen ...

Aber halt! Angenommen, Antigone war in Wahrheit auch bloß ein törichter, hysterischer Teenager, der sich, hätte man ihn richtig behandelt und ihm Zeit gelassen, möglicherweise beruhigt hätte und schließlich zu der Einsicht gekommen wäre, daß es vernünftiger war, einen Kompromiß zu schließen?

Aber sie hatten ihr keine Zeit gelassen, weder Kreon, der König, noch seine Ratgeber... sie hatten sie eiligst in den Tod geschickt, solange ihr ganzes Wesen noch glühend vor Erregung und Begeisterung dem Märtyrertod entgegenfieberte.

Aber was, wenn sie das nicht getan hätten? Wenn sie gesagt hätten: »Also, paß mal auf, liebes Kind, wir werden dich natürlich hinrichten, klarer Fall, aber noch nicht gleich. Wir müssen warten, bis das So-und-so-Fest vorüber ist – Entweihung der Altäre, du verstehst schon –, also während des Festes geht es wirklich nicht – aber in einem Monat kommen wir dann bestimmt und lassen dich hinrichten ...«

Einen Monat, damit sie aus der Ekstase des Trotzes erwachen kann ... einen Monat, damit sich ihre exaltierte Begeisterung für den Märtyrertod legen kann ... einen Monat, während dessen das Ganze sogar ein winziges bißchen fade zu werden beginnt ...?

Das Abendland wäre einer gewaltigen und eindringlichen Sage verlustig gegangen: Antigone würde weitergelebt und zweifellos einen passenden, aber unauffälligen Duodezfürsten geheiratet haben, und niemand hätte mehr etwas von ihr gehört ...

Einen Monat, mehr brauchte es nicht. Vielleicht sogar weniger.

Mit noch immer heftig klopfendem Herzen und trockenem Mund las Harriet die Seiten ein zweites Mal. Sie konnte jetzt etwas klarer denken.

Kalifornien! So ein Quatsch! Wohin sich dieser unfähige kleine Scheißer auch verdrückt haben mochte, bestimmt nicht nach Kalifornien. Dazu reichte es bei ihm nie im Leben. Eher nach Kentish Town! War vermutlich in seinem elenden Loch untergetaucht, wo nie jemand zu Hause war oder ans Telefon ging.

Kalifornien, also wirklich! Das war doch nie was anderes als ein infantiles Phantasiegebilde gewesen. Von Anfang an hatte sie kein einziges Wort davon geglaubt.

Aber *Sophie* hatte es geglaubt. Tat es noch immer. Wenn nun im Laufe dieser schicksalsschweren Woche ein Telegramm einträfe ... ein Grußtelegramm, wirklich und wahrhaftig aus Kalifornien, in dem stand ... ach, es war ja völlig gleichgültig, *was* darin stand, wenn es nur mit den Worten »In Liebe, Frankie« endete.

Das würde ihr doch bestimmt helfen, ein Weilchen weiterzumachen. Würde ihren Augen den Glanz zurückgeben, ihrem abgemagerten Körper die Jugendfrische?

Ein Weilchen. Ja, aber ein Weilchen konnte durchaus lang genug sein. Lang genug für das Erkalten einer hoffnungslosen Liebe. Lang genug für das natürliche Sich-totlaufen einer wahnsinnigen Obsession. Das war doch möglich, oder etwa nicht?

»Sie können jetzt die Gurte öffnen«, erklang die verbindliche Stimme aus dem Lautsprecher, und Harriet spürte (auch wenn sie das Gefühl nicht teilen konnte), wie ein Aufatmen der Erleichterung durch die Kabine ging, weil der Start vorüber und das Flugzeug sicher in der Luft war.

Normalerweise hatte Harriet auf Flugreisen genausoviel Angst wie alle anderen Passagiere auch, aber diesmal konzentrierten sich ihre Ängste und Sorgen so ausschließlich auf den Zweck ihrer Reise, daß sie in einem möglichen Flugzeugabsturz nicht mehr als ein weiteres Hindernis unter den zahllosen anderen sah, die sich zwischen ihr und dem glücklichen Ergebnis dieser ganzen aberwitzigen Eskapade aufgetürmt hatten und noch immer auftürmten.

»Na, Gott sei Dank sind wir wenigstens pünktlich gestartet!« bemerkte die weißhaarige, rosige kleine Dame, die während der nächsten neun Stunden oder so ihre Gefährtin auf den Sitzen 7 und 9, Reihe D, sein sollte. »Fliegen Sie zum ersten Mal nach Los Angeles?« fuhr sie redselig fort, offensichtlich auf eine wunderbare Freundschaft während der restlichen Reise erpicht.

Also genau die Art von Mitreisender, die Harriet am allerwenigsten gebrauchen konnte. Warum hatte ihr nicht so ein mürrischer, schweigender Geschäftsmann mit einem Aktenkoffer voller wichtiger Papiere zufallen können? Oder eins dieser schmächtigen, olivhäutigen Geschöpfe, die so höflich lächelten und sich verbeugten, aber zum Glück kein Wort Englisch verstanden?

»Ja, so ist es«, nuschelte sie beklommen und hoffte, daß es damit getan sein würde. Aber natürlich war es das nicht. Sie mache wohl Ferien, ja? Wolle vielleicht ihre Familie besuchen?

Harriet strengte sich an, ihre betäubten Geisteskräfte

zu mobilisieren und ihnen so etwas wie eine plausible Geschichte zu entlocken. Eine verheiratete Schwester vielleicht? In einer wichtigen geschäftlichen Mission? Ein Onkel, der gerade gestorben war und ihr all sein Geld hinterlassen hatte? Sie entschied sich für die verheiratete Schwester, aber das erwies sich als kein guter Griff. Der Mann ihrer Schwester war... Mein Himmel, was war er denn bloß? Was für Berufe *hatten* Ehemänner in Kalifornien? Und sie wohnten in ... sie wohnten in ... sie zermarterte sich das Hirn nach dem Namen einer Stadt – ganz egal wo in Kalifornien, aber ihr fiel keine ein. Ja, natürlich, Los Angeles, aber welcher Vorort? Welcher Stadtteil?

Selbstverständlich hätte sie sich auf diese Situation vorbereiten müssen. Sie hätte sich ihre Geschichte zurechtlegen sollen, bevor sie überhaupt den Fuß ins Flugzeug setzte. Aber da war soviel anderes zu erledigen gewesen, so furchtbar viel.

Während sie sich weiter abmühte, ihre ohnehin schwache Erfindungsgabe von Minute zu Minute matter wurde, die nicht existierende Schwester immer verschwommener und die Zahl ihrer Kinder immer ungewisser, fragte sich Harriet auf einmal, wie ihre Sitznachbarin wohl reagieren würde, wenn sie ihre Geschichte einfach sein ließe und anfinge, die Wahrheit zu sagen. Ja, sehen Sie, ich fliege mit dem nächsten Flugzeug zurück. Ja, heute abend noch. Sobald wir ankommen, gehe ich auf direktem Weg zum ABFLUG ...

»Aber wieso denn, meine Liebe? Was in aller Welt...?«

Und sie würde lässig erwidern müssen: »Ach, nur so, aus Jux. Ich hatte plötzlich Lust, einfach nach Kalifornien und zurück zu fliegen ...«

Eine Verrückte, ohne Zweifel. Würde die Fragestellerin von ihr wegrücken und ausdruckslos vor sich hin starren, wie man das so tut, wenn man sich einem Wahnsinnigen gegenübersieht?

Wahnsinnig? *War* es wahnsinnig, achttausend Kilometer zu fliegen und wieder zurück, über fünfhundert Pfund zu bezahlen, und das nur, um ein Grußtelegramm zu schikken?

Es sah bestimmt wahnsinnig aus. Es klang wahnsinnig. Aber in ihrem Herzen, ihrem angsterfüllten, wehen Herzen wußte sie, daß es nicht im geringsten wahnsinnig war. Es war sogar spottbillig, wenn es ihr gelang, das Leben ihrer einzigen Tochter zu retten.

Es war einfach gewesen – sogar erstaunlich einfach – den Hin- und Rückflug zu buchen. Natürlich war jetzt gerade keine Saison, die Sommerferien waren vorbei, und Weihnachten lag noch in weiter Ferne. Zweifellos waren sie froh, wenn sie ihr Flugzeug vollkriegten. Jedenfalls hatten sie zu ihrer größten Erleichterung nicht mit der Wimper gezuckt, als sie ihren Rückflug für den gleichen Tag buchen wollte. Vielleicht wurden sie ja dafür bezahlt, daß sie *nicht* mit der Wimper zuckten. Oder vielleicht war auch das, was sie tat, gar nicht so außergewöhnlich. Vielleicht gab es ja Leute, die so etwas dauernd machten. Mittagessen in Los Angeles, Abendessen mit Freunden in New York und rechtzeitig zum Frühstücksfernsehen zurück in London ...

»Aber haben Sie nicht eben gesagt, die Zwillinge seien zur Welt gekommen, *nachdem* sie England verlassen hatte?« Bemüht, aus der ganzen Geschichte schlau zu werden, hatte die alte Dame ihr freundliches, rosiges Gesicht in sorgenvolle Falten gelegt. »Wie kann der Junge da schon auf dem College sein?«

Glücklicherweise wurden in diesem Augenblick die Getränke herumgereicht, gefolgt vom Lunch in den üblichen, spannenden kleinen Behältnissen, so daß Harriet die Unterhaltung elegant aufs Essen, Kochen, auf die Gesundheit, auf Mikrowellengeräte und dergleichen lenken konnte – und bald darauf, als sie den Atlantik ungefähr zur Hälfte überquert hatten, schlief ihre neue Freundin gottlob ein.

Jetzt lag ein verstohlener Platzwechsel im Bereich der Möglichkeit. Das Flugzeug war bei weitem nicht voll, und Harriet hatte freie Wahl. Sie suchte sich daher einen Mann aus, mittleren Alters und beschäftigt. Ihm war schon von weitem anzusehen, daß das letzte, was er würde hören wollen, also das wirklich allerletzte, die Lebensgeschichte einer Frau sein würde, die sich zufällig neben ihm niederließ.

Trotz aller Sorge und Anspannung döste Harriet nach einiger Zeit ein – döste – wachte auf – und döste wieder. Und plötzlich waren sie da, setzten bereits zur Landung an.

Der Flughafen von Los Angeles sah in Harriets müden und desinteressierten Augen nicht viel anders aus als andere Flughäfen auch. Sie war schließlich auch nicht auf der Suche nach Lokalkolorit, sondern nach einem Postamt, und mit einiger Mühe – es sah nämlich nicht ganz so aus wie die englischen Postämter – fand sie auch eins. Fand den Schalter für Auslandstelegramme, fand das richtige Bündel Formulare, und dann stand sie mit gezücktem Kugelschreiber da und wußte nicht, warum sie nach alledem nicht endlich anfing zu schreiben.

»Von Herzen alles Liebe. Schreibe bald.«

Das war die simple und ausreichende Botschaft, zu der sie sich entschlossen hatte. Und dann die Unterschrift: »Frankie«.

Was war also so schwierig daran? Warum erschien ihr diese letzte – und einfachste – Aufgabe auf einmal unmöglich? Die Schwierigkeiten, die sie zu überwinden gehabt hatte, um diese bizarre Reise überhaupt anzutreten, waren weiß Gott unvergleichlich viel größer gewesen. Sich das Geld zu beschaffen, die Flugtickets, den Rückflug zu kriegen, sich vor Morgengrauen aus dem Haus schleichen zu müssen unter Zurücklassung einer Nachricht, daß es Großmutter nicht gutgehe ... sie den ganzen Tag bei ihr sein müsse ... erst sehr spät zurückkommen werden. Genaugenommen würde es morgen früh sein, aber Sophie merkte das ohnehin nicht. In ihrem augenblicklichen Zustand düsteren Verkrochenseins war es zweifelhaft, ob sie die Abwesenheit ihrer Mutter überhaupt bemerkte.

Warum also – *warum* war es so schwierig, diese schlichten Worte hinzuschreiben, die doch der einzige Sinn und Zweck dieser ganzen phantastischen Unternehmung waren?

Weil sie einen Verrat darstellten, das war der Grund. Weil sie ein Vertrauensbruch waren und die Integrität ihrer Tochter auf die mieseste Weise verletzten. Mit diesem unechten Telegramm würde sie in Sophies liebendes, argloses Herz eine zersetzende Lüge einpflanzen, eine dunkle, symptomlose Krankheit, die ihren innersten Wesenskern zerfressen würde, und das im Augenblick der Erleichterung und Freude.

Wie konnte eine Mutter, die ihr Kind liebte, so etwas tun?

Wie konnte sie es nicht tun, wenn das Leben ihrer Tochter auf dem Spiel stand?

Harriet schrieb die Worte und reichte sie dem Schalterbeamten, der sie zählte – eins, zwei, drei, bis sieben, ohne die Adresse. Sieben Wörter eines Verrats, der niemals getilgt werden konnte. Das ganze kostete neun Dollar, das war alles. Sie konnte sogar mit englischem Geld bezahlen.

Der Rückflug verlief nicht so glatt und einfach wie der Hinflug. So ziemlich alles, was nur schieflaufen konnte, lief auch schief. Der Start verzögerte sich aufgrund eines Motorschadens, und als der endlich behoben war, führten Berichte über eine zunehmende Wetterverschlechterung über dem Atlantik zu einer weiteren Verzögerung. Als sie mit fast vierstündiger Verspätung Heathrow erreichten, hatte sich über dem Flughafen eine immer dichter werdende Nebeldecke ausgebreitet, und sie kreisten hoch darüber in der drohenden, sonnendurchfluteten Bläue, und kreisten und kreisten, während der Pilot Beruhigendes und Entschuldigendes von sich gab und die Passagiere angeschnallt und ganz still dasaßen.

Schließlich landeten sie in Luton, wo sie weitere zwei Stunden warten mußten, bis ein Bus zur Verfügung stand, mit dem sie die lange, kalte Fahrt nach London antreten konnten.

Als Harriet endlich – fast zehn Stunden später als geplant – in ihre Straße einbog, wurde es bereits dunkel, und ihr war ziemlich mulmig zumute. Sie hatte damit gerechnet, daß sie zeitig genug zurück sein würde, um für den üblichen morgendlichen Ablauf zu sorgen: Sophie wecken, ihr so lange zusetzen, bis sie aufstand, ein bißchen Frühstück runterbrachte, sich auf den Schulweg machte. Ob sie sich, ohne wie sonst angetrieben worden zu sein, überhaupt gerührt hatte? Vielleicht lag sie ja noch im Bett und brütete vor sich hin.

Hier machte die Straße eine Biegung, und dahinter sah Harriet ihr Haus liegen. Sie blieb wie angewurzelt stehen, gelähmt, von einem maßlosen Entsetzen überwältigt.

Überall brannte das Licht, fiel hell aus allen Fenstern und

aus der offenen Haustür, die sich in diesem Augenblick noch weiter öffnete und eine Gestalt entließ – zwei Gestalten, und selbst aus dieser Entfernung unschwer an ihren Uniformen zu erkennen ... die Polizei!

Es war also passiert! Das, wovor sie sich all diese Wochen hindurch gefürchtet hatte, dem sie kaum einen Namen zu geben gewagt hatte, war eingetroffen. Was sonst konnten zwei Polizisten zu dieser wenig bemerkenswerten Adresse in einer durch und durch normalen Straße führen, konnte sie veranlassen, so gemessen, so feierlich den Kiesweg hinunterzugehen, den Bürgersteig zu überqueren und in ihr wartendes Auto zu steigen?

Erst als die Autotür zugeknallt und der Motor angelassen wurde, gewann Harriet die Herrschaft über ihre Glieder zurück und fing an zu laufen, lief wie benommen und ohne etwas anderes wahrzunehmen auf das Licht zu – einer Motte gleich, die sich dem ihr bestimmten Verhängnis nicht entziehen kann.

»Mammi! O Mammi, wie wunderbar! Oh, ich bin ja so dankbar!«

Sophies Arme umschlangen sie, ihre Tränen, die Harriet feucht an ihrer Wange spürte, waren Freudentränen. Und als es ihr endlich gelang, ihrer Tochter ins Gesicht zu blikken, sah sie, daß es, obwohl noch immer vom Weinen verquollen, vor ungläubiger Freude strahlte.

Na also! Das Telegramm war offensichtlich schon eingetroffen und hatte gewirkt! Hatte augenblicklich und absolut gewirkt, besser als in ihren kühnsten Träumen! Aber trotz ihrer ungeheuren Erleichterung über diese wunderbare Veränderung in Sophie spürte sie doch einen nagenden Zweifel, der an dem Fundament all dieser Freude fraß.

Sophies Glück schien jedoch in diesem Augenblick ungetrübt und auch nicht von dem kleinsten Zweifel oder Argwohn überschattet zu sein. Sie tanzte fast vor ihrer Mutter her durch die kleine Diele. Harriet machte die Haustür zu, und erst da, als sie zufällig hinunterblickte, sah sie es.

Das Telegramm aus Los Angeles lag unbemerkt und ungeöffnet auf der Fußmatte.

*Unbemerkt!* Harriet stand da, und ihr schwindelte fast, als sie langsam begriff, was das bedeutete. Sophies plötzliche Wiedererweckung zum Leben war dann also gar nicht das Ergebnis ihres falschen, erlogenen Telegramms. Sie war ... sie war ...?

»O Mammi, es ist ja so wunderbar, daß du wieder da bist!« Und Harriet hatte gerade noch Zeit, das Telegramm tief in ihre Tasche zu stopfen, als Sophie auch schon wieder die Arme um sie schlang. »Ich hatte ja solche Angst! Als du heute nachmittag immer noch nicht zurück warst, habe ich die Polizei angerufen, und sie sind auch gekommen – sie waren furchtbar nett und meinten, dir sei ganz bestimmt nichts passiert –, aber ich konnte es immer noch nicht glauben. Als ich nämlich Großmutter heute morgen anrief und sie sagte, was das denn für ein Unsinn sei, und ihr fehle nicht das geringste, und du seist überhaupt nicht dagewesen ... o Mammi, das war so schrecklich! Und was es noch schrecklicher machte ...« – hier wurde ihre Stimme so leise, daß sie fast flüsterte –, »was es noch schrecklicher machte, war, daß ich ja *wußte*, wie eklig ich all die Wochen zu dir gewesen war ... ich wußte es ja ... so egoistisch und furchtbar! Und da dachte ich auf einmal ... ich meine, ich fürchtete ... es hätte doch sein können, daß du es einfach nicht mehr aushalten konntest. Und daß du ... daß du ... und das wäre dann ganz allein meine Schuld gewesen!«

Inzwischen weinte Harriet auch. »Scht«, machte sie, als sie sich fest umschlungen hielten, »scht, Liebling, weine nicht. Ich bin auch furchtbar gewesen... auf eine sehr merkwürdige Art und Weise. Eines Tages werde ich es dir erzählen.«

Und eines Tages würde sie dies auch. Eines Tages, vielleicht wenn Sophie selbst eine halbwüchsige Tochter hatte? Und sie würde ihr auch erzählen, welche Lektion ihr erteilt worden war und wie sie dazu halb um den Erdball hatte reisen müssen. Die alte, alte Erfahrung, daß eine Zeit kommt, wo man sein Kind nicht länger beschützen kann. Weder dadurch, daß man Hunderte von Pfund bezahlt, noch dadurch, daß man bis zum Ende der Welt reist und wieder zurück, und auch nicht, indem man ein tröstliches Lügengespinst webt, und sei es noch so kunstvoll. Nichts von alledem ist dazu geeignet, eine heranwachsende Tochter vor den harten Schlägen des Lebens zu bewahren.

Von nun an muß sie sich selbst beschützen. Vielleicht stellt man im Laufe der Zeit sogar fest, daß die Rollen gelegentlich vertauscht sind und daß *sie dich* beschützt.

»Mammi! Du siehst ja völlig erfroren aus! Komm schnell ins Warme, ich mache dir eine schöne heiße Tasse Tee!«

## *Der Kirschbaum*

Helen! Helen! Bist du fertig mit deinen Übungen?«

Helen richtete sich seufzend auf. Sie hatte es genossen, in dem weichen, frisch aufgeschossenen Gras zu liegen und den Kirschbaum zu betrachten. Das Blau des Himmels durch das wogende Meer der weißen Kirschblüten war einfach unvergleichlich. Ihr Vater – ein Mann, an den sie sich nicht mehr erinnern konnte – hatte diesen Baum gepflanzt, als sie geboren worden war. Damals war er noch ein sehr kleiner, schwacher Baum gewesen, kaum größer als ein Besenstiel. Aber er ist mit ihr gewachsen, Jahr für Jahr, und jetzt, in diesem Frühling, wurden sie beide neun Jahre alt. Er war nun schon ein richtiger, großer Baum; wenn sie unter ihm lag, schien er den gesamten Garten mit seiner Pracht auszufüllen.

»Helen!«

Mißmutig stand Helen auf und strich Gras und Blätter von ihrem alten, zerknitterten Kleid. Sie brauchte gar nicht über den Rasen zu ihrer Mutter hinzuschauen, denn sie wußte auch so, daß Onkel Philipp da war. Dieser Ton unbeholfener Tüchtigkeit tauchte in ihrer Stimme nur auf, wenn Onkel Philipp da war. Außerdem wäre ihre Mutter nie im Leben von allein auf die Idee gekommen, ihr solch eine Frage zu stellen. Helen hatte noch nie vergessen, ihre Übungen zu machen, und mußte oft genug ihre Mutter daran erinnern: »Mami, bitte sag Jennifer, daß sie nicht vor fünf kommen soll, sonst bin ich mit meinen Übungen noch nicht fertig.« Und ihre Mutter sagte dann: »Ach ja, Liebes, natürlich, das hätte ich jetzt doch schon wieder vergessen.«

Langsam stapfte Helen durch das Gras, die ausgetretenen Turnschuhe schlappten an den Füßen. Den Blick hielt sie fest auf den Boden gerichtet, denn sie wußte nur zu gut, was sie sehen würde, wenn sie aufschaute: ihre Mutter, ihre sonst so fröhliche, zerstreute Mutter, die nun aber unnatürlich ernst und unsicher wirkte: neben ihr Onkel Philipp, auch sehr ernst, aber nicht im mindesten unsicher. Diese Ernsthaftigkeit paßte zu ihm, saß wie eine zweite Haut, während sie bei ihrer Mutter aufgesetzt wirkte, als balancierte sie eine unmögliche Hutkreation auf ihrem widerspenstigen Haar.

Onkel Philipp war es, der sie so veränderte, da war sich Helen sicher. Onkel Philipp, dort stand er, groß und dunkelhaarig und fürchterlich gutaussehend in seinem dunklen, maßgeschneiderten Anzug. Onkel Philipp, der vor kurzem noch Mr. Wilson gewesen war und den sie als solchen überhaupt nicht bemerkt, geschweige denn zur Kenntnis genommen hatte. Manchmal dachte Helen, daß sie ihn weniger hassen würde, wenn sie ihn weiterhin Mr. Wilson hätte nennen dürfen. Aber das ging offensichtlich nicht mehr, nun, da er ihre Mutter heiraten wollte.

»Hallo, Helen, willst du uns denn gar nicht anschauen?«

Onkel Philipps scheinbar heitere Worte zwangen Helen, den Kopf zu heben.

»Also wirklich, Lilian, du solltest dem Kind bessere Manieren beibringen. Sie hat keinen Respekt vor dir. Du mußt wirklich ein wenig strenger mit ihr sein.«

Helen sah das Gesicht ihrer Mutter wie auf Knopfdruck streng werden.

»Helen«, rief sie mit unnatürlich lauter Stimme, »komm und begrüße, äh, sag guten Tag zu, äh ...« Ihre Stimme verlor sich und mit ihr die Strenge. Sie wirkte schrecklich jung und hilflos. Helen hatte Mitleid mit ihrer Mutter und versuchte deshalb, deren Hilflosigkeit zu überspielen.

»Entschuldige, Onkel Philipp«, sagte sie schnell mit respektvollem Ton. »Wie geht es dir, Onkel Philipp?«

»Danke, gut, Helen. Und nun gehorche deiner Mutter, lauf und mach deine Übungen.«

»Aber ich *bin* doch schon fertig!« Mit einer Kopfbewegung warf Helen ihre kurzen Zöpfe nach hinten und schaute ihm in die Augen. »Ich habse schon vor der Teepause gemacht, wie immer!«

»Ich habe meine Aufgaben schon vor der Teepause gemacht«, korrigierte Onkel Philipp sie mechanisch, während er mit seinen dunklen Augen fragend ihre Mutter anblickte.

»Stimmt das, Lilian? *Hat* sie ihre Übungen schon gemacht?«

»Wieso? Ich äh, ich habe es nicht kontrolliert, aber du machst sie doch immer, nicht wahr, Liebes?«

»Du hast es nicht *kontrolliert*? Also wirklich, Lilian. Liebling, es wird allerhöchste Zeit, daß in diesen Haushalt ein wenig Organisation hineinkommt. Wir müssen feste Regeln für Helens Übungen aufstellen. Du solltest von ihr verlangen, daß sie sie immer zur selben Zeit erledigt, und du mußt natürlich kontrollieren, wie lange sie sie macht...«

Helen, die es schrecklich fand, zusehen zu müssen, wie ihre Mutter diese neue Ansicht zur Lebensbewältigung verinnerlichte, unterbrach ziemlich rüde das Gespräch: »Soll ich das Abendessen vorbereiten, Mami? Es ist schon nach sechs.«

»Äh, Liebes«, ihre Mutter warf einen ängstlichen Seitenblick auf Onkel Philipp. »Äh, Liebling, das ist wirklich lieb von dir, aber... Nun, verstehst du...«

Helen schluckte, straffte ihre Schultern und erklärte dann herausfordernd: »Mami und ich wollten hier draußen unter dem Kirschbaum essen. Das machen wir häufig im Sommer. Sie setzt sich immer dort in den Korbstuhl und ruht sich aus, während ich ein paar Eier koche, die wir anschließend hier draußen essen. Ich kann sehr gut Eier kochen.«

Wie sie da stand, mit leicht gespreizten Beinen im Licht der Abendsonne, schien sie verhindern zu wollen, daß er es wagte, sich dieser Planung zu widersetzen. Aber er sah so stark aus – und so groß. Sein dunkles, klassisch geschnittenes Gesicht ragte drohend über ihr, als er mit einem dünnen Lächeln erklärte: »Wie schön. Aber heute abend – Lilian, du stimmst mir doch sicherlich zu –, heute abend bin ich der Ansicht, daß...«

Helen konnte sehen, wie ihre Mutter mit fliegenden Fahnen zu seiner Ansicht überwechselte. »Ja, Philipp, natürlich! Ich wollte doch nicht, und Helen, das heißt... Helen, Liebes, ich weiß, wir hatten geplant, im Garten zu essen, aber wie du siehst... Nun, nachdem uns Onkel Philipp heute abend so unerwartet mit seinem Besuch überrascht hat, nun, du verstehst doch, nicht wahr, Liebes...? Er fühlt sich...«

»Lilian, Liebste«, Onkel Philipp tätschelte ihren Arm mit milder Ungeduld: »Lilian, Liebste, wann bringst du deiner Tochter endlich bei, daß ›Nein‹ ›Nein‹ heißt? Dann gäbe es für dieses Palaver hier keinen Grund.«

»Helen, deine Mutter und ich möchten heute abend wie zivilisierte Menschen im Haus essen. Selbstverständlich kannst du ihr dabei zur Hand gehen. Sie wird dich rufen, wenn sie deine Hilfe braucht, und dir genau sagen, was du tun sollst. Komm, Lilian Darling, laß uns hineingehen. Ich vertrage dieses grelle Licht nicht.« Und wirklich, seine schönen, dunklen Augen waren zu zwei häßlichen Schlitzen zusammengezogen, um sich vor dem wunderbar goldschimmernden Licht des späten Nachmittages zu schützen. Sie wirkten nun schmal, gemein...

Helen drehte sich um und ging langsam zum Kirschbaum zurück. Sie war kein Kind, das bei jedem Anlaß gleich zu weinen begann, aber als sie dort stand und in die schneeweiße Blütenpracht blinzelte, mußte ihr Gesicht sie verraten haben, denn im nächsten Augenblick hörte sie eine fröhliche Stimme, die von der Mauer kam: »Hallo, kleine Kirschbaummaus! Was ziehst du an einem so schönen Tag für ein Gesicht?«

Helen wandte sich um. Völlig überraschend fühlte sie sich schon ein wenig getröstet. »Kirschbaummaus«, so neckte sie nur Mr. Roberts, weil sie fast ihre gesamte freie Zeit unter dem Baum verbrachte. Und er durfte sie so nennen, weil er ihr einmal verraten hatte, daß sein Vorname Robert war: Mr. Robert Roberts. Helen hatte das sehr lustig gefunden und darüber gelacht, damals, als es noch so viel gab, worüber sie lachen konnte – zu der Zeit als Onkel Philipp noch nicht in ihr Leben getreten war. Sie schlenderte auf die niedrige Mauer zu und stützte sich mit den Ellbogen darauf. Ihre verwirrten Augen starrten hilfesuchend in Mr. Roberts sonnenverbranntes, glänzendes Gesicht, das in der Abendsonne wie ein heimeliger Ofen glühte.

»Na, erzähl schon, meine kleine Kirschbaummaus«, ermunterte er sie. »Was ist denn los? Solch ein Gesicht darf nicht in meinen Garten schauen, das verscheucht mir ja die Bienen!«

Helen versuchte zu sprechen. Aber für diesen Gefühlsaufruhr, der in ihr tobte – eine Mischung aus Angst, Verlegenheit und Sorge, etwas zu verlieren –, dafür konnte sie keine Worte finden.

»Onkel Philipp ist wieder da«, erklärte sie schließlich – völlig unzulänglich und doch empfand sie in dem Moment, da es ausgesprochen war, daß sie Mr. Roberts damit alles mitgeteilt hatte.

»Oh«, war alles, was er darauf erwiderte – und vermittelte ihr damit das Gefühl, nicht nur alles gesagt zu haben, sondern auch verstanden worden zu sein.

»Oh«, wiederholte er noch einmal gedankenverloren; »Möchtest du vielleicht ein paar Fingerhutpflanzen für euren Garten? Ich hab da ein paar, gerade richtig zum Einpflanzen. Spring doch über die Mauer und schau sie dir einmal an.«

Die nächste halbe Stunde verging wie im Flug. Onkel Philipp war vollkommen vergessen, so sehr nahm sie die Aufgabe gefangen, sechs kräftige Schößlinge auszuwählen, die sie anschließend mit Mr. Roberts in ihren Garten einpflanzte.

»Du mußt sie ziemlich tief in die Erde setzen«, wies er sie an. Seine ruhige, warme Stimme klang ein wenig gedämpft und angestrengt vom langen Bücken. »Und in einem Monat oder vielleicht auch schon in drei Wochen mußt du sie ...«

Eine scharfe Stimme unterbrach sie.

»Helen! Komm bitte rein. Deine Mutter möchte, daß du den Tisch deckst. Ja, und äh ...?« Onkel Philipp blickte fragend und mit deutlichem Widerwillen auf Mr. Roberts kräftige Rückansicht.

»Das ist Mr. Roberts, unser Nachbar«, stellte ihn Helen höflich vor. »Mr. Roberts, das ist Mr. Wilson.« Sie fühlte sich gleich wohler: es war wunderbar, einen Vorwand zu haben, »Mr. Wilson« zu ihm zu sagen statt »Onkel Philipp«. Außerdem fühlte sie sich mit Mr. Roberts an ihrer Seite wunderbar stark und geborgen, so daß die Kälte in Onkel Philipps mißbilligender Stimme ihr nichts anhaben konnte: »Aha. Guten Abend. Mr. Roberts wird auch nach Hause wollen. Also komm schon, Helen.« Und ohne sich noch einmal umzuschauen, nahm er Helen mit sich ins Haus.

Als sie das Haus betraten, zögerte er einen Augenblick. Dies war das erste Mal, daß Helen so etwas wie Unsicherheit bei ihm erkennen konnte.

»Dieser Mann, ist er oft hier?« fragte er betont beiläufig.

»Ja, schon, er hilft uns öfter im Garten. Mami und ich kennen uns nicht so richtig aus, und er...«

Onkel Philipp zeigte wieder dieses dünne Lächeln, das Helen so verabscheute.

»Daß deine Mutter und du nicht viel von der Gärtnerei verstehen, das kann jeder sehen. Wenn ihr auch nur die geringste Ahnung hättet, würdet ihr niemals diesen Baum dort mitten auf dem Rasen stehen lassen.«

Zuerst wußte Helen überhaupt nicht, wovon er sprach. »Meinst du den *Kirschbaum*?« hakte sie schließlich nach.

»Ja, ich nehme an, daß es ein Kirschbaum ist. Er ist einfach zu groß für diesen Garten und ist doch nur noch im Weg. Ich habe deiner Mutter schon gesagt, daß sie ihn fällen sollte.«

Helen konnte seine Worte zunächst überhaupt nicht begreifen. Sprachlos starrte sie auf die Blütenpracht. Im Licht der untergehenden Sonne strahlte sie unwirklich auf, und einen schrecklichen Augenblick lang hatte Helen fast den Eindruck, daß der Baum in Flammen stand. Sie schüttelte sich, schluckte und entgegnete dann mit grimmiger Zuversicht: »Aber nein, Mami würde das nie tun!« Und damit verschwand sie in die Küche.

Für Helen wurde dies die schrecklichste Mahlzeit, die sie jemals zu sich genommen hatte; und ausgerechnet heute gab es mehrere Gänge. Der Tisch war aus dem sonnigen Alkoven in die dunklere Hälfte des Raumes geschoben worden, weil Onkel Philipp das Licht nicht vertrug. Ihre Mutter, die sonst immer so heiter und gelassen war, trug hektisch die verschiedenen Gänge auf und lief herum wie ein aufgescheuchtes Huhn, ängstlich darum bemüht, ja alles genau so zu machen, wie Onkel Philipp es gerne haben wollte. Völlig überraschend schoß Helen die Frage durch den Kopf, warum ihre Mutter das überhaupt alles machte. Warum schickte sie ihn nicht einfach fort und ließ ihn nie wieder in ihr Haus? Damals, als Mutter ihr erzählt hatte, daß sie Mr. Wilson heiraten wollte und sie ihn darum ab sofort Onkel Philipp nennen sollte, da hatte Helen es in ihrer tiefen Bestürzung gewagt, solche Fragen zu stellen. Ihre Mutter hatte gezeigt, wie entsetzt, verletzt und sogar erschrocken sie darüber war, aber sie hatte versucht, alle Fragen zu beantworten, wie sie schon immer versucht hatte, alle ihre Fragen möglichst ehrlich zu beantworten, wenn die Antwort dann manchmal auch ein wenig konfus ausfiel.

»Tja, Liebling, für ein junges Mädchen wie dich ist nur schwer zu verstehen, daß äh... Nun, fühlst du dich nicht auch manchmal ein wenig einsam hier, nur wir zwei, so ganz allein? Ich weiß, du kannst dich nicht mehr an deinen Vater erinnern, aber, nun, es *ist* wirklich einsam hier. Ich gehöre nicht zu den Frauen, die ihre Freiheit über alles lieben und denen es Freude macht, alleine zurechtzukommen. Für mich ist es eine unendliche Erleichterung, wieder einen

Mann im Hause zu haben, jemanden, den man um einen Ratschlag bitten kann...«

Richtig verstanden hatte Helen ihre Mutter nicht. *Sie* hatte sich nie einsam gefühlt, nicht eine Sekunde lang, und es traf sie tief, daß ihre Mutter so fühlte. Und was die Ratschläge anbelangte – Onkel Philipp *hörte nie auf*, Ratschläge zu geben. In eben diesem Augenblick war er schon wieder dabei, noch mehr davon zu erteilen mit seiner klaren, überlegenen Stimme: »...wirklich, Lilian, du solltest einen Gärtner engagieren.« Dabei lehnte er sich in seinen Stuhl zurück, als ob er schon der Herr im Hause wäre. »Du darfst mir nicht böse sein, wenn ich das so sage, Liebling, aber ihr beide, du und Helen, erreicht mit eurer Werkelei im Garten nun wirklich nicht sehr viel.« Er stand auf und ging demonstrativ ans Fenster. »Schau ihn dir doch einmal richtig an! Fast überall nur Gras – das kann man nun wirklich nicht mehr Rasen nennen – und dann noch all diese Gänseblümchen! Was hierher gehört ist ein sauberer Kiesweg, ordentliche, eingefaßte Blumenbeete und in der Mitte einen kleinen, richtigen Rasen. Jetzt kann man ja nicht einmal vernünftig mit dem Rasenmäher arbeiten – und all die Blätter im Herbst! So ein Baum gehört einfach nicht in einen ordentlichen, gepflegten Garten.«

Er drehte sich um und sah Helens Mutter erwartungsvoll an. Der Krug, den sie gerade auf den Tisch stellen wollte, rutschte ihr aus den Händen, so daß etwas Wasser herausspritzte. Nervös entschuldigte sie sich – Onkel Philipp haßte solche Ungeschicklichkeit – und betupfte die Wasserflecken hastig, aber ohne die geringste Wirkung zu erzielen, mit ihrer Serviette.

»Aber der Baum, Philipp«, ihre Stimme zitterte leicht.

»Wir wollen den Baum behalten. Das verstehst du doch, nicht wahr, Liebling?«

Besorgt blickten ihre blauen Augen in die seinen. Er lachte und tätschelte ihre Wange.

»Schon gut, mein Mädchen, schon gut! Du bist halt eine hilflose, vergeßliche kleine Frau, die mit ihrem großen wildwuchernden Garten nicht alleine fertig wird und eine kräftige Hand zur Unterstützung braucht. Habe ich nicht recht?«

Er streichelte ihr übers Haar und gab ihr einen Kuß in den Nacken, während Helen sich unbemerkt aus dem Zimmer stahl.

Der nächste Tag war ein Samstag. Helen und ihre Mutter waren vom Wochenendeinkauf zurückgekehrt, und Helen legte gerade das Gemüse in die Kiste unter dem Küchenschrank, als das Telefon klingelte. Ihre Mutter ging an den Apparat. Sie sah ziemlich besorgt aus, als sie wieder in die Küche zurückkam: »Helen, Liebes, du weißt ja, ich muß heute nachmittag ins Institut, und du wärest dann heute ganz allein. Das eben am Telefon, das war Onkel Philipp. Er hat nun doch den heutigen Nachmittag frei und will vorbeikommen.«

»Das kann er doch nicht, wenn du nicht da bist«, fiel Helen ihr hastig ins Wort.

»Liebling, sei ein braves Mädchen. Ich bin fest davon überzeugt, daß Onkel Philipp dich im Grunde sehr gern hat. Wahrscheinlich hält er dies für eine gute Gelegenheit, dir näherzukommen. Du wirst doch nett zu ihm sein, ja? Du wirst nicht...«

Helen seufzte auf: »Schon gut, Mami, versprochen, ich versuch's.«

Helen war erleichtert, als sie sah, daß Onkel Philipp nicht allein gekommen war. Der langhaarige junge Mann war zwar nicht sehr einnehmend, aber alles war besser, als mit Onkel Philipp einen ganzen Nachmittag allein zu verbringen. Während die beiden Männer durch das Haus in den Garten gingen, hörte sie einige Fetzen ihres Gesprächs, aber nicht genug, um verstehen zu können, was da eigentlich besprochen wurde.

»... fast noch genau so ein Kind wie die Tochter. Ich finde, daß man eine starrköpfige Frau am besten vor vollendete Tatsachen stellt. Was getan ist, ist getan. Das setzt einem Streit ein wundervolles Ende.«

Sie hatten nun den Garten erreicht und schauten sich um.

»Im Herbst wäre es eigentlich besser, nicht?« sagte der Mann, der in Gedanken versunken am Fingernagel kaute.

»Das interessiert mich nicht die Bohne«, warf Onkel Philipp hastig ein. »Das heißt, wenn Sie weiter mitmachen. Es ist sehr gut möglich, daß dies der einzige Nachmittag ist, an dem die zuständige Dame aus dem Haus ist und wir freie Bahn haben.«

Der andere brummelte irgend etwas, das Helen nicht verstehen konnte. Onkel Philipp lachte laut.

»Ach du meine Güte, nein, machen Sie sich doch deswegen keine Gedanken! Kinder sind im Grunde eigentlich alle Sadisten. Sie lieben alle Arten der Zerstörung. Haben Sie denn Freud nicht gelesen? Warten Sie's nur ab. Sie wird sich halb totlachen! Hallo, Helen! Komm doch mal her!«

Helen näherte sich mißtrauisch.

»Hallo, großes Fräulein!« Onkel Philipp zeigte sich ungewohnt herzlich. »Magst du nicht auch Lagerfeuer? Hast du Lust, mir bei einem zu helfen?«

Helen schaute ihn prüfend an.

»Mami und ich machen normalerweise im Herbst Lagerfeuer.«

»Na und! Das wird jetzt halt ein Sommerfeuer. Etwas ganz Besonderes. Du wirst schon sehen. Geh und such Papier und was man sonst noch alles verbrennen kann, und fang schon mal an.«

Helen hockte bei ihrem kleinen Haufen Papier, den sie zusammengetragen hatte, und war damit beschäftigt, dem doch ziemlich unwilligen Material eine kleine Rauchfahne abzuschmeicheln. Deshalb konnte sie nicht sehen, was Onkel Philipp tat. Sie hörte aber, wie er seinem Freund zurief, daß er etwas aus dem Wagen holen sollte, und wie er sich im Werkzeugschuppen zu schaffen machte.

Helen konnte nicht sagen, warum sie sich umdrehte; und als sie es tat, hustend und mit tränenden Augen vom beißenden Rauch, konnte sie gar nicht fassen, was sie da sah.

Onkel Philipp stand mit aufgerollten Hemdsärmeln am Kirschbaum. In seiner Hand hielt er eine große, glänzende Säge. Helen starrte ihn an, wie gelähmt. Ganz langsam dämmerte ihr, was da vor sich ging. Sie mußte würgen, aber diesmal lag es nicht am Rauch des Feuers. Onkel Philipp wollte den Kirschbaum fällen. Fällen, und das jetzt, wo er in voller Blüte stand, und dann wollte er seine Äste in dem Feuer verbrennen, das Helen selbst angezündet hatte, und zusehen, wie all die weiße Pracht in schwarze Asche zerfiel.

Sie versuchte zu schreien, aber aus ihrer Kehle kam, als befände sie sich in einem Alptraum, nur ein kleiner Seufzer. Doch nur eine Sekunde später sauste sie schon über das Gras und entwand mit der Kraft der Verzweiflung die Säge aus den Händen ihres überraschten Onkels.

Aber ihre Verzweiflung konnte der physischen Überlegenheit ihres Onkels nicht standhalten. Doch bevor der kurze Kampf vorbei war, hatte die Säge in Onkel Philipps Hand eine klaffende Wunde gerissen und auf Helens Bein einen langen Kratzer hinterlassen. Einen Augenblick später hielt Onkel Philipp die Säge in der einen und Helens Fäuste in der anderen Hand. Sie wehrte sich, so gut sie konnte, schrie, trat und biß, als ginge es um ihr Leben.

»Du kleiner Teufel!« zischte Onkel Philipp zwischen den Zähnen hervor, denn er spürte, wie sein warmes Blut am Arm entlang lief. »Ich werde ...!«

In diesem Augenblick erblickte Helen ihre Mutter. Erst viel später sollte sie erfahren, daß ihre Mutter sich im Tag geirrt hatte – typisch für sie – und daß sie an diesem Samstag überhaupt nicht ins Institut hätte fahren müssen. Aber in jenem Augenblick glaubte Helen, daß der Himmel sie zurückgeschickt haben mußte, um den jungen Baum in der Stunde tödlicher Gefahr zu beschützen.

Wenn sie ihn beschützen konnte. Und wenn (was für ein schrecklicher Gedanke!), und wenn sie es überhaupt wollte. Oder würde sie Onkel Philipp auch in diesem Punkt nachgeben?

»Helen, Liebling! Was ist geschehen? Dein Bein ...« Onkel Philipp starrte wütend auf sie nieder.

»Helen, Liebling!« äffte er sie nach. »Wie wäre es denn mit Philipp, Liebling! Ich blute genauso wie sie. Dieses kleine ...!«

Helen fühlte, wie ihre Mutter die Arme fester um sie schlang, fühlte aber gleichzeitig, daß sie am ganzen Körper zitterte. Dies war die Stunde der Bewährung: würde ihre Mutter Onkel Philipp nachgeben, so wie sie es bisher immer getan hatte, oder würde sie ihm jetzt Paroli bieten?

Als ihre Mutter sprach, war ihre Stimme nicht sehr laut, aber da schwang ein Ton mit, den Helen niemals zuvor gehört hatte.

»Du wolltest den Baum fällen, Philipp«, stellte sie unbewegt fest, »den Baum, den mein Mann im Jahr vor seinem Tod gepflanzt hat!«

Onkel Philipps Gesicht färbte sich tiefrot.

»Moment mal, halt, warte! Das habe ich nicht gewußt. Du hast mir nie erzählt, daß dein Mann ihn gepflanzt hat.«

Totenstille folgte, und in dieser Stille entschied sich Onkel Philipps Schicksal. Wenn er es gewußt hätte, wenn er diesen blühenden Baum in einem Anfall von Eifersucht einem Toten gegenüber hätte fällen und verbrennen wollen, das hätte sie ihm eventuell verzeihen können. Aber er hatte es nicht einmal gewußt. Nicht Liebe, Wut oder Eifersucht hatte ihn dazu getrieben, den Baum zu fällen, er wollte es nur tun, weil der Garten ohne den Baum ordentlicher aussehen würde.

Leichenblaß zog Helens Mutter den mit Diamanten besetzten Ring von ihrem Finger und warf ihn Onkel Philipp vor die Füße; im gleichen Augenblick gab es für sie keinen »Onkel Philipp« mehr. Nun war es wieder einfach Mr. Wilson, der da aus dem Garten und damit aus ihrem Leben verschwand.

Das Wort Onkel möchte ich im Leben nicht mehr hören, dachte Helen, während sie bei ihrer Mutter in den Armen lag und vor Erleichterung schluchzte.

Aber nur wenige Abende danach, als Mr. Roberts über die Mauer sprang, um mit ihnen gemeinsam unter dem Kirschbaum harte Eier zu Abend zu essen, kam ihr plötzlich der Gedanke, daß »Onkel Robert« gar nicht so schlecht klang, wirklich nicht!

## *Die Seereise*

Edith war als eine der ersten an Bord. Nach beinahe vierzigjähriger Erfahrung mit Ferienkreuzfahrten, seit ihr Mann gestorben war regelmäßig zweimal im Jahr, im Frühling und im Herbst – wer sollte da nicht wie sie den Betrieb kennen. Sie gehörte nicht zu den schlurfenden, ruckartig vorrückenden Neulingen, die unsicher mit Pässen, Boarding Cards und alledem im Zickzack von einer Warteschlange zur anderen wechselten und sich gegenseitig um Rat fragten, wobei gewissermaßen der Blinde den Blinden führte. »Entschuldigen Sie, wissen Sie zufällig...« »Aber hier steht doch...«

Edith hatte auch einmal zu ihnen gehört, doch das hatte sich geändert. Jetzt wußte sie genau, wo man in der großen Abfertigungshalle hin mußte, welche Papiere man genau für den uniformierten Beamten bereithalten mußte. So lehnte sie denn jetzt im blassen Herbstsonnenschein blasiert und zufrieden über der blauen Reling des Promenadendecks und blickte auf die dichtgedrängte Masse bläulich getönter Dauerwellen und knallbunter Kopftücher hinab, die von unten die Gangway heraufwogte, und lauschte dem erregten Geschwatze und Gezwitscher, das aufstieg wie aus einem aufgeregten Vogelschwarm.

Von hier oben, und von der hohen Warte ihrer jahrzehntelangen Erfahrung und ihrer über siebzig Jahre, konnte Edith nur lächeln über all diese Aufregung, diese Vorfreude auf Abenteuer und Neuanfänge.

Die würde es nicht geben. Das hätte sie ihnen sagen können. Jawohl, sie hätte es ihnen prophezeien können, noch ehe sie gebucht hatten, daß ihre Aussichten, auf dieser Reise einem *Mann* zu begegnen, gleich Null waren. Nun, man brauchte ja nur von hier oben zu sehen und konnte sich die Chancen ausrechnen. Was an männlichen Köpfen zu erkennen war, die hier und dort in der wogenden See von Weiblichkeit auftauchten, war meist kahl, einige trugen ein Hörgerät, und alle waren sie unverkennbar Eigentum eines weiblichen Wesens, das wild entschlossen war, daß dies auch so bleiben sollte.

So war es immer auf diesen Kreuzfahrten. War man erst einmal an Bord, hatte man das Gefühl, eine Welt betreten zu haben, in der das männliche Wesen zu den bedrohten Arten gehörte, so selten begegnete man einem Exemplar und so sorgsam wurde es gehütet. Und natürlich waren, wie bei seltenen, bedrohten Arten üblich, das Jagen und Fallenstellen vollständig in Acht und Bann. Nicht, daß Edith das noch etwas ausgemacht hätte. Für sie war die Jagd nach einem Mann längst vorbei – und das bedeutete in gewisser Hinsicht eine große Freiheit. Es war, als lege man eine Last ab, die man lebenslang getragen hatte, und wäre ohne sie jetzt plötzlich frei. Gewiß, auch ihrer beraubt, wie ein Bergsteiger seines Rucksacks beraubt ist, der ihm in den Abgrund gefallen ist, und doch – wie beweglich macht ihn dieses Pech für den Rest der Kletterei, wie behende, wie unbehindert, wie stark!

Als sie sich unter den Mitreisenden umsah, die nun das Deck überschwemmten, mit dem sorgfältigen, teuren Make-up, der funkelnagelneuen Reiseausrüstung, empfand Edith nur Mitleid für sie und tiefe Dankbarkeit, aus all dem heraus zu sein.

Auch sie hatte andere Zeiten gekannt. Mehrfach, so könnte man sagen. Doch das war jetzt vorbei, und sie war es zufrieden. Zufrieden, alt zu sein und nicht mehr bemerkt zu werden, und nur noch sich selbst gefallen zu müssen. Keinen Mann zu wollen ist sicherlich fast ebensogut wie einen zu haben, und unendlich viel weniger anstrengend.

Trotzdem musterte Edith die an Bord Kommenden mit lebhaftem Interesse. Zwar suchte sie keinen Mann, doch sie suchte jemanden, der ihr die nächsten zwei Wochen Gesellschaft leistete. Eine Frau, ungefähr in ihrem Alter, vorzugsweise eine Witwe, mit der man plaudern und über die anderen Reisenden Bemerkungen austauschen konnte. Sie würden miteinander an Deck sitzen, windgeschützt, sich die Fotos ihrer Enkelkinder zeigen und sich gegenseitig bei Strickmustern beraten.

Unter den einsamen, alternden Frauen, die solche Kreuzfahrten unternahmen, fiel es gewöhnlich nicht schwer, jemanden zu finden, die die anspruchslose Rolle ausfüllte, die Edith vorschwebte.

Diesmal war es sogar noch leichter als sonst, denn durch einen glücklichen Zufall erwies sich ihre Kabinengenossin als genau von der Art, wie Edith sie sich ausgesucht haben würde, hätte man sie ihre Wahl aus der Passagierliste treffen lassen. Lorna Carruthers war neunundsechzig Jahre alt, eine Großmutter inklusive Fotos (aber nicht zu vielen), und ebenfalls Witwe. Außerdem besaß sie noch eine Eigenschaft, die Edith besonders zusagte, obwohl diese zugegebenermaßen nicht jedem gefallen hätte; sie litt an Depressionen. Anscheinend hatte eine ihrer überdrüssige verheiratete Tochter sie aus ebendiesem Grunde zu der Reise überredet.

Edith konnte gut mit Depressiven umgehen – es war eine Fähigkeit, die sie im Lauf der Jahre erlernt hatte. Ihr echtes, um nicht zu sagen begieriges Interesse für all ihre Sorgen war genau das, was sie brauchten oder doch jedenfalls zu brauchen glaubten. Wenn sie Edith erst einmal entdeckt hatten, klammerten sie sich während der ganzen Reise an sie wie an einen Rettungsanker, und das war natürlich auch nett für Edith. Jeder wird gern gebraucht, besonders, wenn es nur für vierzehn Tage ist, und Edith bildete darin keine Ausnahme.

»Verstehen Sie, Edith«, erklärte Lorna Carruthers (sie nannten einander bereits beim Vornamen, als das Schiff noch nicht ganz aus dem Hafen war), »verstehen Sie, ich komme mir derzeit so unnütz vor, das ist das wirklich Schlimme. Es scheint alles keinen Sinn mehr zu haben.«

Sie zogen sich beide zum Abendessen um, so gut es in der engen Kabine ging, und Lornas rosiges, faltiges Gesichtchen sah noch trauriger aus, wie sie so in den Spiegel schaute und mit unsicherer Hand versuchte, rosa Lippenstift auf ihre blassen Lippen mit den hängenden Mundwinkeln aufzutragen.

»Schauen Sie«, fuhr sie fort, »seit der liebe Harold gestorben ist (es war vier Jahre her, Edith hatte das bereits ermittelt) und seit Rosemary geheiratet und Michael die Stellung in Hongkong angetreten hat...«

Edith hatte das alles natürlich schon gehört, in allen seinen schmerzlichen Variationen und Kombinationen – von ihren vielen verschiedenen Reisegefährtinnen im Lauf der letzten zwanzig Jahre, aber irgendwie verlor es nie an Reiz, nie zeigte sie die geringste Ungeduld. Zum Teil deshalb, weil sie mittlerweile genau wußte, was sie darauf zu erwidern hatte.

Aber meine Liebe, *natürlich* werden Sie noch gebraucht! Was würden denn die goldigen Kinderchen ohne ihre Omi anfangen? Oh, ach so, na ja, das ist schade, aber wissen

Sie, die heutige Jugend ist eben so – das bedeutet nicht, daß sie Sie nicht trotzdem liebhaben. Und ja, ja, natürlich sollte Ihre Rosemary Sie öfter besuchen, das finde ich auch, aber ich meine, sie hat eben so viel um die Ohren, und wenn so eins zum anderen kommt... Oh, aber meine Liebe, nein, so dürfen Sie das nicht auffassen! So etwas flammt zwischen Müttern und Töchtern immer wieder auf, das ist doch sattsam bekannt. Sie wird es überwinden, Sie werden sehen... Ah, meine Liebe, so töricht dürfen Sie wirklich nicht reden, selbstverständlich hat er seine Mami noch lieb. Aber schließlich und endlich ist Hongkong sehr weit weg, und Sie wissen doch, wie die jungen Männer sind, wenn es ans Briefeschreiben geht. Das bedeutet überhaupt nicht, daß er Sie nicht liebhat...

Den letzten Satz hatte sie mindestens ein dutzendmal erwidert, doch Lorna war, obwohl sie gierig zuzuhören schien und das Mitgefühl genoß, sichtlich noch nicht bereit, sich trösten zu lassen.

»Ihretwegen fühle ich mich so alt, Edith, so beiseitegeschoben, so erledigt«, jammerte sie und zupfte unter Tränen die exquisit gefärbten Löckchen hinter den Ohren zurecht. »Manchmal, wissen Sie, wenn das Telefon tagelang nicht klingelt und niemand mich besucht hat, sitze ich manchmal im leeren Haus nur so da, starre ins Leere und frage mich: Was hat das alles noch für einen Sinn? Wozu bin ich da? Manchmal kann ich mir einfach nicht vorstellen, wozu!«

Um die Wahrheit zu sagen, hätte auch Edith nicht angeben können, wozu sie selbst noch da war, aber es kümmerte sie nicht. Ja, ihr schien oft, daß es gerade dieses Gefühl war, für nichts mehr dazusein, niemandes Stütze oder Lebensmittelpunkt oder Liebesobjekt mehr zu sein – daß gerade dies das Herrliche am Altwerden war. Dieses Gefühl von Freiheit! Was für ein wundervolles Nachlassen der Pflichten und Verbindlichkeiten des Lebens! Ganz gleich, *was* man tat, wenn man alt und überflüssig war, tat man so ziemlich alles ungestraft.

Doch das war kein Gesichtspunkt, der der depressiven Witwe gefiel, ja auch nur begreiflich war, daher ließ Edith den Gedanken unausgesprochen und setzte die gewohnte altbewährte Methode fort.

Nutzlos und erledigt! So ein Unsinn. Und was das Altsein betrifft, na wissen Sie, neunundsechzig ist doch kein Alter heutzutage, und außerdem hielte niemand Lorna für älter als fünfzig, im Ernst. Und meine Güte, was für entzükkende Ohrringe! Die stehen Ihnen aber, meine Liebe – die betonen das Grün Ihrer Augen.

Es traf sich unglücklich (und war in keiner Weise Ediths Schuld, sie konnte es unmöglich wissen), daß die fraglichen Ohrringe ein Geschenk zum Hochzeitstag gewesen waren – das letzte Hochzeitstagsgeschenk des lieben armen Harold. Echte Smaragde, wie Lorna sich unter Tränen zu erläutern bemühte, das sah dem lieben Harold so ähnlich. Solch entzückende Geschenke hatte er ihr immer gemacht, ein so lieber, großzügiger Mensch.

Über alledem kamen sie zu spät zum Dinner, aber es schien keinen menschenmöglichen Weg zu geben, den Prozeß zu beschleunigen, in dessen Verlauf Lorna ihre Tränen trocknete und ihr Gesicht erneut zurechtmachte, daher gab Edith den Versuch auf. Ihr Blick ruhte gedankenvoll auf der gutbestückten Schmuckkassette, aus der die Ohrringe aufgetaucht waren, und dabei wunderte sie sich – wie schon so oft –, über den uferlosen Leichtsinn, mit dem diese schmerzgebeugten Witwen Schmuck für Tausende von

Pfund auf solche Reisen mitnahmen. Es war erstaunlich. Alles – alles –, um einen Mann zu angeln. Wie wertvoll wurden diese scheckigen bis kahlen Männerköpfe nur eingeschätzt?

Doch mußte man zugeben, daß diese Lorna Carruthers nicht ganz so dumm war wie manche, die Edith kennengelernt hatte. Sie schloß den Schmuckkasten wenigstens ab, ehe sie die Kabine verließ, und versteckte ihn hinten im Schubfach unter einem Stoß Wäsche. Wenn es ihr entging, daß Edith aufpaßte, wo in ihrer Handtasche sie den Schlüssel aufbewahrte, wer wollte sie dafür tadeln, oder? Schließlich waren sie dabei, Busenfreundinnen zu werden, nicht wahr, jedenfalls für die Dauer der Reise, genau gesagt für zwei Wochen, ehe sie sich mit leidenschaftlichem Adressentausch und wiederholten leeren Versprechungen, einander zu schreiben, wieder trennten. Das ist das Wesen von Busenfreundschaften an Bord, und Edith fand oft, daß sie durchaus ihre wahre Adresse hätte angeben können, ohne daß es etwas ausgemacht hätte. Es war viel besser, sich an die altbewährten Methoden zu halten, besonders in ihrem Alter.

Der weitere Ablauf war nun so vertraut, so berechenbar. Der unruhige Morgen des Ausschiffens, an dem die Menschen hier- und dorthin auf dem ganzen Schiff herumrannten und nach verlegten Gepäckstücken suchten. Ein einziges Durcheinander, und inmitten dieses Chaos' half Edith, eine ruhige Stütze, ihrer derzeitigen Busenfreundin, die Landekarte auszufüllen, englische und fremde Währungen auseinanderzusortieren und zu entscheiden, wieviel Trinkgeld man welchem Steward hinterlassen mußte. Oh, Edith war unbezahlbar, und früher oder später würde ihr die Busenfreundin mit Sicherheit für ein paar Sekunden den Rükken kehren, ganz hinten im Schrank nach etwas suchen oder jemandem in der Kabinentür Adieu sagen. Und ein paar Sekunden nur waren nötig, weil schon viel Erkundungsarbeit investiert worden war – in die kleinen Gewohnheiten des Opfers und wo sie Wertsachen und Schlüssel verwahrte...

Als sie zusah, wie ihre neue Freundin den Reißverschluß des innersten Faches ihrer Handtasche zuzog, konnte Edith sich mit Recht gratulieren, das Lorna-Carruthers-Forschungsprojekt erfolgreich gestartet zu haben.

Natürlich waren, als sie im Speisesaal ankamen, die besten Tische bereits vergeben – jene Tische nämlich, wo der eine oder andere Schiffsoffizier, etwa der Zahlmeister oder der Erste Ingenieur –, es sich angelegen sein ließ, gut auszusehen und heiter alle Damen in der Nähe zu beflirten, ganz gleich ob alt oder häßlich.

Edith und Lorna hatten dieses Glück nicht. Sie gerieten statt dessen an einen Tisch mit drei anderen Frauen, die ebenso ältlich waren wie sie selbst, und einem noch ältlicheren Mann, dessen stolze Besitzerin, sich ihres Glücks bewußt, unter allen Seitenhieben und Abfuhren, die er ihr während der ganzen Mahlzeit zuteil werden ließ, unermüdlich weiterstrahlte.

Trotzdem wurde es schließlich noch ein ganz netter Abend. Das Essen war, wie immer auf solchen Kreuzfahrten, köstlich, wenn auch viel zu reichlich. Und anschließend gingen die beiden Freundinnen, warm verpackt in sämtliche Pullover und Jacken über dem ärmellosen Abendkleid, an Deck und trotzten dem aus der Dunkelheit heranpeitschenden Wind, um zuzusehen, wie die Lichter von Newcastle über der schwarzen, stürmischen See schwächer und schwächer wurden.

»Manchmal finde ich, das hier ist das Beste«, überlegte Edith und lehnte sich schwer auf die Steuerbordreling (es war ein anstrengender Tag gewesen). »England in der Ferne verschwinden zu sehen und zu wissen, daß man *weg* ist. Weg, auf offener See, unterwegs ins Unbekannte. Das Gefühl, daß einfach *alles* passieren kann ...«

Sie verstummte. Es war unnötig, Lorna gegen unerwartete Ereignisse vorzuwarnen. Rasch wechselte sie das Thema: »Haben Sie schon einmal die Mitternachtssonne gesehen? Natürlich, diesmal ist es schon zu spät im Jahr, aber ...«

Wieder ein Fehler. Denn – wer hätte es gedacht, Lorna hatte tatsächlich schon die Mitternachtssonne gesehen, jedoch in Gesellschaft des lieben armen Harold ... auf ihrer beider letzten Reise, ehe ... ehe ...

Ihre Tränen fielen rasch, trockneten aber fast ebenso rasch in dem schwarzen, eisigen Wind auf ihren Wangen. Irgendwo tief im Schiffsinneren hatte Tanzmusik eingesetzt, ein schwaches, beharrliches Pochen im Vergleich zum Rauschen des Meeres. Es hatte eine Zeit gegeben – es war nicht einmal so sehr lange her –, da hätte dieses Geräusch Edith magnetisch angezogen, aus der windigen Dunkelheit in den hellerleuchteten Tanzsaal. Sie war einmal eine ausgezeichnete Tänzerin gewesen. Vor fünf Jahren – selbst noch vor vier –, wäre sie auf der Tanzfläche unter den Besten gewesen, und sogar jetzt war es nur die elende Arthritis im Knie, die sie zurückhielt. Die hatte sich seit einiger Zeit verschlimmert, und sie hatte einsehen müssen, daß die Zeit des Tanzens für sie vorüber war. Ihr Stolz und die Erinnerung an ihre einstige Könnerschaft erlaubten ihr nicht, lahm um die Tanzfläche zu hinken, wie es so viele der Alterchen offenbar ganz glücklich taten.

Die Lichter von Newcastle waren nun fast völlig verschwunden.

Sie waren allein mit dem Meer und der dunklen Wölbung der Erde. Allmählich taten ihnen die Ohren weh vor Kälte.

»Wir wollen hineingehen«, sagte sie mit einem kleinen Schauder. »Mir wird allmählich kalt. Wir wollen heute mal früher schlafen gehen.«

Lorna antwortete nicht gleich. Sie schien halb hypnotisiert von dem dunklen, wogenden Wasser unter ihnen und den weißen Schaumfetzen, die unaufhörlich an ihrem Gesichtsfeld vorüber in die Nacht hinauswirbelten. Als sie schließlich den Kopf hob, schien sich ihr kleines, sorgenvolles Profil, das sich vor dem schwankenden Himmel abzeichnete, ein klein wenig aufzulösen, als wolle sie wieder anfangen zu weinen. »Wenn ich nur den Mut hätte«, murmelte sie laut genug, damit Edith es hörte. »Wenn ich doch nur den Schneid hätte, mich nur einen Augenblick zusammenzureißen – und dann zu versinken; verschwinden, eins werden mit all diesem schwarzen Wasser, kreiselnd davonwirbeln ins Nichts und sich nie wieder um etwas sorgen müssen ...«

In gewisser Hinsicht hätte nichts Ediths Plänen gelegener kommen können, doch da es nicht passieren würde, hatte es keinen Sinn. Denn Lorna hatte recht, sie hatte *nicht* den Mut. Keine von ihnen hatte ihn je, obwohl weiß Gott wie viele von ihnen genau so an der Reling gestanden und ähnlich selbstmitleidig dahergeredet hatten.

Für eine Busenfreundin gibt es in einer solchen Lage nur eine Rolle, und die spielte Edith ungern. Erst die hemmende Hand auf die Schulter der törichten Person, als wolle sie tatsächlich springen und dann die passenden Ermutigungssprüche.

Seien Sie nicht albern, so *dürfen* Sie einfach nicht reden. Denken Sie doch an alles, wofür Sie leben. Denken Sie an Rosemary und an ... O Gott, wie hieß der Bursche noch gleich ... und an ... Ihren Sohn. Denken Sie daran, wie *furchtbar* das für sie wäre – das schlechte Gewissen, der Kummer, und an die allerliebsten glotzäugigen Enkelchen (Edith sagte nie wirklich glotzäugig, ihre Selbstbeherrschung bei solchen Gelegenheiten war vollkommen). Nicht im Traum dürfen Sie an so etwas Schlimmes denken. Und etwas so Törichtes! Denken Sie doch an all die glücklichen Jahre, die möglicherweise noch vor Ihnen liegen! Sie können von Glück reden, Sie dumme Kuh. Nur daß Edith natürlich auch das nicht sagte, das hätte alles verdorben.

Mit der fast ungehörigen Eile der meisten dieser Pseudo-Selbstmörder ließ Lorna sich von der Reling fort- und den Niedergang hinunterlocken, weg von der wilden, windgepeitschten See.

Wieder in der Kabine unterhielten sie sich dann noch bis spät in die Nacht über Leben, Tod und Einsamkeit und über die Art, wie Rosemary den Blumenkohl kochte und ihm dabei alle Nährstoffe entzog.

Und Edith, schon im oberen Bett liegend, murmelte immer wieder »Ja« und »Nein« und »Das kann ich mir nicht vorstellen« und beobachtete dabei Lornas lange und komplizierte Vorbereitungen für die Nacht, einschließlich der Stelle, an der sie ihre Antifaltencreme aufhob. Man wußte nie, was sich als wichtig erweisen konnte.

Der nächste Tag zog hell und still herauf, perfektes Kreuzfahrtwetter. Die Sonne schien, der weite Horizont des Meeres dehnte sich blau und funkelnd in alle Richtungen, und Edith und Lorna begaben sich mit anderen alten Damen zum Yogakurs auf das Sportdeck. Man hätte von keiner der beiden sagen können, daß sie in Yoga besonders gut gewesen wäre, andererseits waren sie auch nicht unter den schlechtesten, dazu hätte in der Tat einiges gehört. Und es füllte die Zeit bis zum Mittagessen aus, das war ja bei solchen Urlauben an Bord immer ein Problem.

Und nach dem Lunch, während die Sonne unvermindert schien und ihr Glitzern diamantengleich von der eisigen Nordsee zurückgeworfen wurde, suchten sich die beiden windgeschützte Liegestühle und unterhielten sich beim Stricken über dies und jenes, über Putzfrauen und die Undankbarkeit erwachsener Kinder. Das beschäftigte sie bis zur Teezeit, und als der Tee vorüber war, hatte das blendende Sonnenlicht angefangen zu verblassen. Schon jetzt, nur eine Tagesreise weit, merkte man die kürzer werdenden Stunden des Lichts, und die Luft hatte eine ungewöhnliche, direkt aus der Arktis stammende Schärfe und war unbeschreiblich fremd.

Mit Decken um die Knie, die Wolljacken fester um sich gezogen, blieben Edith und Lorna noch ein Weilchen sitzen und sahen den riesigen Sonnenball über dem unruhigen Wasser untergehen, das sich blutrot färbte, während sich im Osten schon die Anfänge der Dunkelheit blaugrau zusammenballten.

»Morgen wird es auch wieder schön«, prophezeite Edith aus der Tiefe ihrer Erfahrung, und, wie so oft, hatte sie darin absolut recht.

Das Wetter auf dieser Reise war einfach phantastisch, alle sagten es. Und das um diese Jahreszeit, man sollte es nicht glauben. Alle waren guter Stimmung. Die Schönheit der

Inseln, der Fjorde, der Küste Islands wurde gebührend bestaunt, und wer die Landausflüge mitmachte, kam zurück mit dem üblichen Bericht über erstaunlich billige Einkäufe, komische Eingeborene und dem Wort »Wieviel?« auf norwegisch, isländisch und finnisch. Die Landausflüge interessierten Edith nicht, sie hatte sie alle schon gemacht; aber Lorna schien sich von der allgemeinen Begeisterung anstecken zu lassen und machte fast alle mit, kam beladen mit Einkäufen und sichtlich befriedigt zurück. Von Selbstmord war keine Rede mehr, auch nicht von Depressionen. Und als am allerletzten Abend nach dem Festdiner und dem Kostümball und den Abschiedstrinkgelagen, als nach all diesen anstrengenden Feiern Lorna verkündete, sie ginge jetzt ein bißchen an Deck, frische Luft schöpfen, achtete Edith kaum darauf. Oder nur insofern, als es ihre Pläne in der Kabine begünstigte. Sie hatte nicht etwa vor, auf der Stelle etwas zu stehlen, was Lorna gehörte; das mußte bis morgen warten, für den Fall, daß es Lorna einfiel, ihre Schmuckkassette noch ein letztes Mal zu überprüfen, ehe sie sie einpackte.

Dennoch gab es ein oder zwei Dinge, die zweckmäßigerweise vorbereitet werden konnten, und dazu war jetzt Gelegenheit, solange Lorna mit Sicherheit aus der Kabine war. Beispielsweise wäre es klug, jetzt den Schlüssel zum Schmuckkasten auszuprobieren, damit sie im richtigen Moment nicht wertvolle Sekunden damit verschwendete, ihn verkehrt herum zu drehen oder so etwas.

Teufel! Die elende Person hatte ihre Handtasche mitgenommen! Verflucht! Wozu, um Gottes willen, brauchte sie eine Handtasche oben auf dem öden, schwarzen Deck, wo der Wind vom Meer hereinpfiff? Papiertaschentücher, um sich wegen des lieben Harold die Augen zu wischen? Geschähe ihr recht, wenn sie die Handtasche über Bord fallen ließe, blöde, langweilige Kuh!

Na schön, sie wollte sich das Schloß trotzdem kurz ansehen, um herauszufinden, was für eine Sorte Schloß es war. Rasch öffnete sie Lornas Wäschefach und griff unter die Hemdchen und Höschen.

Sie war fort. Die Schmuckkassette war fort, verschwunden! Ausgerechnet heute abend von allen Abenden. Ungestüm durchsuchte sie Lornas andere Schubladen und ihren Schrank, ihren Koffer – sie war nirgends.

Bei dem Gedanken, ein anderer Dieb könne vor ihr zum Zuge gekommen sein, fühlte Edith langsam eine ungläubige Wut in sich aufsteigen, das Gefühl einer Ungerechtigkeit, so heftig, daß es sie fast erstickte. Nach all der Arbeit, die sie investiert hatte, all den öden Tête-à-têtes, dem Yogakurs, den Strickmustern, nach alledem sollte ein völlig Fremder daherkommen und im letzten Moment die Einsatzkasse leeren? Es war ungeheuerlich!

Und wo überhaupt war Lorna? Warum konnte sie nicht besser auf ihren Kram aufpassen? Sie war jetzt schon fast eine Stunde fort – was zum Kuckuck machte sie da oben auf den sich hebenden und senkenden Decks zu dieser gottverlassenen Zeit – um fast zwei Uhr früh?

Es war ein mondlose Nacht, und Edith, die die schmalen Gangways hin und wieder zurück von Deck zu Deck wanderte, war fast zumute, als wandle sie im Traum. Das ganze Schiff schien verlassen. Das Sportsdeck, üblicherweise voller Menschen und so heiter, lag still und leer, noch voller Abfälle von den abendlichen Lustbarkeiten: Limonadenflaschen, Bierdosen und bunten Luftschlangen, die in diesem Halblicht allesamt grau aussahen.

Edith schauderte, teils vor Kälte, teils wegen der öden Szenerie. Der Wind peitschte ihr ins Gesicht, und irgendwo außer Sicht kochte und schäumte die schwarze See.

Irgendwo in dieser Öde wanderte Lorna umher, und plötzlich erinnerte sich Edith mit erschreckender Deutlichkeit an die erste Nacht an Bord und an Lornas schauerliche Selbstmorddrohungen. Damals hatte Edith sie für Theater gehalten, typisch für diese neurotischen, depressiven Weiber – doch konnte sie sich darauf verlassen? War es möglich, daß ausgerechnet heute nacht, kühn gemacht durch ein paar ungewohnte Drinks, die ihr durch die Festlichkeiten mehr oder weniger aufgedrängt worden waren – war es also möglich, daß die Elende schließlich doch den Mut gefunden hatte, der ihr – wie sie versichert hatte –fehlte? Aber was war mit dem fehlenden Schmuck und der Handtasche? Es wäre wohl ein zu großer Zufall, daß gerade in dem Moment, in dem Lorna beschloß, sich umzubringen, ein Dieb beschließen würde, die Kabine auszuräubern. Noch während sie sich das fragte, fand Edith die Antwort: sie fuhr ihr in einer Art intuitiver Gewißheit durch den Kopf.

Natürlich! Der liebe arme Harold! Was lag näher, als daß dieses alberne, sentimentale Frauenzimmer all die »reizenden Geschenke« von ihm mitnehmen wollte in ihr wäßriges Grab! Daß mehrere tausend Pfund auf den Meeresgrund sinken sollten, dem blöden alten, längst toten lieben Harold zuliebe, war ein unerträglicher Gedanke.

Das Gefühl wütender Empörung erneuerte Ediths nachlassende Kräfte, und sie nahm die Suche, getrieben von schrecklicher Dringlichkeit, wieder auf.

Auf dem untersten Deck fand sie schließlich die Gesuchte und offenbar eben noch rechtzeitig, denn Lorna lehnte sich weit über die Reling und starrte auf das schwarze kreiselnde Wasser mit genau der gleichen halbhypnotisierten Miene, die sie am ersten Abend gezeigt hatte. Ihre Handtasche hing über ihrem einen Arm, und sie hielt einen dunklen Gegenstand an die Brust gepreßt, der mit Sicherheit die Schmuckkassette sein mußte.

Mit den Augen maß Edith die Entfernung, maß auch den Winkel, in dem die Frau sich über die Reling beugte und die genaue Position der kostbaren Kassette. Edith hätte gewiß auch ihr arthritisches Knie einkalkuliert, aber rätselhafterweise tat das plötzlich gar nicht mehr weh.

Mord konnte man es eigentlich nicht nennen. Die Frau hatte einfach das Gleichgewicht verloren, als Edith sie so plötzlich von hinten angesprungen und ihr die Schmuckkassette entrissen hatte. Niemand war schuld, es war schlicht ein Unfall.

Glücklicherweise hatte es keine Zeugen gegeben, obwohl Edith einen unangenehmen Moment durchzumachen hatte, als kaum eine Minute später ein kleines Boot aus der Dunkelheit auftauchte und gefährlich nahe kam. Eine fürchterliche Sekunde lang dachte sie, dies müsse der Anfang eines Rettungsmanövers sein. Als jedoch nichts weiter geschah – kein Zusammenlaufen von Menschen, keine Rufe »Mann über Bord«, stellte sie dankbar fest, daß sie sich wohl geirrt hatte. Vielleicht ein Fischerboot, das zufällig vom Kurs abgekommen war. Auf diesem Abschnitt der Reise hielten sie sich sehr nahe am Ufer.

Es war alles wirklich wundervoll gelungen. In die Kabine zurückgekehrt, riß Edith die Kassette aus dem festverschlossenen Plastikbeutel, in den Lorna sie anscheinend vor dem Begräbnis auf See vorsichtshalber gestopft hatte, und saß eine Weile nur da, streichelte das glatte Äußere und weidete sich an ihrem Triumph.

Jetzt konnte nichts mehr schiefgehen. Keinem Menschen würde vor morgen vormittag Lorna Carruthers' Abwesenheit auffallen, und dann wären Edith und alle übrigen Passagiere längst an Land. Dann, und nicht früher, würde man die Kabinen aufräumen und erstaunt feststellen, daß Lornas Gepäck noch da war. Doch bis dahin wäre Edith weit weg, und außerdem gäbe es keinen Grund, ausgerechnet sie mit dem unerklärlichen, gepäcklosen Verschwinden ihrer Kabinengenossin in Verbindung zu bringen.

Das einzige verbleibende Risiko war der Zoll, und der war eigentlich keines. Selbst wenn verlangt würde, daß sie die Kassette aufbrach (der Schlüssel war natürlich mit der Handtasche im Meer versunken), konnte man unmöglich argwöhnen, daß der Schmuck nicht Ediths Eigentum war. Und wenn die Zöllner es irgendwie so hindrehten, daß sie für einiges davon Zoll zahlen mußte, was machte das schon? Der Reingewinn wäre trotzdem riesig.

Man verlangte nicht, daß sie Zoll zahlte, doch als man die Heroinpäckchen fand, die sorgsam unter den wenigen verbliebenen Schmuckstücken verstaut waren (der Rest war für Bestechung der Agenten während der ach so unschuldigen Landausflüge draufgegangen), bat man sie ins Büro der Hafenpolizei.

Edith war wie betäubt, weniger von der Fürchterlichkeit ihrer Situation als vielmehr von einem Gefühl schmerzlichen Verlusts. Was für eine Freundin hätte Lorna Carruthers werden können, hätten beide nur gewußt, was die andere im Schilde führte! Was für ein Spaß wäre es gewesen, wenn sie sich gestern nacht gemeinsam über die Reling gelehnt und zugeschaut hätten, wie Lornas Komplizen in ihrem kleinen Boot längsseits gingen! Und dann den Schatz, wassergeschützt in seinem Plastiksack in die Dunkelheit hinauszuschleudern und zu beobachten, wie ein schattenhaftes Figürchen mit unendlicher Grazie und Gewandtheit danach tauchte und ihn barg!

Was für ein Schauspiel! Was für ein Erlebnis! Und endlich eine Freundin, mit der man so etwas hätte teilen können!

Was für eine gemeinsame Zukunft hätte ihnen bevorgestanden, als kriminelle Spießgesellinnen, die ihre Routen gemeinsam ausarbeiteten, auf denen jede ihr Spezialhandwerk betrieb! Wie hätten sie miteinander gekichert, wie zwei Schulmädchen über die Triumphe der jeweils anderen! Welche Seelenverwandtschaft hätte sie verbunden, wenn sie gemeinsam den geheimen Bonus des Alters ausgeschöpft hätten, nämlich endlich die Möglichkeit zu haben, ungestraft *alles* tun zu dürfen.

Ausgekochte Verbrecherin die sie war, stiegen Edith jetzt noch die Tränen in ihre alten Augen, während sie daranging, sich auch aus dieser Klemme herauszureden.

## *Wetterumschwung*

Es war ein wunderschönes, kleines Hotel – ganz in Weiß strahlte es allen Besuchern ein herzliches Willkommen entgegen. Ellens Zimmer im dritten Stock hatte einen kleinen Balkon an der Westseite, so daß Ellen die herrliche Aussicht auf das weite, in allen Grün- und Blautönen schillernde Mittelmeer genießen konnte. Zwei Sonnenstühle mit farbenprächtigen Kissen warteten einladend auf sie, und Ellen ließ sich aufatmend auf einen davon nieder. Dankbar stellte sie fest, daß er für ihren kraftlosen Körper, der seine Jugend hinter sich hatte, wie geschaffen war.

Sie hatte eine anstrengende Reise gehabt: das Flugzeug war mit Verspätung gestartet und bis auf den letzten Platz mit aufgeregt lärmenden Urlaubern besetzt. Die nervenzermürbende Spannung, die ein verspäteter Start häufig mit sich bringt, war beinahe greifbar gewesen. Jeder beschäftigte sich in Gedanken damit, was es wohl für ein Problem gegeben hatte, ob die Mechaniker wirklich den Schaden gefunden und behoben hatten oder ob sie vielleicht das Risiko eingegangen waren ... Ellen hätte nun wirklich auf diesen zusätzlichen Grund zur Nervosität verzichten können, denn sie hatte mit ihren ganz privaten Sorgen, einer Krankheit, die sie gerade erst überstanden hatte, mehr als genug zu tun.

Ihre Sorgen waren unbegründet, zweifellos, genau wie die Sorge um die Sicherheit des Flugzeuges, das schließlich sanft und unbeschadet auf dem kleinen Flughafen der griechischen Insel landete, die sie für ihre Erholungsreise ausgewählt hatte.

»Eine ausgezeichnete Idee«, hatte der Arzt ihr versichert, als sie ihn gefragt hatte, was er davon hielte, wenn sie – erst sieben Wochen nach der schwierigen Entfernung eines Gehirntumors – einen Urlaub im Ausland machen würde.

»Genau das, was sie jetzt brauchen. Sie werden sich ja nicht ewig weiter als Kranke betrachten wollen. Wie ich Ihnen schon gesagt habe, die Operation war ein voller Erfolg. Wir haben den Tumor rechtzeitig erwischt, und ich kann Ihnen Gott sei Dank versichern, daß keine Gefahr einer Neubildung besteht. Sie müssen jetzt ins normale Leben zurückfinden und ihre Krankheit einfach vergessen.«

Einfach vergessen! In sechs Monaten sollte sie zu einer Kontrolluntersuchung kommen: Streß sollte sie vermeiden und sofort den Hausarzt aufsuchen, wenn sie sich schwindlig fühlte, wenn ihr die Schrift vor den Augen verschwamm, wenn sie ein Klingeln in den Ohren hörte oder ähnliche Symptome auftraten, die sie kannte. Und vor allen Dingen sollte sie sich keine Sorgen machen.

Die Last der widersprüchlichen ärztlichen Ratschläge zerrte an ihr wie ein zusätzliches Gepäckstück. Aber nun war sie hier, umgeben von friedvoller Schönheit, hatte alle Zeit der Welt und brauchte sich um nichts Sorgen zu machen, bis auf...

Es gab wirklich nichts, worum sie sich sorgen müßte. Wenn sie doch einfach alles vergessen könnte, wie man es ihr geraten hatte! Wenn sie vor allen Dingen endlich damit aufhören könnte, nach Symptomen zu suchen. Selbst jetzt, in diesem Moment, mußte sie sich zwingen, nicht das Buch aufzuschlagen, das vor ihr lag, und zu kontrollieren, ob die Buchstaben vor ihren Augen auf- und abhüpften oder ob sie sich auf geheimnisvolle Weise vertauschen würden. Damals hatte sie aus diesem Grunde einen Arzt aufgesucht, zunächst einen Augenarzt, in der Hoffnung, daß sie nur eine andere Brille bräuchte, aber das war es nicht gewesen. Der Augenarzt hatte sie zurück zu ihrem Hausarzt geschickt, und schon bald darauf traten die anderen Symptome auf, zuerst unregelmäßig, dann aber kam schon bald das dicke Ende. Ihr war ständig schwindlig gewesen, manchmal sogar wenn sie im Bett lag, oder noch schlimmer, wenn sie, nichts Böses ahnend, im Büro saß und Routine-Schreibarbeiten erledigte.

Aber es war nicht nur das Schwindelgefühl. Schon bald unterliefen ihr beim Schreiben höchst seltsame Fehler. Ständig vertauschte sie die Buchstaben oder brachte sogar die Wortfolge selbst durcheinander, so daß sie schließlich Sätze entdeckte wie:

»In Ihres 25. Brief vom Juli Beantwortung.«

Sie hatte sich krank melden müssen – die Wartezeit auf den Termin im Krankenhaus hatte sie ausschließlich in ihren eigenen vier Wänden zugebracht, weil sie sich kaum noch gewagt hatte, die notwendigen Einkäufe zu erledigen. Ständig hatte sie befürchten müssen, daß ohne die geringste Vorwarnung der Boden unter ihren Füßen zu schwanken begann oder daß die Waren in den Regalen im Supermarkt zu tanzen anfingen und immer fortsprangen, sobald sie versuchte, nach ihnen zu greifen.

Und dann die Geräusche. Mutterseelenallein in ihrem Wohnzimmer hatte sie immer wieder Glockengeläut gehört, nicht von der Kirche in der Nachbarschaft (wie sie es beim ersten Mal angenommen hatte), sondern direkt bei ihr im Wohnzimmer, und es hatte so laut und anhaltend in ihren Ohren gedröhnt, daß sie ihre gesamte Selbstbeherrschung und geistige Disziplin aufbringen mußte, um sich klar zu machen, daß dies alles nur in ihrem Kopf stattfand und nichts mit der realen Welt zu tun hatte.

Aber kaum hatte sie sich halbwegs an die Glocken gewöhnt, trat das nächste Symptom auf. Zum ersten Mal geschah es nachts. Sie war wach geworden, aufgeschreckt aus einem ziemlich konfusen Alptraum, und fand sich plötzlich im Zentrum eines unglaublichen Lärms wieder: ein Schnellzug raste durch ihre Wohnung, ra-ta-ta-ta-ta-ta lärmten die Räder über dem zitternden Fußboden. Es ist grauenvoll, wenn man bei klarem Verstand erleben muß, wie ein Schnellzug durch das eigene Schlafzimmer rast, aber noch schlimmer ist es, wenn man entdeckt, daß er gar nicht...

Sie war geheilt. Sie haben »ihn rechtzeitig gestoppt«. Nun war sie hier, sieben Wochen nach der Operation, fühlte sich wohl, sah gut aus, aß mit Appetit und hatte die Aussicht, nach diesen Ferien ihre Arbeit wieder aufnehmen zu können, ohne daß ihre Intelligenz beeinträchtigt worden wäre – ihre geistigen Fähigkeiten waren vollständig wiederhergestellt. Erst letzte Woche hatte sie das Kreuzworträtsel der *Times* in achtundzwanzig Minuten gelöst und die Kopfnuß der Sonntagszeitung in weniger als fünf Minuten.

Sehr zufriedenstellend. Aber es wurde Zeit, mit solchen Tests aufzuhören. Es wurde Zeit, alles zu vergessen, wie man ihr geraten hatte, und weiter zu *leben:* und zwar sofort, damit sie den zweiwöchigen Urlaub in diesem hinreißenden Ort voll auskosten konnte. Morgen, nahm sie sich vor, als sie über das Wasser schaute, dessen Purpurrot von der Nachmittagssonne zu dem berühmten, tiefdunklen Weinrot wechselte, morgen werde ich *schwimmen* gehen. Schon allein das Wort flößte ihr Ehrfurcht ein, als ob es ein Wunder beschriebe, nach all den Wochen der Krankheit.

Am Abend ging sie in den Speisesaal des Hotels. Sie saß mit zwei anderen, ungefähr gleichaltrigen Damen am selben Tisch. Während des ausgedehnten, köstlichen Mahls, das sie mit griechischem Wein abrundeten, tauschten die drei Frauen die in dieser Situation üblichen Informationen aus. Myrtle und Jean, so hießen die anderen zwei, waren Lehrerinnen: sie gaben einige lustige Begebenheiten aus ihrem Leben zum besten, und Ellen ihrerseits erzählte ihnen von ihrer Arbeit, ihrem Bruder und seiner Familie – aber aus irgendeinem Grunde nichts über ihre Krankheit. Sie wollte sie nicht langweilen – hätte sie als Grund für ihr Widerstreben angegeben, denn schließlich ist die Operation eines relativ Fremden kein weltbewegendes Ereignis.

Aber das war nicht der wahre Grund. Der wahre Grund war ein ganz anderer, und er war so dumm und so kindisch, daß sie ihn sich selbst kaum eingestanden hätte. Es war die dunkle, unbestimmte Angst, daß ein Gespräch über ihre Krankheit diese wieder zurückbringen könnte, als ob die Symptome sich irgendwo versteckt hielten, in Hörweite, und jederzeit bereit, erneut ...

Dennoch verbrachte sie einen unterhaltsamen Abend, und bevor die Damen sich auf ihre Zimmer zurückzogen, vereinbarten sie, am nächsten Morgen gemeinsam schwimmen zu gehen. Um 10 Uhr wollten sie sich am Privatstrand des Hotels treffen.

»Morgen soll es sehr schön werden«, berichtete Myrtle – sie war die einzige, die Griechisch verstand, und hatte die Radionachrichten gehört, um die anderen zu informieren. »Sie haben für die ganze Woche schönes Wetter vorausgesagt ...«

Als Ellen am darauffolgenden Morgen erst spät aufwachte und auf ihren Balkon hinaustrat, war sie enttäuscht, daß es doch nicht so ein schöner Tag werden würde, wie sie es vorhergesagt hatten. Es regnete zwar nicht, aber eine Dunstschicht verschleierte das helle Sonnenlicht. Im ersten Moment wäre sie fast in Panik verfallen, weil dieser Schleier vor den Augen eines der Symptome ihrer Krankheit im Frühstadium...

Es stellte sich heraus, das alles in Ordnung war. Beim Frühstück traf sie Myrtle und Jean, und beide beschwerten sich über den Wetterumschwung. Das beruhigte sie wieder, und sie war sogar in der Lage, mit den anderen gemeinsam eifrig Pläne für den Morgen zu schmieden. Zuerst planten sie, schwimmen zu gehen, anschließend ein wenig sonnenbaden – aber nicht zu lang, denn es war ja Ellens erster Tag – und dann vielleicht noch ein gemütlicher Einkaufsbummel, bevor sie ins Hotel zum Mittagessen zurückkehrten.

Das Schwimmen machte ihr Spaß, obwohl es nicht so großartig war, wie Ellen es sich ausgemalt hatte. Das trübe, niederdrückende Sonnenlicht nahm dem Erlebnis den Glanz; das Meer war zwar warm, fühlte sich aber nicht so einladend seidig an, wie sie es von früher kannte. Die See war nicht rauh, aber irgendwie unruhig, mit stoßartigen, unregelmäßigen Wellen, und hin und wieder spritzten ihr, während sie schwamm, kleine Gischtfontänen ins Gesicht. Als sie aus dem Wasser kamen, froren sie auf dem kalten Sand, den die verhangene, halbherzige Sonne noch nicht richtig aufgewärmt hatte. Das mißlungene Sonnenbad nahm ihnen auch die Lust auf den geplanten Einkaufsbummel, und so beschlossen sie, ins Hotel zurückzukehren.

Nach dem Mittagessen verkündeten ihre neuen Ferienbekannten die Absicht, eine Siesta einzulegen, und so zog sich Ellen ebenfalls auf ihr Zimmer zurück, obwohl sie nicht vorhatte, zu schlafen. Seit ihrer Krankheit schlief sie tagsüber nicht mehr gerne, denn es war nach einem Nickerchen am Tage gewesen, als sie das erste Mal das Schwindelgefühl bemerkt hatte.

So setzte sie sich, statt sich aufs Bett zu legen, auf den Balkon, um in dem dumpfen Sonnenschein ein Buch zu lesen. Aber leider war von der Sonne fast gar nichts mehr zu sehen, das Meer war rauh geworden, bleigrau und braun, und nur hier und da lockerten weiße Tupfer die finstere Farbe auf – Meeresschaum, der für wenige Sekunden auf den Wellen tanzte, bevor das dunkle Wasser ihn wieder unter sich begrub. Das Geräusch der Brandung war kein regelmäßiges Auf und Ab mehr, sondern ein anhaltendes Getöse, das Ellen Angst einjagte. Deswegen kehrte sie in ihr Zimmer zurück und schloß die Fensterläden. Die Geräusche von draußen drangen nun nur noch sehr gedämpft bis zu ihr, und so ließ sie sich in den gemütlichen Sessel nieder und öffnete ihr Buch.

Plötzlich schrak sie hoch. Das Buch war ihr aus der Hand gefallen, und im ersten Augenblick wußte sie nicht, wo sie war; aber das kann natürlich jedem passieren, der in einer fremden Umgebung aufwachte. Sie schaute sich um, um sich zu orientieren, und plötzlich erkannte sie, daß die Wände nicht gerade waren. Sie neigten sich ein wenig nach innen ... nein, nach außen ... beinahe sah es so aus, als bewegten sie sich ein wenig ... plusterten sich auf ... zogen sich zurück ... als ob sie im Schlaf atmeten. Und jetzt schien auch der Sessel, auf dem sie saß, zu atmen, ganz leicht und regelmäßig atmete er unter ihrem Gewicht ein und aus. Das vertraute Schwindelgefühl nahm von ihr Besitz.

Es ist passiert! Genau das, wovor sie sich so schrecklich gefürchtet hatte, seit sie aus dem Krankenhaus entlassen worden war, genau das ist Wirklichkeit geworden! Ein neuer Tumor, der, das ist ihr versichert worden, höchst unwahrscheinlich war, hatte von ihr Besitz ergriffen, und mit ihm kamen all die Symptome zurück. Sie griff nach dem Buch, es zitterte in ihrer Hand, die Buchstaben tanzten vor ihren Augen, so als ob sie in einem schnellfahrenden Bus zu lesen versuchte. Und nun gellte das Dröhnen des Schnellzuges in ihren Ohren, lauter, ... *lauter* ... *LAUTER* ... und mittendrin rief jemand ihren Namen »Ellen! ... Ellen ...!« immer und immer wieder, wie sie es schon kannte.

Aber diesmal ...? War das nicht Myrtles Stimme? Oder Jeans? Und die Rufe schienen von draußen zu kommen ...

Benommen stolperte sie zu ihrem Balkon, der Boden schwankte unter ihren Füßen. Rasch stieß sie die Läden auf. Und als sie nach unten starrte und die einstürzenden Häuser entdeckte, die Menge, die schrie und panisch auf den Straßen hin- und herrannte, und die großen, dunklen Wassermassen sah, eine Hügelkette am Horizont, die immer näher kam, fühlte sie unbeschreibliche Erleichterung und Freude.

»Gott sei Dank, es ist bloß ein Erdbeben!« jauchzte sie. »Ich bin gesund! Ich bin gesund!« – und in ihrem Jubel vollführte sie einen kleinen Freudentanz, hüpfte wie ein junges Mädchen, während der Boden unter ihr immer weiter nachgab.

## *Erinnerst du dich?*

Sieh doch!« rief sie erstaunt. »Der Kastanienbaum! Und der Teich! Der Teich mit den Enten! Es hat sich überhaupt nichts verändert!«

»Ja«, stimmte er zu, ohne seine Augen von der Straße zu wenden. Seine Hände hielten das Lenkrad umklammert. Das erste Mal, als sie hierher gekommen waren, hatte er mit nur einer Hand gelenkt, während er mit der anderen die kleinen Löckchen in ihrem Nacken liebkoste. Erinnerte er sich daran? Erinnerte er sich überhaupt an irgend etwas?

»Meine Güte, ich glaube, es sind noch die gleichen Enten! Schau nur, wie sie schnattern! Sie begrüßen uns! Bestimmt erkennen sie uns wieder!« Sie hatte einfach drauflosgeschwatzt, in dem verzweifelten Versuch, die übermütige Verliebtheit längst vergangener Zeit wieder wachzurufen.

»Ja«, stimmte er ihr wieder zu, ohne hinzuschauen. Er widersprach ihr nicht einmal, wies sie nicht darauf hin, daß es nach fünfzehn Jahren ja wohl kaum die gleichen Enten sein konnten.

»Wir sind da!« seufzte er statt dessen erleichtert, seine erste spontane Bemerkung während der gesamten Fahrt – so glaubte wenigstens Jenny. Langsam rollte der Wagen in den Hof des alten Gasthofes ein.

Wahnsinn! Einfach Wahnsinn! Sie mußte verrückt gewesen sein, von allen guten Geistern verlassen, daß sie sich eingebildet hatte, eine Wiederholung ihrer Flitterwochen könnte Gordon auf wundersame Weise wieder in den Mann zurückverwandeln, der er einmal gewesen war; daß diese Reise all die Bitterkeit und Auseinandersetzungen der vergangenen Monate und Jahre einfach wegwischen könnte!

Wie sollte das funktionieren? Wie war sie bloß auf den Gedanken gekommen, daß solch ein sentimentaler Plan eine andere Wirkung zeigen könnte, als die, die sich bereits andeutete: ihren erschreckend großen Vorrat bitterer Erinnerungen, gegenseitiger Beschuldigungen und Enttäuschungen um eine weitere Woche gräßlicher Heuchelei und tödlicher Verlegenheiten zu bereichern?

Ganz zu Anfang war ihre Ehe wundervoll gewesen. Jenny starrte auf die Sandsteinfassade der ehemaligen Kutschenstation, die in der späten Septembersonne rötlich leuchtete. Das Gefühl, etwas unwiederbringlich verloren zu haben, überwältigte sie, und einen Augenblick lang wurde ihr vor Trauer und Sehnsucht beinahe schwindelig.

»Oh!« hatten sie beide gleichzeitig vor Erstaunen ausgerufen, an jenem längst vergangenen Nachmittag. »Oh!« – und hatten sich an den Händen gehalten, als sie sprachlos das prachtvolle Licht der alten Steine und die kleinen Pflanzen bewunderten, die sich ihren Weg aus dem asphaltierten Boden gekämpft hatten.

»Das hier ist unser Fleckchen Erde«, hatte Gordon damals geflüstert, und im gleichen Augenblick hatte Jenny gespürt, daß sie einen Schritt in die Ewigkeit gemacht hatten, in die Welt des endlosen Lichtes.

»Nun mach schon!« Gordon stand ungeduldig in der Tür des Gasthofes, in jeder Hand trug er einen Koffer. Er sah gelangweilt aus, als ob ihm irgend etwas auf die Nerven ginge. »Komm endlich! Auf wen wartest du denn noch?«

Ergeben und niedergedrückt von einem Kummer, der ihnen wie ein drittes, riesengroßes Gepäckstück überallhin folgte, eilte Jenny ins Haus.

Es war alles genau wie damals. Nichts hatte sich geändert. Die gleichen Gedenktafeln aus Messing hoben sich matt glänzend von der dunklen Vertäfelung ab; es waren immer noch die gleichen niedrigen Räume und die gleichen vom Rauch geschwärzten Balken. Noch immer loderte ein helles Holzfeuer im Kamin, genau wie damals. Selbst die beiden Schäferhunde, die frei herumliefen und heftig mit den Schwänzen wedelnd die Neuankömmlinge beschnupperten, selbst sie schienen dieselben zu sein, obwohl das natürlich gar nicht sein konnte. Dieses Mal riskierte Jenny keine lächerlichen Bemerkungen über die Hunde, die sich über ihre Rückkehr zu freuen schienen. Die Tage ihrer verrückten Verliebtheit waren vorüber.

»Sie haben uns dasselbe Zimmer gegeben!« platzte Jenny raus, trotz des Beschlusses, den sie soeben erst gefaßt hatte, und verlegen wandte sie sich ab, als Gordon den Zimmerschlüssel ins Schloß steckte. Sie starrte auf den abgetretenen Teppich des alten, verwinkelten Flures und erwartete dumpf seine Reaktion auf ihren Ausrutscher.

»Verflixt und zugenäht!« schrie er auf, als die Tür aufsprang und er über die Stufe stolperte, die direkt von der Türschwelle in das Zimmer führte. »Verdammt noch mal! Können die denn keine Warnung an die Tür anbringen! Ich hätte mir das Genick brechen können!«

Also hatten sich seine Füße nicht an die Stufe erinnert – Jenny hatte sie nicht vergessen! Wie hatten sie gelacht, als ihnen beim ersten Mal dasselbe passiert war: Als er sie über die Schwelle tragen wollte, war er ebenfalls gestolpert, und sie waren beide als lachendes Knäuel auf dem großen, altmodischen Bett gelandet. Aber bald schon, ohne daß sie es richtig bemerkten, hatte sich der spielerische Kampf und das laute Gelächter geändert und mündete schließlich in überwältigender Zärtlichkeit... Hatte er es vergessen? Konnte er denn *alles* vergessen haben?

»Nun mach schon, willst du nicht auspacken? Es ist verdammt kalt hier oben!« Gordon hatte die Koffer in der Mitte des Zimmers fallen lassen und stand nun zappelnd vor Ungeduld an der Tür. »Es ist ein Skandal, daß es in diesen Gasthöfen keine Zentralheizung gibt! Es ist wirklich kein Wunder, daß die Menschen, die aufs Land rausfahren ...«

»... Ein Federbett!« – die erstaunte, jungenhafte Stimme aus der vergangenen Zeit schien noch immer irgendwo im Raume zu schweben. »Schau doch nur, Liebling, wie warm und gemütlich wir es haben werden! Ein richtiges Federbett! Nur für uns! Oh, Jenny, es wird wie ein kleines Nest sein! Unser eigenes Nest...!«

»... und noch nicht einmal eine anständige Matratze!« Zornentbrannt versetzte Gordon dem Federbett einen wütenden Stoß mit der Faust. »Ich habe nicht das geringste Verständnis für diesen ganzen Unsinn mit der ›Guten alten Zeit!‹ Es ist nichts als Geschäftemacherei, ein Vorwand, den Leuten das Geld aus der Tasche zu ziehen, ohne dafür den geringsten Versuch zu unternehmen, vernünftigen, zivilisierten Ansprüchen zu genügen. Ich gehe jetzt nach unten in den Gastraum. Kommst du mit?«

Ohne die Antwort abzuwarten oder sich auch nur umzuschauen, ob sie ihm folgte, machte sich Gordon auf den Weg und ließ Jenny allein in dem Zimmer zurück, in dem sich langsam die Dämmerung breit machte.

»Ich hab überhaupt keine Lust, nach unten zu gehen!«, hatte er damals geflüstert, als die Dämmerung langsam ins Zimmer gekrochen war. »Laß uns doch hier oben bleiben, wir beide, ganz allein, für immer und ewig!«

Was ist bloß geschehen? Was hatte die Zeit ihrer Ehe nur angetan, und wann ist es eigentlich passiert? War es vor drei, vier oder fünf Jahren, als sie auf den falschen Weg geraten waren? Es war unmöglich, den Tag oder das Jahr festzulegen, denn es hatte kein traumatisches Erlebnis gegeben, keinen Fehltritt oder ein Unglück, die den Beginn der Talfahrt ihres Lebens markierten. Die Veränderung hatte sich Schritt für Schritt eingeschlichen, heimtückisch, wie Feuchtigkeit in ein altes Haus einzieht, langsam aber unaufhaltsam.

Fröstelnd begann Jenny, die Koffer auszupacken. Als sie Gordons sorgfältig gebügelte Hemden und seine frisch gereinigten Anzüge in den Schrank hängte, fühlte sie Verärgerung in sich aufsteigen. *Sie* war ihm schließlich all die Jahre eine gute Frau gewesen und hatte es einfach nicht verdient, daß das Unglück von allen Seiten über sie hereinbrach. Was hatte sie denn getan, das seine Kälte, seine Gleichgültigkeit rechtfertigte? Was hatte sie falsch gemacht, daß er so ruhelos geworden war und seine Langeweile über die kleinen, alltäglichen Freuden kaum noch verbergen konnte? Dabei hatten sie beide gerade daran soviel Freude gehabt: Abendspaziergänge am Kanal, eine Wanderung zum Park, wo sie Drachen hatten fliegen lassen, eine sonntägliche Klettertour in den Bergen – all diese kleinen Lichtpunkte gab es nicht mehr. Die Tage waren vergiftet durch die Langeweile und den Widerwillen, die Gordon so deutlich an den Tag legte, und seiner geheimen Sehnsucht – aber wonach?

Jenny wußte es nicht. Sie glaubte nicht, daß es eine andere Frau in seinem Leben gab, obwohl sie natürlich nicht sicher sein konnte, da sie sich nichts mehr anvertrauten, nicht einmal mehr Kleinigkeiten, geschweige denn wirklich wichtige Dinge. Aber Gordon machte nicht den Eindruck eines Mannes, der die heimlichen Freuden verbotener Früchte genoß. Im Gegenteil, er machte den Eindruck eines Mannes, der überhaupt keinen Spaß mehr am Leben hatte; ein Mann, der alles langweilig fand, sein Zuhause, seine Freizeit, seine Ehe und selbst seine Kinder, die sich nun, als Teenager, immer mehr in ihre eigene Welt zurückgezogen hatten. Eine andere Frau hätte in gewisser Hinsicht sogar Erleichterung bringen können, weil dann wenigstens Dramatik in ihr leeres Leben gekommen wäre, Dramatik, Schuld, Spannung und Liebesleid. Das Leben hätte wieder einen Sinn bekommen, wenn es auch schmerzvoller geworden wäre. Für die endlosen Streitereien und Auseinandersetzungen hätte es endlich einen Grund gegeben.

Worum hatten sie sich denn überhaupt immer gezankt? Zitternd, als ob sie Schüttelfrost hätte, ging Jenny zum Schrank, um das Reisekostüm gegen das grüne Wollkleid zu tauschen, das sie extra für diese Gelegenheit gekauft hatte. Dazu hatte sie auch passende, grüne Ohrringe, die so aufregend groß waren, daß sie bei jeder Bewegung ihre weiße Haut berührten ... Zum ersten Mal in ihrem Leben hatte Jenny für sich persönlich Ohrringe gekauft, und es kam ihr fast ungehörig vor. Ohrringe sollte man geschenkt bekommen, unerwartet, als Überraschung – als Zeichen der Liebe. Vielleicht kommt für jede Frau früher oder später der Tag, an dem sie sich ihre Ohrringe selbst kaufen muß? Als Jenny sie festklipste, schlichen sich Bitterkeit und Scham in ihr Herz. Sie ging näher an den Spiegel und starrte suchend in das Glas hinein, um in dem noch verbliebenen Dämmerlicht des Herbstes die Frau zu erkennen, die sich tief in ihrem Innern verbarg.

Vielleicht war *sie* es, die sich verändert hatte, und Gordon war noch immer derselbe? Sie war blasser geworden, blasser und schmaler als das strahlende zwanzigjährige Mädchen, das damals kaum dazu gekommen war, ihre Frisur vor genau diesem Spiegel zu richten, so beharrlich hatte der junge Gordon ihr Haar immer und immer wieder durcheinandergebracht, sobald sie halbwegs fertig war. Er hatte nicht aufhören wollen, sie zu küssen, mal am Ohr, mal im Nacken, wobei er die herrlichen Locken erbarmungslos aus dem Wege geschoben hatte, um die makellose Haut freizulegen. Die Locken waren nun nicht mehr zu sehen; sie trug die Haare schon lange streng zu einem aufwendigen Knoten zurückgekämmt, eine passendere Frisur für ein Gesicht, das schließlich auch älter geworden war.

Was hatte sich noch verändert? Hatte sich tief in ihrem Innern etwas verändert, etwas, das ihr der Spiegel nicht zeigen konnte, wie sehr sie auch hineinstarrte ...?

»Jennifer! Meine Güte! Wo bleibst du denn? Punkt sieben gibt es Abendessen, und wenn wir nicht bald unten sind, wird für uns nichts mehr übrig sein – so wie ich diese Art Lokale einschätze!«

»Ja! Entschuldige Gordon! Ich komm schon!« Hastig wandte sich Jenny vom Spiegel ab und ging zur Tür, wo er auf sie wartete. Weder das neue Kleid noch die Ohrringe vermochten seine ungeduldig gerunzelte Stirn zu glätten. Er bemerkte die neuen Errungenschaften nicht einmal.

»Na endlich!« Damit drehte er sich auf dem Absatz um und stieß beinahe mit einer jungen Kellnerin zusammen, die den Flur mit einem Essenstablett entlanggeeilt war – gegrilltes Hähnchen mit Pommes frites und Salat.

»Oh!« »Ach du meine Güte!« »Es tut mir ja so leid!« Die höflichen Entschuldigungen flogen hin und her, während die Kellnerin versuchte, ihr Gleichgewicht wiederzugewinnen. Gerade noch rechtzeitig konnte Gordon das Tablett vor einem Sturz bewahren.

»Gestatten Sie?« fragte er höflich – selbst wenn er schlechtester Laune war, konnte er zu Fremden ausgesprochen freundlich sein. »Wo darf ich das Tablett für Sie hintragen?«

»Nein! O Nein! Danke, aber...!« Die junge Kellnerin, wahrscheinlich eine Studentin, die in den Semesterferien Geld verdienen mußte, wurde schrecklich verlegen und unsicher – irgendwie wirkte sie sogar schuldbewußt. Jenny wunderte sich darüber, schließlich war das Tablett gerettet worden, warum sollte sie also Schuldgefühle haben? Weil man sie dabei ertappt hatte, wie sie ihre Arbeit machte?

»Nein, äh, danke!« stammelte sie weiter. »Das ist wirklich sehr nett von Ihnen. Aber ich... äh... ich muß das Tablett persönlich bringen. Der Herr von Zimmer acht – ihm geht es nicht sehr gut und deshalb...«

Sie wurde rot und war offensichtlich völlig durcheinander. Entschlossen nahm sie das Tablett aus Gordons Händen, drehte sich um und klopfte hastig an der Tür von Zimmer acht, das genau ihrem Zimmer gegenüber, auf der anderen Seite des Flures lag. Sofort wurde die Tür einen Spalt breit geöffnet, gerade weit genug, um das Mädchen mit dem Tablett hereinzulassen, und gleich hinter ihr wieder geschlossen.

Zu jenem Zeitpunkt hinterließ der Zwischenfall keinen Eindruck bei Jenny. Abgesehen davon, daß sie deprimiert bemerkte, wie charmant Gordon immer noch sein konnte, wenn er wollte; wie herzlich er lächeln konnte, wenn etwas geschah, das vorübergehend die Schatten auf seinem Gesicht auslöschte – abgesehen davon hatte sie mehr als genug mit ihren eigenen, unmittelbaren Sorgen zu tun. Im Moment stand sie vor dem Problem, wie sie und Gordon diese Farce eines romantischen Abends zu zweit überstehen sollten. Der erste von sieben solcher Abende, von denen jeder einzelne bis zum bitteren Ende durchgestanden werden mußte, bis dieses Possenspiel der »zweiten Flitterwochen« vorüber war.

Was war sie doch für ein Dummkopf gewesen! Warum hatte sie nicht Gordons »Nein« anstandslos akzeptiert? – Dieses mürrische, einsilbige »Nein«, mit dem er zunächst auf ihren Vorschlag, noch einmal hierher zu kommen reagiert hatte. Warum war sie nur so verrückt gewesen und hatte ihn weiter bearbeitet, überzeugt, verführt, nicht aufgehört herumzunörgeln, bis er endlich zugestimmt hatte.

Wahnsinn! Einfach Wahnsinn! Und nun mußte sie den Preis dafür bezahlen, eine ganze, schreckliche Woche lang, keine einzige dieser demütigenden Stunden würde ihr erlassen werden.

Irgendwie überstanden sie diesen ersten Abend – sie tranken Wein und unterhielten sich mit den Einheimischen, waren aber immer darauf bedacht, sich nicht anzusehen. Sehr viel später, als Jenny schlaflos in dem großen, altmodischen Bett lag, erinnerte sie sich wieder an den Zwischenfall mit der Kellnerin im Flur; dabei stiegen ihr Tränen in die Augen, die schwachen Tränen des Selbstmitleids, die so typisch sind für schlaflose Nächte mit den endlos langen Stunden zwischen zwei und drei Uhr morgens.

Welch einen Spaß hätte ihnen diese kleine Episode früher bereitet. Beim Abendessen mit einer Flasche Rotwein hätten sie darüber gelacht und ein verrücktes Rätselraten über den Empfänger des Tablettes angestellt. Eine Schmugglerbande hätte Gordon vielleicht vorgeschlagen, die ihr ruchloses Gewerbe von Zimmer acht dieses Gasthauses betrieb, und dieses ungeschickte Mädchen war ihre Helfershelferin. Nein, hätte Jenny eingewendet, es ist ihr verlorengeglaubter Liebhaber, den sie in diesem leeren Zimmer versteckt hält, weil ihr böser Onkel gedroht hatte, ihn umzubringen ... Nein, nein, hätte Gordon dann wieder weitergemacht. Es ist viel schrecklicher. Es ist der böse Onkel, den sie in diesem Zimmer eingeschlossen haben, weil er bei Vollmond verrückt wird. Dann schleicht er sich mit einem großen, blitzenden Messer über die dunklen Korridore und versucht, in die Zimmer der Gäste einzudringen ...

Genau in diesem Augenblick, als Jenny schon fast in den Schlaf hinübergesunken war, hörte sie ein leises Klopfen an der Tür.

Zuerst glaubte sie zu träumen, glaubte, daß sich ihre wirren Gedanken in den Schlaf geschlichen hätten. Sie setzte sich auf und lauschte, spähte ins Halbdunkel des Zimmers, das von den letzten Strahlen des Mondes, die durch das kleine quadratische Gitterfenster fielen, spärlich beleuchtet wurde.

Ja! Da war es wieder! Poch-poch. Poch-poch. Ganz gleichmäßig, geheimnisvoll.

»Wer ist da?« fragte sie mit leiser, ängstlicher Stimme, so leise, daß, wer immer auch draußen stand, es kaum durch die große schwere Eichentür gehört haben konnte.

Aber jemand mußte es dennoch gehört haben, denn das Klopfen hörte abrupt auf; und die absolute Stille, die darauf folgte, war noch furchterregender als das Klopfen, denn sie bewies zweifellos, daß jemand vor ihrer Tür *war,* jemand, der nun lauschte. Es konnte kein Ast oder eine lose Schnur gewesen sein, die vom Wind hin und her geschaukelt wurden.

Außerdem war es überhaupt nicht windig. Die Herbstnacht war totenstill. Nicht ein Blättchen raschelte in dem verblassenden Mondlicht.

»Wer ist da?« flüsterte Jenny noch einmal, aber es kam noch immer keine Antwort. Keine Antwort, auch nicht von Gordon, der tief und fest schlief, nur wenige Zentimeter von ihr entfernt, benommen vom Wein und dem anstrengend langweiligen Abend. Nur wenige Zentimeter von ihr entfernt, aber in Anbetracht dessen, was sie an Hilfe und Unterstützung von seinem bewegungslosen Körper erwarten konnte, hätte ebensogut der Atlantik trennend zwischen ihnen liegen können.

Sollte sie ihn wecken? Sich seinen Zorn zuziehen, sich von ihm herablassend erklären lassen, daß sie absolut keinen Grund hätte, gleich so hysterisch zu werden?

Niemals! Eher ließe sie sich umbringen. Kerzengerade saß sie da in der Dunkelheit, als das Klopfen wieder begann. Poch-poch. Poch-poch. Poch-poch.

»Wer ist da?« krächzte sie nun schon zum dritten Mal in Richtung der dunklen Schatten. Und dieses Mal erhielt sie zu ihrem unaussprechlichen Schrecken eine Art Antwort. Keine Antwort in einer Sprache, die sie verstand, es waren auch gar keine Worte. Es war ein leises, qualvolles Stöhnen – unheimlich, unmenschlich, wahnsinnig.

Ja, wahnsinnig! An diesem Punkt brachen all die verrückten Vorstellungen der schlaflosen Nacht wieder über sie herein und verschmolzen in ihrem Kopf zu einem furchteinflößenden Bild. Der wahnsinnige Onkel! Auf jeden Fall aber ein Wahnsinniger. Darum also war die Kellnerin so aufgeregt und bestürzt gewesen, als Gordon das Tablett für sie tragen wollte. Weil wirklich jemand hinter dieser Tür versteckt gehalten wurde! Jemand, der nicht mehr bei Verstand war und von den Gästen ferngehalten werden mußte, aber der manchmal, bei Nacht...

Poch-poch. Poch-poch. Poch-poch. Und jetzt – oder bildete sie sich das nur ein – hörte sie das Ächzen von Holz, als ob jemand gegen die alte Holztür drückte...

»Gordon! Gordon!« schrie sie auf, ihre Selbstbeherrschung, ihr Stolz und ihr Groll, alles versank in einem Nichts angesichts der nackten Angst. »Gordon! Wach auf! Irgend jemand versucht hier hereinzukommen!«

Er würde wütend sein, weil sie ihn geweckt hatte. Er würde schimpfen und sie ein dummes, hysterisches Weib nennen, daß sie sich alles nur eingebildet hatte und, um ihr das zu beweisen, würde er die Tür öffnen...

Zum Teufel mit seiner Wut. Sie brauchte ihn, jetzt, in ihrer verzweifelten Angst, brauchte ihn so dringend wie nie zuvor. »Gordon! Gordon!«

»Häh? Was?« Endlich wurde er wach. »Was zum Teufel ist denn los?«

»Gordon!« Vor lauter Angst preßte sie sich an ihn. »Da versucht jemand, hier einzudringen. Hör doch... Das Klopfen...! Kannst du es hören?«

Jetzt saß auch Gordon senkrecht im Bett, hellwach. Eine Minute lang saßen sie beide lauschend da. Dann war Gordon mit einer schnellen Bewegung aus dem Bett, stürzte durch das Zimmer zur Tür, tastete nach dem Türknauf und zog die schwere Tür vorsichtig auf. Da war ein Lichtschimmer... die Tür schwang ganz auf... ein lauter Ruf... und dann stolperte Gordon ein zweites Mal über diese hinterhältige, kleine Stufe und landete auf dem Bett, geschüttelt von einem unkontrollierbaren Lachanfall.

»Die Hunde!« keuchte er zwischen seinen Ausbrüchen. »Die Schäferhunde – sie stehen vor der Tür von Zimmer acht und betteln. Wahrscheinlich riechen sie noch das gegrillte Hähnchen. Dabei wedeln sie wie verrückt mit dem Schwanz – gegen unsere Tür. Das war es, was du gehört hast – und das Seufzen kam ebenfalls von ihnen! Ich könnte wetten, daß das Mädchen ihren Freund da untergebracht hat und daß sie sich heute abend auf Kosten des Hauses einen gemütlichen Abend gemacht haben. Die Hunde haben wahrscheinlich die Reste vom Hähnchen gerochen, und... Oh, Jenny...! Meine Güte...!«

Inzwischen lachte auch Jenny! Der Schock, die Erleichterung und ihre blühende Phantasie waren einfach zuviel, und sie kicherte los, wie ein kleines Schulmädchen. Gemeinsam schüttelten sie sich auf dem großen Bett vor Lachen und genossen übermütig die verrückte Seite der ganzen Episode... bis diese Fröhlichkeit plötzlich erstarb. Sie fühlte, wie Gordons Hand nach ihr tastete, ganz leicht und vorsichtig.

»Jenny«, flüsterte er. »Erinnerst du dich...?«

Glück, das man einmal erlebt hat, kann nicht wirklich sterben. Man kann es tief begraben, einen Tag lang, eine Woche oder ein halbes Leben lang, Schicht für Schicht unter Ärger, schlechter Laune oder Langeweile – aber es geht nicht verloren. Wenn man einmal echtes Glück erfahren hat, dann liegt es für immer ganz tief in der Seele des Seins verborgen, jederzeit bereit, auf ein zufälliges Wort oder ein kleines, nicht vorhersehbares Ereignis wieder hervorzuspringen, unberührt und ungemindert.

Wie heute abend. Als sie dalag und dem friedvollen Atmen ihres Mannes lauschte, wußte Jenny, daß auch diese Nacht etwas war, das sie nie verlieren konnte. Was immer geschah in den folgenden Tagen oder sogar Jahren, um was sie sich auch streiten würden, welche Sorgen auch immer über sie hereinbrechen würden – das Glück dieser Nacht würde für immer in ihrer beider Herzen eingebrannt bleiben.

Durch die Butzenscheiben nahm das graue Licht langsam eine rosa Farbe an, und endlich fühlte auch Jenny, wie der Schlaf ihre Sinne benebelte, wie er langsam in den Fluß ihrer Gedanken einbrach. Und da sah sie, sehr klein, aber überdeutlich ein Bild von einer sehr alten Frau mit einem sehr alten Mann an ihrer Seite, die entlang einer Uferstraße promenierten – oder gingen sie in einem Park spazieren? –, egal, ein Schäferhund sprang ihnen auf ihrem Weg entgegen und wedelte, wahrscheinlich auf der Jagd nach einem Kaninchen, wie verrückt mit dem Schwanz, und in ihrem Traum drehte sie sich zu dem Mann an ihrer Seite:

»Erinnerst du dich?« fragte sie ihn. Und sie konnte sehen, wie die alten, trüben Augen vor Lachen aufblitzten.

Ja, er würde sich erinnern.

## *Wohnung zu vermieten*

»Es tut mir leid ...« Der Blick der Frau glitt sachverständig an Lindas losem, die Figur verbergenden Mantel hinab, und ihre Stimme wurde härter. »Nein, tut mir leid, das Zimmer ist schon vermietet... Nein, ich fürchte, ich habe überhaupt nichts mehr frei ... Guten Tag!«

Vertraute Worte. Weiß der Himmel, wir sollten uns inzwischen daran gewöhnt haben, dachte Linda bitter, als sie und David die schmutzigen Stufen hinabstiegen. Sie wagte noch nicht einmal, trostsuchend zu ihm aufzusehen, damit er nicht die Tränen bemerkte, die in ihren Augen brannten und glitzerten.

Aber er hatte sie ohnehin gesehen. Sein Arm legte sich um ihre mageren Schultern, und einen Augenblick lang standen sie wortlos aneinandergelehnt auf der grauen, armseligen Straße, überkommen von einer Enttäuschung, die so intensiv war und die sie beide so vollkommen miteinander teilten, daß sie sich eines Tages vielleicht – als uralte Leute – an sie als ein außergewöhnliches Glücksgefühl erinnern würden...

»Lin... Lin, mein Liebling, weine doch nicht! Es wird alles gut, bestimmt, ich schwöre es dir! Ich verspreche dir, daß alles gut wird, Lin!«

Der verzweifelte Ton seiner jungen Stimme, der Druck seiner um sie gelegten Arme zerstörten den letzten Rest ihrer Selbstbeherrschung. Sie vergrub ihr Gesicht in dem abgeschabten Leder seiner Jacke und schluchzte hilflos, hoffnungslos.

»Ich bin schuld, David, ich bin an allem schuld!« klang es

schluchzend und undeutlich aus seiner dunklen, schulterlangen Haarfülle hervor. »Ich bin schuld, ich habe dich dazu überredet. Du hast die ganze Zeit gesagt, daß wir noch mit einem Baby warten sollten, jedenfalls bis du einen ordentlichen Job hast.«

Als sie das sagte, schob David sie mit einem Ruck von sich, so daß sie ihn ansehen mußte.

»Lin!« rief er aus. »Sag das nie, nie wieder! Ich will dieses Baby genausosehr wie du, und wenn ich jemals etwas anderes gesagt habe, dann vergiß es! Es ist *unser* Baby, deins und meins! Ich bin sein Vater, und ich will es! Ist das klar? Ich *will* es! Und ich werde dafür sorgen, daß es ein Zuhause hat! Und zwar ein Klassezuhause!« verkündete er trotzig der schmuddeligen, gleichgültigen Straße. »Ein Zuhause, wie es sich für meinen Sohn gehört! Für meine Frau und meinen Sohn ...«

Seine Stimme verlor sich, als er in der zunehmenden Novemberdämmerung wütend auf die geschlossenen Türen starrte, auf die Fenster mit den dicht zugezogenen Vorhängen, Reihe um Reihe, so weit das Auge reichte. »O Gott, wenn ich doch bloß einen anständigen Job kriegte!« murmelte er. Dann packte er Linda grob, ja fast brutal bei der Hand und zog sie schnell mit sich fort, zurück zur Hauptstraße, zurück zu den erleuchteten Bussen, zurück »nach Hause«.

Jedenfalls nannten sie es immer noch so, obwohl sie beide wußten, daß es kein Zuhause mehr war. Wie auch, wenn sie sich wie Einbrecher ins Haus stehlen mußten, wenn sie die Haustür flüsternd hinter sich zumachen und die knarrenden Treppenstufen hinaufschleichen mußten? Und das alles in der vergeblichen Hoffnung, Mrs. Moles, der Zimmerwirtin, zu entgehen, Mrs. Moles mit ihren wachsamen

Augen und ihrem Verhör, das sie zweimal am Tag anstellte: »Na, haben Sie schon was gefunden? Ach so. Ich verstehe. Tja, also, es tut mir leid, aber ich fürchte, ich kann Ihnen keinen Aufschub mehr gewähren. Sie haben bereits sechs Monate gehabt« – sogar auf den Tag genau, Linda konnte sich in allen Einzelheiten an jenen Maimorgen erinnern, als sie vom Arzt zurückgekommen war, übersprudelnd vor Glück über diese wundervolle Neuigkeit, die sie in gedankenlosem Triumph jedem im Haus auf der Stelle mitteilte –, »*sechs* Monate, und ich hätte Sie nach einer Woche raussetzen können, wenn ich das gewollt hätte! Eine Woche Kündigungsfrist, das ist alles, woran ich mich hätte zu halten brauchen, schließlich sind Sie ja keine regulären Mieter! Ich habe Ihnen sechs Monate gegeben, so geduldig ist bestimmt nicht jeder, das können Sie mir glauben! Aber jetzt reicht es mir! Ich gebe Ihnen noch bis Montag, ist das klar? Nicht einen Tag länger! Ich brauche das Zimmer...«

Manchmal hatte sich David während dieser Tiraden zur Wehr gesetzt. Er hatte dann auf der dunklen Treppe vor Linda gestanden, sie mit seinen breiten Schultern und seinem Höhlenmenschen-Haarwust abgeschirmt und wütend zurückgeschimpft, Gleiches mit Gleichem vergeltend. Und Linda hatte ihm nie gesagt, daß dadurch für sie hinterher alles nur noch schlimmer wurde. Sie wußte, daß sein männlicher Stolz diese Demonstrationen der Stärke brauchte, gerade jetzt, wo sein befristeter Job bei der Stadtverwaltung zu Ende gegangen war und das einzige Geld, mit dem er rechnen konnte, von seinem Teilzeitjob in der Cafeteria kam – im besten Fall drei oder vier Nachmittage in der Woche.

Wenn er doch nur sein Studium abgeschlossen und sein Ingenieurexamen gemacht hätte, anstatt mittendrin auszusteigen! Linda unterdrückte die kleine Anwandlung von Groll, was sollte es auch? Ihm *jetzt* wegen seiner Verantwortungslosigkeit in der Vergangenheit Vorwürfe zu machen, war nun wirklich fehl am Platz. Armer Dave! Inzwischen hatte ihn die Verantwortung eingeholt, und er tat sein Bestes – sein ungeübt Bestes –, sie auf sich zu nehmen. Er tat das für *sie*. Für sie und für das Baby. Vorwürfe helfen einem Mann nicht weiter, der bereits bis an seine Grenzen gefordert wird. Außerdem liebte sie ihn.

Trotzdem war da der Montag. Diesmal meinte es Mrs. Moles ernst! *Montag* – das hieß nur noch vier Tage! An diesem Abend weinte sich Lin in den Schlaf, während David sie in den Armen hielt und ihr mit zitteriger Zuversicht ins Ohr flüsterte: »Mach dir keine Sorgen, Lin! Es kommt alles in Ordnung. Ich versprech's dir, es wird alles gut ...«

Aber das würde es nicht werden. Wie denn auch? Sie suchten jetzt schon seit Monaten, in ihrer ganzen Freizeit und an den Wochenenden, wobei sie ihre Anforderungen Woche um Woche herunterschraubten – in dem Maße, in dem ihnen die Hoffnungslosigkeit ihrer Suche langsam klar wurde. Von einer Dreizimmerwohnung zu einer Zweizimmerwohnung ... von einem Zimmer mit Küchenbenutzung zu irgendwas, ganz egal was. Wenn all diese Wochen unermüdlicher Anstrengung nichts gebracht hatten, was war dann von vier weiteren Tagen zu erhoffen?

Am nächsten Morgen machte sich David zum ersten Mal seit Beginn ihrer Suche allein auf den Weg zum Immobilienmakler. Nach ihrer so gut wie schlaflosen Nacht hatte sich Linda beim Aufwachen so elend gefühlt und so weiß und zerbrechlich ausgesehen, daß David darauf bestanden hatte, daß sie im Bett blieb – genauso, wie er vor ein paar Wochen darauf bestanden hatte, daß sie ihren Job aufgab.

Bevor er ging, brachte er ihr eine Tasse Tee und küßte sie zum Abschied.

»Sei ganz ruhig, Liebling, *diesmal* finde ich bestimmt etwas, du wirst schon sehen!« Und Linda, blaß und schwach in ihren Kissen, lächelte und versuchte so zu schauen, als ob sie nicht wüßte, daß er log.

Nachdem er fort war, mußte sie wohl eingedöst sein, denn auf einmal war es elf Uhr durch, eine bleiche Novembersonne ließ die nassen Fensterscheiben glitzern, und das Telefon unten im Hausflur klingelte und klingelte und klingelte ...

Niemand schien ranzugehen. Es war wohl keiner zu Hause. Von einer merkwürdigen Vorahnung erfüllt (merkwürdig insofern, als es für zwei Leute, die dem Tiefpunkt so nahe waren wie David und sie, doch wohl kaum noch eine schlechte Nachricht geben konnte), fuhr Linda in ihren Morgenrock und ihre Hausschuhe und hastete die drei Treppen hinunter.

»Liebling! Ich dachte, du kommst überhaupt nicht mehr!« Es war schon Davids Stimme, aber für einen Moment hatte sie sie nicht erkannt, so lange war es her, daß sie derart lebhaft und sorgenfrei geklungen hatte. »Hör zu, Liebling! Hör einfach bloß zu ... du wirst es nicht glauben ...«

Und das tat sie auch nicht. Jedenfalls nicht gleich; es war einfach zu unwahrscheinlich, ein Glücksfall, der ihre kühnsten Träume übertraf! In diesen ersten Augenblicken, als sie dastand und den Hörer an ihr ungläubiges Ohr gepreßt hielt, schien sie das, was sie hörte, kaum begreifen zu können.

Was sie schließlich seinen Worten entnahm, war folgendes: David war gerade niedergeschlagen aus dem Büro des Maklers gekommen, dessen vertrautes »Heute leider nichts« ihm noch im Ohr klang, als ein rothaariger und auffallend großer junger Mann auf ihn zu trat und ihn ansprach.

»Suchen Sie eine Bleibe, Kamerad?« fragte er, und noch ehe sich David von seiner Überraschung erholt hatte, war der Fremde bereits dabei, ihm seinen erstaunlichen, unglaublichen Vorschlag zu unterbreiten.

Eine separate Dreizimmerwohnung mit Balkon und großen Südfenstern – und das alles für wöchentlich fünf Pfund!

»Und er möchte, daß wir gleich *heute* einziehen!« fuhr David freudig erregt fort. »Stell dir das bloß mal vor, Lin, *heute*! Keine einzige Nacht mehr in diesem Loch! Kein Gekrieche mehr vor der alten Hexe! Mein Himmel, wie ich mich darauf freue, ihr zu sagen, was sie mit ihrer elenden Dachkammer machen kann ...«

»Aber ... aber, Liebling!« Linda mußte ihn jetzt einfach unterbrechen. »Liebling, das klingt alles ganz phantastisch, wirklich! Aber ... sag mal, Dave, bist du ganz sicher, daß an der Sache kein Haken ist? Ich meine, warum sollte dieser – wer immer es ist –, warum sollte er die Wohnung zu einem solchen Spottpreis vermieten? Und ...?«

»Genau das habe ich ihn auch gefragt!« Davids Stimme kam klar und triumphierend durch die Leitung. »Aber es ist wirklich ganz simpel – er hat mir alles genau erklärt! Er und seine Freundin haben nämlich gerade miteinander Schluß gemacht, sie ist mit einem anderen auf und davon, und er bringt's einfach nicht fertig, allein in der Wohnung zu bleiben ... ohne sie. An das Geld denkt er gar nicht, er will bloß *raus* ... und das kann man doch verstehen, oder? Ich meine, er war ganz verrückt nach diesem Mädchen, sie waren schon über ein Jahr zusammengewesen, und er dachte, sie sei genauso glücklich wie er. Der Schock war dann einfach zuviel für ihn.«

»Ja ... ja, natürlich ...« Lindas Aufregung war mit Unruhe versetzt. »Aber ... David ... ich verstehe es immer noch nicht ganz. Warum gerade *wir*? Warum übergibt er die Sache nicht einem Makler ...?«

»Liebling!« In seiner Stimme schwang jetzt ein ganz leiser Unterton von Ungeduld mit. »Liebling, jetzt sei doch nicht so! Verdirb doch nicht alles! Außerdem ist die Sache wirklich ganz verständlich. Denk doch mal nach. Wenn jemand in so einer emotionalen Krise steckt ... gerade den Boden unter den Füßen verloren hat ... dann ist doch dieses ganze Gedöns mit Mietverträgen und Übergabeterminen und was noch alles wirklich das letzte, was ihm fehlt. Also hat er beschlossen, die Immobilienheinis zu umgehen und einfach ...«

»Und was hatte er dann vor dem Büro eines Immobilienmaklers verloren?«

Die Worte waren Linda einfach so herausgerutscht. Sie haßte ihr eigenes Mißtrauen, ihre Unfähigkeit, in Davids blinden Jubel rückhaltlos mit einzustimmen.

Aber diesmal schien sie David mit ihrem Zögern eine Freude zu machen, so als ob sie – ohne es zu wissen – genau die Karte ausgespielt hätte, die es ihm ermöglichte, sein As zu bringen.

»Tja!« sagte er – und schon da konnte sie das Lächeln in seiner Stimme hören, jenes verwegene, freche, sich selbst beglückwünschende Lächeln, mit dem er ihr früher von den haarsträubenden Heldentaten jener Rabauken erzählt hatte, mit denen er sich herumtrieb. »Tja, das war clever! Wirklich clever. Genau das, worauf *ich* wahrscheinlich auch gekommen wäre ...« Es war richtig schön zu hören, wie nach all den Monaten der Demütigung und der Niederlage seine männliche Überheblichkeit zu neuem Leben erwachte! »Er hat genau das getan, was *ich* in einer schwierigen Situation auch immer tue – er hat sich die richtigen Fragen gestellt! Zum Beispiel: Wie macht man einen Handel – jeden Handel – am schnellsten perfekt? Nun, indem man jemanden findet, der das, was man anzubieten hat, verzweifelt sucht. Und wenn es sich dabei um ein Dach überm Kopf handelt ... wo dürfte sich so jemand am einfachsten auftreiben lassen? Vor einem Maklerbüro, kurz nachdem es aufgemacht hat! Und so hat er's dann auch gemacht ... hat draußen einfach auf jemanden gewartet, der rauskommt und richtig geschafft aussieht ...«

Es klang einleuchtend. Jedenfalls einigermaßen. Linda fühlte ihre Zweifel dahinschwinden. Schüchterne Freude keimte in ihr auf, bereit, sich zu einer strahlenden Blüte zu entfalten.

»Das ... ach, Liebling! Das alles klingt einfach zu schön, um wahr zu sein!« rief sie. »O Dave, ich bin ja so glücklich! Und dieser junge Mann ... wenn wir uns erstmal häuslich eingerichtet haben und du wieder einen Job hast, dann müssen wir darauf bestehen, daß er mehr als fünf Pfund nimmt ... wir dürfen seine traurige Situation nicht ausnützen! Nicht wo *wir* so glücklich sind ... und soviel Glück haben ...! Oje, dabei wissen wir ja nicht einmal seinen Namen!«

»Aber ja doch! Er heißt Fanshawe!« erwiderte David triumphierend. »Es steht auf dem Namensschild neben der Tür. ›R. Fanshawe‹. Aber ich habe es ausgewechselt, Liebling. Ich bin hier in der Wohnung und habe das Schild bereits ausgewechselt. Jetzt steht ›Graves‹ drauf! ›David und Linda Graves‹! Lin, wie schnell kannst du hier sein?«

Die Wohnung war sogar noch größer, als sie es sich vorgestellt hatte, und viel, viel schöner. Sie lag im fünften Stock eines großen, modernen Wohnblocks, und selbst jetzt im Winter waren die geräumigen Zimmer lichtdurchflutet. Wenn man hereinkam, traf einen der Sonnenschein wie eine sich brechende Woge, und durch die großen Fenster konnte man weit in der Ferne über den Dächern und Turmspitzen der Großstadt eine blaue Hügelkette sehen.

Linda und David verschlug es vor Aufregung fast die Sprache. Wie in Trance gingen sie von Zimmer zu Zimmer, um alles zu erkunden, schrien auf oder gaben verzückte kleine Laute von sich, die kaum Worte zu nennen waren, sondern eher dem fröhlichen Zwitschern der Vögel im Frühling, zur Nistzeit, ähnelten.

Tiefe, geräumige Regale. Einbauschränke. Helle, moderne Möbel – aber nicht zu viele. Sie würden eine Menge Platz für ihre paar eigenen Lieblingsstücke haben.

»Dein Schreibtisch... der geht genau hierher, Dave, unters Fenster. Da kriegt er das ganze Licht!« rief Linda aus, und er: »Schau mal, Lin, die Nische hier... ich kann sein Bettchen so bauen, daß es da genau reinpaßt! Das wird *sein* Zimmer...!« Und immer so weiter, bis schließlich einer von ihnen – sie waren vor Glück schon ganz erschöpft, und hinterher konnte sich Lin nicht mehr daran erinnern, wer es gewesen war, und zu dem Zeitpunkt erschien es ihr natürlich unwichtig –, bis einer von ihnen merkte, wie spät es war.

»Mein Himmel, es ist ja gleich zwei!« rief der Betreffende aus, und dann entstand eine ziemliche Panik. Denn um vierzehn Uhr dreißig sollte David schon in der Cafeteria sein, hartgekochte Eier in Scheiben schneiden, Salat waschen, den Dreck auffegen, den die Mittagsgäste hinterlassen hatten ... und es hätte gerade noch gefehlt, daß er diesen Job auch noch verlor!

Hand in Hand rasten sie aus der Wohnung, rasten zum Bus und schafften es, noch so rechtzeitig nach Hause zu kommen, daß David aus seiner Lederjacke in einen frischgebügelten Overall schlüpfen konnte und mit nicht viel mehr als zehn Minuten Verspätung zur Arbeit erschien. Als ihn Linda zum Abschied küßte, paßte sie auf, daß sie ihm nicht sein hastig glattgestrichenes Haar durcheinanderbrachte – seine gelockte, schulterlange Mähne war ein ewiger Zankapfel, in der Cafeteria ebenso wie in all seinen früheren Jobs –, aber *sie* liebte sein Haar.

An der Tür blieb er noch einmal stehen und drängte sie, sich auszuruhen, während er fort war, sich hinzulegen und sich zu schonen.

»Heute morgen ging's dir gar nicht gut«, erinnerte er sie. »Also, was du auch tust, versuch auf gar keinen Fall, mit dem Packen anzufangen – das machen wir heute abend, zusammen. Stell dir bloß mal Mrs. M.'s Gesicht vor, Schatz, wenn sie uns heute abend mit unseren Koffern die Treppe runterpoltern hört! ›Montag‹! Die kann sich ihren ›Montag‹ an den Hut stecken!«

Folgsam zog sich Linda, als er fort war, Kleid und Schuhe aus und legte sich ins Bett. Es stimmte schon, sie *war* müde. Sie lag ein paar Minuten lang da, starrte zur Decke hinauf und versuchte sich klarzumachen, daß sie diese vertrauten Risse und Flecken zum allerletzten Mal betrachtete. Sie konnte es nicht so richtig glauben – dieser Umschwung war so plötzlich gekommen, hatte soviel von einem Traum an sich, daß sie das alles noch gar nicht wirklich begriffen hatte.

»Ruh dich aus«, hatte David sie gedrängt, aber es ging nicht. Die Aufregung pulste in ihren Adern, und es war ganz unmöglich, still zu liegen, so aufgewühlt von Glück, wie sie war. Sie mußte irgend etwas *tun*. Packen durfte sie nicht – sie hatte David versprochen, damit zu warten, bis er wieder da war, aber sie konnte doch schon mal ein paar Sachen aussortieren, da war ja nichts dabei... etwas von dem Müll wegschmeißen. Zum Beispiel diese rausgerissenen Seiten mit »Zu vermieten« – *die* brauchten sie bestimmt nicht mehr!

Unbeholfen – sie war schon fast im achten Monat – wälzte sie sich vom Bett, und dabei rutschte Davids Lederjacke, die er beim Umziehen hastig von sich geschleudert hatte, mit einem kleinen, metallischen Klirren vom Bett auf den Boden.

Die Schlüssel, natürlich. Die Schlüssel der neuen Wohnung. Als Linda sie aufhob, stieg in ihr das ungeduldige Verlangen hoch, ihr schönes neues Zuhause noch einmal zu sehen – inzwischen schon »Zuhause«, wie es dieses Loch nie gewesen war. Sie brannte darauf, noch einmal aus den großen, schönen Fenstern zu blicken, sich an dem vielen Platz und Licht zu weiden und an dem köstlichen Gefühl, daß dies alles *ihr* gehörte! Ihr und David und dem Baby! Sie wollte mit Muße und in aller Genauigkeit jede Schublade und jeden Schrank untersuchen, wollte planen, wo die hölzerne Salatschüssel hin sollte und wohin die israelische Tänzerin und die Bücher... und die Schallplatten...

Und warum eigentlich nicht? Der ganze Nachmittag lag vor ihr, David würde nicht vor neun Uhr – frühestens – zurück sein. Worauf wartete sie noch?

Diesmal erschien ihr die Wohnung nicht ganz wie der Palast aus Licht und Weite, als der sie ihr am Morgen vorgekommen war, aber sie war immer noch wundervoll. Die Räume waren jetzt dunkler und grauer, denn natürlich war die Sonne seit dem Vormittag weitergewandert, und sie lagen jetzt im Schatten.

Aber das machte Linda nichts. Es war immer noch herrlich. Leise vor sich hin summend, wanderte sie, in Glückseligkeit gehüllt, von Zimmer zu Zimmer, spähte in Schränke, untersuchte Regale und Nischen und überlegte, wo alle ihre Sachen hin sollten.

Soviel Platz! Es war einfach nicht zu fassen! Sie zog noch eine Reihe leerer, einladender Schubladen heraus und mußte dabei denken, daß für einen Mann mit gebrochenem Herzen ihr Vorgänger alles ungewöhnlich sauber und ordentlich hinterlassen hatte. Wie in aller Welt hatte er sich in dem seelischen Durcheinander von Schock und Kummer dazu bringen können, alles so gründlich aufzuräumen? Sogar die Teppiche waren gesaugt und die leeren Schubladen staubgewischt! Oder hatte das vielleicht seine abtrünnige Freundin für ihn getan? Als eine Art Sühneopfer, um ihr Gewissen zu besänftigen?

Während sie noch darüber nachdachte, stieß Linda auf einen Schrank, den sie vorher nicht bemerkt hatte. Er befand sich halb versteckt hinter einem großen, dick gepolsterten Sessel, den man davorgeschoben hatte. Der Schrank sah aus, als sei er groß genug, um all die Sachen für das Baby darin unterzubringen.

Linda zog an seinem Türgriff – und wußte auf der Stelle, daß er verschlossen war. Hier also schien der überordentliche Mr. Fanshawe seine Sachen verstaut zu haben. Von Neugier getrieben, probierte Linda erst einen und dann einen anderen der Schlüssel an dem Bund, das David ausgehändigt worden war, und beim dritten Versuch ging die Tür auf. Ging irgendwie zu schnell auf. So als ob sie von innen aufgestoßen würde ... ein großes Gewicht schien in Bewegung geraten zu sein ... und gerade, als die Angst ihren Magen erreicht hatte, schwang die Tür vollends auf, und der Körper eines Mädchens plumpste heraus und auf den Boden. Ein blondes Mädchen, wahrscheinlich hübsch, aber das war jetzt nicht mehr zu erkennen, so spitz und eingesunken war das bereits vom Tod verfärbte Gesicht.

Linda stand da und rührte sich nicht. Entsetzen, ja. Wenn sie später daran dachte, und auch in ihren Träumen, war es das Gefühl des Entsetzens, an das sie sich am deutlichsten erinnerte. Und was war natürlicher?

Aber nicht gleich. In jenem Augenblick, in jenen allerersten Sekunden, noch ehe sie überhaupt die Zeit gehabt hatte nachzudenken, war es nicht Entsetzen, was sie überwältigte, sondern Wut. Rasende, alles auslöschende Wut und Enttäuschung.

»Verdammt, verdammt, verdammt!« schluchzte sie völlig außer sich auf die stille Gestalt am Boden herab. »Ich *wußte* ja, daß es zu schön ist, um wahr zu sein! Ich *wußte*, die Sache hat einen Haken ...!« Und es war der Klang ihrer eigenen Stimme, die ihre blinde, egozentrische Verzweiflung hinausschrie, der sie ansatzweise wieder zu sich kommen ließ.

Sie mußte irgend etwas *tun*. Jemanden anrufen. Sich aus dem Fenster lehnen und »Mord!« schreien. Hilfe holen.

Hilfe wobei? Wie kann man einem Mädchen helfen, das bereits tot ist ...? Mit jener seltsamen, eisernen Ruhe, die der Schock mit sich bringt, kniete sich Linda hin und betrachtete die tote, zusammengesunkene Gestalt von nahem. Kein Atem drang zwischen den bläulichen Lippen hervor, in dem schlaffen, eisigen Handgelenk war kein Puls zu spüren. Leblos lag das Mädchen da wie ein Bündel alter Kleider und ruinierte alles.

Denn natürlich war jetzt die Wohnung für sie verloren. Hatte ihnen in Wirklichkeit auch vorher nie gehört. Das Ganze war von Anfang an eine Falle gewesen. Als sie hier so töricht und vertrauensvoll hereinspaziert waren, waren sie, statt in eine Wohnung zu kommen, in ein schreckliches Verbrechen hineingeraten. Jeden Augenblick würde die Polizei hier sein, alles abriegeln, Jagd auf den rechtmäßigen Eigentümer der Wohnung machen und ihn zum Verhör mitnehmen. Sie selbst und David würden ebenfalls verhört werden ... und das war natürlich Sinn und Zweck der Übung gewesen! Linda war jetzt alles klar. Man hatte sie mit diesem falschen Angebot einer Wohnung absichtlich hierher gelockt, damit sie überall ihre Fingerabdrücke hinterließen und die Polizei sie bei ihrem Eintreffen hier vorfand. Zwei Eindringlinge, die sich ohne Erlaubnis und ohne eine Erklärung dafür zu haben in einer fremden Wohnung herumtrieben! Denn genau so würde es aussehen: Warum sollte die Polizei – oder sonst jemand, der bei Verstand war – ihr und David ein solches Lügenmärchen abnehmen? Diese lächerliche, unglaubliche Geschichte, daß ihnen von einem vollkommen Fremden eine attraktive Dreizimmerwohnung in einer angenehmen Wohngegend für nur fünf Pfund die Woche angeboten worden sei. Dieser Fanshawe brauchte doch jetzt nichts weiter zu tun, als das Zusammentreffen mit David vor dem Maklerbüro glatt abzustreiten, und dann stünde sein Wort gegen Davids. Er hätte dabei den ungeheuren Vorteil auf seiner Seite, daß sein Ableugnen unendlich viel plausibler klingen würde als Davids groteske Behauptung!

Sauber, wirklich. *»Tja,* das war clever!« wie David vor nur wenigen Stunden so fröhlich bemerkt hatte!

Bei dem Gedanken an all das Glück – an Davids Stolz, seinen Triumph und daß das alles nur von so kurzer Dauer gewesen sein sollte – ergriff eine kalte, wütende Entschlossenheit von Linda Besitz. Sie stand noch immer unter Schock, aber sie wußte plötzlich genau, was sie zu tun hatte.

Die Toten leiden nicht. Menschen können ihnen nicht mehr helfen und sie auch nicht mehr verletzen. Also war das, was sie tun würde, in Wirklichkeit nicht so schrecklich.

Vorsichtig und sogar ohne besonderen Widerwillen – so gefühllos hatte sie der Schock gemacht – packte Linda den schlaffen Körper beim Rollkragen des dicken, wollenen Pullovers und fing an zu ziehen.

Glücklicherweise waren zu dieser toten Nachmittagsstunde die langen Flure leer wie in einem Traum. Der Fahrstuhl glitt mit seiner schrecklichen Last gehorsam und leise abwärts – hinab, hinab, vorbei am Erdgeschoß, sogar vorbei am Untergeschoß –, hinab, hinab in die allertiefsten Tiefen ... Und dort, in einem eisigen, fensterlosen Keller, in dem alte Matratzen und schattenhafte Rohre gestapelt lagen, entledigte sich Linda ihrer furchtbaren Bürde.

Man würde sie finden – natürlich würde man sie finden – aber jetzt bestand wenigstens eine faire Chance, daß die Spuren, die sie so gründlich verwischt hatte, nicht einfach unerbittlich zu der Wohnung im fünften Stock führen würden, die gerade von den neuen Mietern bezogen worden war. Es wäre einfach ein ungelöster Mordfall mehr. Die gab es doch jedes Jahr zu Dutzenden, oder etwa nicht?

Es würde schon gutgehen. Es *mußte* gutgehen. Mußte, mußte, mußte ...

Trotzdem konnte Linda an diesem Nachmittag gar nicht

schnell genug aus der schönen Wohnung rauskommen. In dem schwächer werdenden grauen Novemberlicht – sie wagte nicht, Lampen anzuknipsen, um nicht ihre Anwesenheit publik zu machen – schob sie den großen Sessel zurück vor den Schrank und brachte das Zimmer in Ordnung. Dann machte sie sich, noch immer zitternd, auf den Heimweg. Sie fühlte sich sterbenselend. Es war erst fünf Uhr – vier volle Stunden, um ihre Fassung wiederzufinden, bevor David von der Arbeit zurückkam.

Und wiederfinden mußte sie sie. David durfte um keinen Preis erfahren, welche neue und schreckliche Wendung die Dinge genommen hatten. Sie dachte daran, wie glücklich und voller Siegesfreude er am Morgen gewesen war, wie sein männlicher Stolz wiedererwacht war... sie stellte sich vor, wie er am Abend in großen Sätzen die Treppe heraufkommen würde, immer drei Stufen auf einmal nehmend, wahrscheinlich eine Flasche Wein unter dem Arm, um zu feiern...

Und sie *würden* feiern, koste es, was es wolle! Mit keinem Wort würde sie ihr furchtbares Geheimnis verraten, nicht das geringste Anzeichen von Angst oder Unruhe würde sie erkennen lassen.

Ja, feiern! Kerzen, Steak mit Pilzen – und wenn das Haushaltsgeld für die ganze Woche draufging! Außerdem würde sie sich die Haare waschen und legen, sobald sie nach Hause kam, und das pfauenblaue Umstandskleid mit dem Stehkragen anziehen... Sie dachte wirklich an alles, als sie an diesem Abend durch die novemberliche Dämmerung eilte, nur an eins nicht, nämlich die Möglichkeit, daß David vor ihr da sein könnte...

Sprachlos vor Überraschung stand sie mit ihrem Päckchen in der Tür und starrte ihn an.

*»Wo zum Teufel hast du gesteckt?«*

Noch nie hatte seine Stimme so wütend geklungen. Wie lange er wohl schon hier war? Warum war er so früh nach Hause gekommen ...?

»Ich habe doch gesagt, du sollst dich *ausruhen*!« schrie er sie an. »Du hast mir versprochen, daß du hierbleibst und dich ausruhst! *Wo* bist du gewesen! Ich bin fast verrückt geworden vor Sorge! Und wo sind die Schlüssel? Die Wohnungsschlüssel? Sie waren hier, in meiner Tasche ...!«

Gleich darauf tat es ihm jedoch leid. Als sie ihm die Schlüssel gegeben und ihm alles erklärt hatte, wie sie so aufgeregt gewesen war und diesen plötzlichen, unwiderstehlichen Wunsch empfunden hatte, sich die wunderschöne neue Wohnung noch einmal anzusehen. Er schien das zu verstehen.

»Es tut mir leid, Liebling, ich war ein Scheusal!« entschuldigte er sich. »Aber weißt du, es war irgendwie so unheimlich. Ich komme nach Hause, und alles ist dunkel und leer! Ich hatte Angst, irgendwas wäre passiert. Ich dachte, daß vielleicht das Baby ...«

Die Versöhnung war süß – und daß er bis ins kleinste Detail genau wissen wollte, wo genau sie am Nachmittag gewesen war und wie sie die Wohnung vorgefunden hatte – nun, das war doch ganz natürlich bei einem Mann, der sich wie ein Schneekönig über sein neues Zuhause freute, in das er noch am gleichen Abend einziehen würde.

Und sie zogen tatsächlich noch am gleichen Abend dort ein.

Von nun an keine Mrs. Moles mehr! Nie mehr würden sie auf Zehenspitzen schuldbewußt die dunkle Treppe hinauf- und hinunterschleichen! Überall Licht und Platz! Und diese Ungestörtheit! Und zu allem Überfluß eine brandneue, moderne Küche und ein kleines, sonniges Zimmer, das für das Baby genau richtig war. Jetzt dauerte es bis zu seiner Ankunft nur noch einen Monat! Ein oder zwei Tage lang hatte Linda gefürchtet, daß es zu einer Frühgeburt kommen würde – seit sie jene gräßliche Last hierhin und dorthin über Zementböden und durch düstere Türen gezerrt hatte, hatten sich gelegentlich merkwürdige Schmerzen eingestellt. Aber nach ein paar Tagen schien alles wieder im Lot zu sein – was erstaunlicherweise auch von ihrer Gemütsverfassung galt.

Zu Anfang war sie voller Angst und Schuldgefühle gewesen. Sie mußte sich ungeheuer zusammennehmen, um David nicht merken zu lassen, wie sie jedesmal zusammenzuckte, wenn im Korridor Schritte zu hören waren ... oder wenn sich die Fahrstuhltüren mit leisem Stöhnen öffneten und schlossen. Manchmal spürte sie auch (oder glaubte zu spüren), wie Davids Blick auf ihr ruhte, forschend, ernst ... und in solchen Augenblicken fand sie dann einen Anlaß, schrill zu lachen, mit Töpfen zu klappern, über das Baby zu reden – was auch immer.

Als jedoch die Tage verstrichen und nichts geschah, beruhigten sich ihre Nerven bald. Es gab sogar Zeiten, wo sie sich beinahe schon fragte, ob sie sich die ganze Sache nicht nur eingebildet habe. Denn weder brachten die Zeitungen irgend etwas, noch die Rundfunknachrichten, obwohl sie während dieser ersten paar Tage wie eine Irre, ja, wie eine Besessene Radio hörte, pünktlich zu jeder vollen Stunde den Apparat einschaltete.

Nichts. Nicht das Geringste. War es denkbar, daß man die Leiche noch nicht gefunden hatte? Irgend jemand – Hausmeister, Nachtwächter oder dergleichen – hatte doch bestimmt Anlaß, hin und wieder in diesen Keller hinunterzugehen. Oder war es möglich, daß der Mörder selbst entdeckt hatte, wohin die Leiche gebracht worden war – daß er sie, Linda, sogar von einem versteckten Ort aus dabei beobachtet hatte, wie sie den Körper fortgeschafft hatte? Der Fahrstuhl und die Flure waren allem *Anschein* nach völlig verlassen gewesen, aber man konnte ja nie wissen...

In der ersten Zeit hatte Linda, schuldgepeinigt und angstbeladen wie sie war, jeden Kontakt mit den Nachbarn zu vermeiden gesucht, aber es blieb nicht aus, daß sie nach und nach erst mit dem einen, dann mit dem anderen ins Gespräch kam. Die Frau nebenan... der alte Mann am Ende des Ganges... das Mädchen, das dauernd den Gummibaum auf dem Treppenabsatz im zweiten Stock zu gießen schien. Dabei hörte sie so manche Klatschgeschichte über frühere und jetzige Mieter, worunter natürlich auch die eine oder andere Information über den Vermieter ihrer Wohnung war. Und langsam und unausweichlich kam ihr zu Bewußtsein, daß praktisch nichts davon auch nur im entferntesten mit Davids Geschichte zusammenpaßte. Ihr Vorgänger war weder rothaarig noch groß – *de facto* war es überhaupt kein Mann gewesen, sondern eine Frau. Eine junge, blonde Frau, so erfuhr Linda, die zu den anderen im Haus weiter keinen Kontakt hatte. Na ja, hinter verschlossenen Türen spielte sich schon einiges ab, aber leben und leben lassen, anders geht's ja nicht, oder? Daß die junge Frau dann so plötzlich ihre Wohnung aufgab, kam als ziemliche Überraschung, für alle eigentlich, aber diese jungen Leute sind ja heutzutage so unberechenbar...

Und auf einmal kam Linda zu Bewußtsein, daß sie keinerlei Beweise für jenes absonderliche und unwahrscheinliche Zusammentreffen mit »Mr. Fanshawe« hatte, ja, nicht einmal dafür, daß so ein »Mr. Fanshawe« überhaupt existierte – nur Davids Behauptung!

Dieser häßliche, verräterische Gedanke kam ihr eines frühen Dezemberabends, als sie dasaß und etwas für das Baby nähte. Und als er erst einmal da war, schien er sich augenblicklich auf schreckliche Weise einzunisten, so als ob tief unten in ihrem Bewußtsein schon die ganze Zeit ein Platz auf ihn gewartet hätte.

Es war grauenhaft, wie jetzt plötzlich alles zusammenpaßte. Davids unverhältnismäßig heftige Reaktion, als er herausfand, daß sie an jenem ersten Nachmittag allein in die Wohnung gegangen war, seine nicht weiter erklärte, sonderbar frühe Rückkehr von der Arbeit an diesem gleichen Nachmittag! Vielleicht hatte er, anstatt zur Cafeteria zu gehen, seinen Overall ausgezogen, sobald er sich unbeobachtet wußte, und war losgehetzt, um Mittel und Wege zu ersinnen, wie er die Leiche loswerden könnte. Nachdem er alles vorbereitet hatte, war er dann atemlos und voller Angst in der Wohnung eingetroffen und mußte feststellen, daß die Leiche bereits verschwunden war! Und dann? Dann war er verwirrt und von panischem Schrekken ergriffen nach Hause gestürzt, nur um zu erfahren, daß sie, Linda, vor ihm in der Wohnung gewesen war. Hatte er vermutet, daß sie die Leiche gefunden hatte? Und wenn ja, wie hatte dann ihr Schweigen all diese Tage auf ihn gewirkt? Was dachte er, daß sie dachte, während sie Tag für Tag gelassen lächelnd dasaß und Babysachen nähte? Kein Wunder, daß er sie mit finsterem, mißtrauischem Blick betrachtete! Mit was für einem Blick würde er sie heute abend ansehen, wenn er nach Hause kam und diese neue, entsetzliche Angst in ihren Augen entdeckte, den

Verdacht, der in ihrem Gesicht und in ihrer Stimme flakkerte?

Verdacht? Nein, nein! Sie verdächtigte ihn doch nicht, wie konnte sie denn? David doch nicht! Nicht ihren eigenen Mann, den Mann, den sie liebte! Wie hatte sie auch nur eine Sekunde lang glauben können, daß er imstande sein könnte...

Ja, und wozu *ist* ein Mann imstande? Ein stolzer, eigensinniger junger Mann, der noch vor nicht allzu langer Zeit der tollkühne Anführer der verwegensten Bande in seinem Viertel gewesen war? Wie weit *konnte* so ein junger Mann in einer Situation unerträglicher Demütigung gehen? Er, der sich in stolzer, jugendlicher Überheblichkeit aufgemacht hatte, die Welt zu erobern, und feststellen mußte, daß er es noch nicht einmal fertigbrachte, seiner Frau und seinem Baby irgendeine Art von Bleibe zu beschaffen? Könnte so ein junger Mann in diesem Zustand zutiefst verletzten Stolzes einfach in eine fremde Wohnung spazieren, die Wohnungsinhaberin ermorden und die Wohnung kaltblütig in Besitz nehmen...?

Und selbst wenn er es *nicht* konnte – nicht konnte und auch nicht getan hatte und niemals tun würde –: Wie sollte es jetzt weitergehen? Wie konnte sie, nachdem sie diesen schrecklichen Verdacht einmal zugelassen hatte, David jemals wieder gegenübertreten? Wie sollte sie sich benehmen... wie ihn ansehen... wenn er heute abend von der Arbeit nach Hause kam? Was kochte man für jemanden, den man des Mordes verdächtigte...?

Und als sie da so zusammengekauert saß, in ihrer wunderschönen Wohnung, während draußen die Abenddämmerung in Nacht überging, hörte sie das leise Winseln des Fahrstuhls, das Öffnen und Schließen seiner Türen.

Und als nächstes – obwohl es erst kurz nach fünf war und sie David nicht vor neun zurück erwartete –, als nächstes hörte sie das unverkennbare Geräusch des Schlüssels im Schloß.

Hinterher wußte Linda nicht mehr zu sagen, in welcher Reihenfolge ihr die Gedanken durch den Kopf geschossen waren. »Warum?« hatte sie ganz bestimmt gedacht – »Warum kommt er so früh?« Und dann, unmittelbar darauf, hatte die blinde Panik sie erfaßt: »Was macht er bloß da draußen? Warum kommt er denn nicht rein ... macht die Wohnungstür hinter sich zu? Warum ruft er nicht ›Lin, Liebling, ich bin da!‹, wie er das sonst immer tut? Warum ist er so leise, bleibt im Verborgenen? Lauert da draußen, ohne sich zu bewegen, nach der Stille zu urteilen ...?«

Aber danach ging in Lindas Erinnerung alles kunterbunt durcheinander. Hatten sie das blonde Mädchen auf der Stelle erkannt – so verändert, wie sie jetzt aussah ... oder hatten sie sich erst einige Minuten in verblüfftem Nichtverstehen in der kleinen Diele gegenübergestanden, sich mit offenem Mund angestarrt und mit ihren Fragen und Ausrufen alles noch mehr verwirrt?

Denn natürlich war dies die rechtmäßige Mieterin der Wohnung, Rosemary Fanshawe, die (nach einem Krankenhausaufenthalt und vierzehntägiger Rekonvaleszenz) bei ihrer Rückkehr genauso erstaunt war, ein fremdes Mädchen im Besitz ihrer Wohnung zu finden, wie es Linda über dieses plötzliche Eindringen einer Fremden war. Eine von ihnen beiden hatte schließlich Kaffee gemacht, aber wer für wen, daran konnte sich Linda später nicht mehr erinnern. Auch nicht daran, wer wem alles zuerst erklärt hatte. Aber zu guter Letzt – und zwar schon bevor David um neun nach Hause kam – war alles klargestellt, und so etwas wie eine verwirrte Freundschaft bereits im Entstehen begriffen.

Denn dieses fröhliche, gepflegte Geschöpf war tatsächlich dasselbe Mädchen, das Linda gefunden und für tot gehalten hatte. Und sie hatte tatsächlich einen furchtbaren Krach mit ihrem Freund gehabt, genau wie es der rothaarige junge Mann vor dem Maklerbüro behauptet hatte. Was er David erzählt hatte, war nicht direkt eine Lüge gewesen, eher eine Art Spiegelbild der Wahrheit, in dem alle Tatsachen seitenverkehrt erschienen. So war er es gewesen, nicht Rosemary, der die Beziehung beendet hatte – was ihr das Herz gebrochen hatte, nicht ihm. Sie war es auch gewesen, die erklärt hatte, sie könne es nicht ertragen, auch nur einen Tag länger in der Wohnung zu bleiben, nicht er. Hysterisch hatte sie ihre Sachen in irgendwelche Koffer geschmissen, hatte dann ein Taxi bestellt und war zu einer Freundin entschwunden. In weniger als einer Stunde war sie, halb wahnsinnig vor Kummer und Wut, wieder da gewesen, um ihm die wildesten Vorwürfe zu machen, weil er nicht versucht hatte, sie zurückzuhalten. Es war zu einer letzten, schrecklichen Auseinandersetzung gekommen, auf deren Höhepunkt Rosemary theatralisch damit gedroht hatte, daß sie ein ganzes Fläschchen Schlaftabletten schlukken werde. Wütend über diesen melodramatischen Erpressungsversuch (wie er meinte) war ihr rothaariger Freund – Martin – türenschlagend aus der Wohnung gestürmt. Später jedoch hatte er es mit der Angst gekriegt und sich zurückgeschlichen. Zu seinem Entsetzen mußte er feststellen, daß sie *tatsächlich* die Tabletten genommen hatte und tot (wie er glaubte) auf dem Boden lag. (In Wirklichkeit, wie man Rosemary im Krankenhaus erklärt hatte, hatte sie nur in einem tiefen Koma gelegen, aber von einem Laien war nicht zu erwarten, daß er das erkannte, da in solchen Fällen sowohl Atem als auch Puls zu schwach waren, um wahrgenommen zu werden.) Entsetzt – und voller Angst, daß man ihm die Schuld geben könnte – hatte Martin die »Leiche« in den nächsten Schrank gestopft, damit man sie nicht mehr sah, und sich hektisch daran gemacht, die Wohnung in Ordnung zu bringen und alle Spuren ihres gemeinsamen Lebens zu beseitigen. Die ganze Nacht hatte er dazu gebraucht, und während er packte und scheuerte hatte er verzweifelt überlegt, wie er wohl die Verantwortung abwälzen konnte (vorzugsweise auf einen unbekannten Außenseiter), während er selbst spurlos verschwand. Als es Morgen wurde und er mit seiner Arbeit fertig war, hatte er auch seinen Plan fertig. Er wusch und rasierte sich und machte sich dann auf den Weg zum Immobilienmakler...

Und tatsächlich klappte auch alles in etwa so, wie er es gehofft hatte, wenn man von dem zusätzlichen Glücksumstand absah, daß es im Endeffekt Linda war, die Rosemary das Leben rettete, indem sie die »Leiche« hinunter in den Keller schleppte: Das Gerüttel und Gestoße und dann die Eiseskälte im Keller hatten dafür gesorgt, daß das Koma nicht noch tiefer geworden war – denn dann wäre es irreversibel gewesen. In jener Nacht noch war Rosemary soweit wieder zu sich gekommen, daß sie auf die menschenleere Straße hinaustaumeln konnte. Dort war sie eine Weile umhergeirrt, bis jemand sie aufsammelte und ins Krankenhaus brachte.

Und was war mit David, als er nach Hause kam und die ganze Geschichte erfuhr? Er war nicht weiter überrascht. David war ja kein Narr, und ihm war von Anfang an (trotz seiner gespielten Zuversicht) klar gewesen, daß an diesem Angebot vor dem Maklerbüro irgend etwas ganz schön faul war. Aber er hatte beschlossen (so wie er nun einmal gebaut war), das Risiko einzugehen und sich darauf zu verlassen, daß er mit den Schwindlern schon fertig werden würde, wenn es soweit war, ganz egal, was die vorhatten. Da er jedoch dauernd an die möglichen Gefahren dieses Unternehmens denken mußte, hatte ihn natürlich die absolute Panik ergriffen, als er entdeckte, daß Linda an jenem ersten Nachmittag allein losgegangen und möglicherweise in etwas geraten war, was sich durchaus als Falle herausstellen konnte. Und selbst nachdem sich seine ersten Befürchtungen als grundlos erwiesen hatten, war ihm in den darauf folgenden Tagen nicht entgangen, daß Linda niedergeschlagen war und sich in ihrer Haut nicht wohl fühlte. Natürlich wußte er nichts von der »Leiche«, aber er konnte deutlich sehen, daß irgend etwas nicht stimmte...

Jetzt zuckte er mit den Achseln. Es war nicht das erste Mal in seinem kurzen Leben, daß er gespielt und verloren hatte.

»Na schön. Machen wir uns also wieder auf die Socken, Linda, mein Schatz«, sagte er und streckte die Hand nach ihr aus... aber im gleichen Augenblick gab Rosemary ein Jammergeheul von sich, als hätte jemand auf sie draufgetreten.

»Aber *nein*! *Jetzt* doch noch nicht! O *bitte*!« rief sie. »Ich kann unmöglich allein in der Wohnung leben, ich *muß* jemanden mit drin haben, jetzt, wo...«

Natürlich war es nicht ganz so, als wenn sie die Wohnung für sich allein gehabt hätten, aber es war doch viel, viel besser, als bei Mrs. Mole wohnen zu müssen. Und auch für Rosemary war es nicht ganz so, als wenn Martin da gewesen wäre, aber es war doch viel, viel besser, als die ganze Miete allein zahlen zu müssen. Außerdem stellte sie fest, daß es angenehm war, Gesellschaft zu haben. Und als David bald nach der Geburt seines Sohnes sein Ingenieurstudium wieder aufnahm und anfing, Freunde vom College mit nach Hause zu bringen, da stellte sie fest, daß ihr *die* Gesellschaft noch viel angenehmer war.

»War es nicht ein Glück, daß ich die Tabletten gerade zu dem Zeitpunkt geschluckt habe?« sagte sie eines Abends träumerisch, kurz nachdem sich einer der besser aussehenden zukünftigen Ingenieure widerwillig verabschiedet hatte. Und Linda, damit beschäftigt, ihren kleinen Sohn in sein Bettchen zurückzulegen, mußte ihr beipflichten.

Wirklich, wenn man daran dachte, auf wieviele Weisen die Sache *auch* hätte ausgehen können, dann schien »Glück« noch so etwas wie eine Untertreibung zu sein.

## *Die Weihnachtsdrachen*

Schon seit der Haltestelle Swiss Cottage beobachtete ich, wie die junge Frau, die mir in der U-Bahn gegenübersaß, versuchte mich einzuordnen. Sie war wirklich ein hübsches junges Ding, mit großen Augen und einem Kopf voller aschblonder Locken. Ich konnte ihr ihre Gedanken kaum verübeln, die ich über ihr unerfahrenes kleines Gesicht huschen sah.

Denn wissen Sie, mir sind diese Gedanken nur zu vertraut. Als ich so jung war wie sie (und sogar noch hübscher), da dachte ich auch so was, wenn ich im Zug saß und heimlich und voller Mitleid irgend so eine arme alte Vogelscheuche mir gegenüber betrachtete.

»Das arme alte Geschöpf!« dachte sie bei sich. »Muß mindestens sechzig sein. Ob sie wohl verheiratet ist? Nein, bestimmt nicht, so hager und verkniffen, wie sie aussieht – typische alte Jungfer.«

Wie kommt es nur, daß man als junger Mensch so überzeugt davon ist, daß einer Frau einzig und allein das Unverheiratetsein diesen Zug ins Gesicht eingraben kann. Natürlich wollte sie gern, daß ich meine Handschuhe auszog, damit sie meinen Ringfinger sehen und sich letzte Gewißheit verschaffen konnte. Alberne kleine Gans... ihr auch noch helfen! Ich behielt sie die ganze Zeit über an, obwohl es lästig war, das muß ich schon sagen. Es sind nämlich graue Strickhandschuhe, sehr unpraktisch, um damit den Verschluß meiner Handtasche aufzukriegen. Und ich hätte doch zu gern den Umschlag herausgeholt und ihn betrachtet. Aufgemacht hätte ich ihn natürlich nicht – ich gehöre nicht zu den Frauen, die Briefe öffnen, die nicht an sie adressiert sind ... ich hätte ihn bloß noch einmal angeschaut, von vorn und von hinten, bevor ich ihn dem Spezialisten gab. Albern, ich weiß. Das Äußere des Briefumschlags hätte mir auch nicht gesagt, was mein Hausarzt geschrieben hat. Das hatte auch sein Gesichtsausdruck, mit dem er mir am Tag zuvor den Bericht ausgehändigt hatte, nicht verraten. Als ich das erste Mal zu ihm gegangen war, schon vor Wochen, da hatte er was von Dyspepsie gesagt. Aber dann waren die Röntgenaufnahmen gekommen und der Besuch beim Spezialisten und weitere Röntgenaufnahmen – und jetzt war ich wieder auf dem Weg zum Spezialisten ...

Doch das naseweise, neugierige kleine Geschöpf mir gegenüber unterbrach mit seinen Gedanken mein Grübeln, und zwar so nachdrücklich, als ob es sie ausgesprochen hätte.

»Sie muß sich doch diesen grünen Hut mit den Klunkern oben drauf selbst *ausgesucht* haben. Die Vorstellung, daß jemand mit einem so grauen, faltigen Gesicht in einen Laden geht und einen Hut nach dem anderen aufprobiert und sich einbildet, einer von denen könnte da noch was ausrichten! Und auch noch eine Brosche ... eine kompliziert gearbeitete Silberbrosche vor so einem sehnigen Hals! Daß sich Frauen in diesem Alter überhaupt noch die Mühe machen!«

An dieser Stelle konnte ich sehen, wie sie sich mit ihrer eigenen Jugend brüstete, sich in ihrer sicheren Wärme aalte, wie man sich in einem warmen Sessel vor einem Kaminfeuer aalen mochte. Nur um es für sie noch amüsanter zu machen, fingerte ich an der silbernen Brosche herum, veränderte ein wenig den Sitz des grünen Hutes auf den grauen Strähnen und wartete darauf, was als nächstes kam.

»Wo sie wohl hin will? Weihnachtseinkäufe machen,

nehme ich an. Für irgendwelche angeödeten Neffen und Nichten, die dann ›Ich-bedanke-mich‹-Briefe schreiben müssen ...«

Aber da waren wir schon am Oxford Circus, und ich mußte sie mitten in unserem Spiel verlassen. Als ich mich an ihr vorbei zur Tür drängte, kostete es mich große Mühe, mich nicht zu ihr hinabzubeugen und »Mein Kind, Sie irren sich sehr!« in ihr erstauntes Gesicht zu sagen.

Aber irrt sie sich wirklich so sehr, fragte ich mich, als ich vorsichtig die Rolltreppe betrat. Das mit dem Brief hatte sie natürlich nicht erraten – wie auch? Hatte nicht erraten, daß mir der Spezialist in weniger als einer Stunde gesagt haben würde ...

Meine Gedanken zuckten zurück, flohen voller Panik zu einem anderen Thema. Das mit William hat sie auch nicht erraten, ja, nicht einmal, daß ich einen Mann habe. Aber schließlich hat sich William auch seit langem nicht mehr wie ein Ehemann benommen. Er ist sehr hart geworden, ja wirklich, das ist er, und er hat dauernd was zu meckern, manchmal von morgens bis abends. Man konnte von einem jungen Ding wie ihr nicht erwarten, daß sie das mit William erriet.

Mit den Weihnachtseinkäufen hat sie auch nicht ganz recht. Ich habe keine Neffen und Nichten ... jedenfalls nicht in England. Aber für William kaufe ich immer etwas ... seit Jahren schon entweder ein Dutzend Taschentücher oder eine Seidenkrawatte von guter Qualität. Und ich kaufe auch was für Ada ... das ist seine Schwester. Sie kommt immer zu Weihnachten und lungert dann in der Küche rum und erzählt mir, daß William müde aussieht, als ob *ich* irgendwie daran schuld wäre ...

William. Warum muß ich bloß dauernd an William denken ... ausgerechnet jetzt? Wir beide, William und ich, bedeuten uns kaum noch etwas, und das ist schon seit vielen Jahren so. Seit wie vielen? Wie viele Jahre ist es her, daß jenes langsame Lächeln sein Gesicht zum Strahlen brachte, wenn ich ins Zimmer kam? Wann hat das aufgehört?

Während ich versuchte, mich zurückzuerinnern, merkte ich kaum, wie ich aus der warmen U-Bahn-Station auf die zugige Straße hinaustrat. Ich spürte den Dezemberwind nicht, der um meine Beine wirbelte, sondern ging in Gedanken zwanzig Jahre zurück, zurück in unser altes Wohnzimmer. Es war damals kurz vor Weihnachten, so wie jetzt, und ich hatte William gerade gefragt, was er sich denn wünsche. Irgend etwas Praktisches natürlich, etwas anderes wäre nicht in Frage gekommen – wir waren nie so gestellt, daß wir unser Geld hätten zum Fenster rauswerfen können. Aber das wollte er nie einsehen, jedenfalls nicht in den ersten Jahren, und vielleicht hatte es ja damals angefangen. Ich weiß noch, wie er mit seinem langsamen, lieben Lächeln zu mir aufsah und sagte:

»Weißt du, was ich mir immer gewünscht habe, Annie? Ich habe mir immer ein Paar chinesische Drachen gewünscht. Und ganz besonders wünsche ich sie mir als Geschenk von dir.«

Chinesische Drachen, also wirklich! Und das, wo wir in dem Jahr kaum imstande waren, überhaupt etwas auf die hohe Kante zu legen, nachdem wir alle Rechnungen bezahlt hatten. Ich finde immer, Ersparnisse sind ganz wichtig ... eine Rückendeckung. Natürlich war an diese Drachen gar nicht zu denken. Ich habe ihm ein Dutzend Taschentücher gekauft, gute Qualität, die lange hält. Und schließlich hat er, glaube ich, eingesehen, daß es das Vernünftigste war. Und doch, wenn ich jetzt zurückblicke, dann glaube ich ...

ja, dann bin ich sicher ... daß ich damals dieses ganz besondere Lächeln, das er hatte, zum letzten Mal gesehen habe.

Nun ja, das liegt alles schon lange zurück. Ich werde wahrscheinlich nie wissen, was genau zwischen uns schiefgelaufen ist.

Als ich in meinen Gedanken so weit gekommen war, bemerkte ich mit Erschrecken, daß ich bereits das obere Ende der Harley Street erreicht hatte. In zwanzig Minuten – höchstens – würde ich die Wahrheit wissen. Aber wußte ich sie nicht bereits? Ob ich nun noch drei Monate – sechs Monate – selbst noch ein Jahr – zu leben hatte, was für einen Unterschied machte das? Dieses ganze Gerede von Dyspepsie (William nannte es »krank spielen« – er war sehr gereizt) hatte mich nie wirklich täuschen können. Von Anfang an hatte ich im Grunde meines Herzens gewußt, was los war. Und dann das Röntgen, die zurückhaltende Stimme des Spezialisten ...

Es war seltsam, wie wenig ich empfand, als ich die Treppe hinaufging. Ich glaube, das liegt an der Straße, die so hochnäsig und zugleich vernachlässigt ist. Für Gefühl bleibt in ihr wenig Raum. All die wilde Verzweiflung, die sie erlebt haben muß, die Erleichterung, die schlimmen Ahnungen ... nichts davon hat seine Spuren hinterlassen. Nur trostlose Reihen geparkter Autos und ein eisiger Wind.

Auf einmal erfüllte mich ein merkwürdiges Gefühl des Triumphes. Auf einmal wußte ich, daß ich meinem Unglück nicht nur mutig, sondern freudig begegnen konnte. In wilder Erregung dachte ich: In ein paar Minuten werde ich diese Stufen wieder *herunterkommen*. Dann wird die schreckliche Nachricht in meinem Gesicht zu lesen sein, mein Gang wird sie verraten. Wenn ich jene junge Frau aus der U-Bahn treffe, wird sie es auch sehen. Alle ihre kleinen, trivialen Vermutungen werden dann zerbröseln, und sie wird verblüfft vor diesem Furchtbaren und Gewaltigen stehen, das all ihr Verstehen übersteigt. Ada wird uns zu Weihnachten nicht besuchen können... ich werde Ada Gott sei Dank nie wiedersehen! Und William... wenn William diese Nachricht hört, wird er ganz bestimmt zu mir zurückkehren, ehe wir voneinander scheiden müssen. Seine Augen... seine Stimme... sein langsames, liebes Lächeln. Die zwanzig Jahre unserer Entfremdung werden vorüber sein, als hätte es sie nie gegeben.

Ich läutete.

Das war's dann also. Wieder auf der Straße und von einer Verzweiflung geschüttelt, wie ich sie mir nie hätte träumen lassen. Denn Ada wird nun doch zu Weihnachten kommen, und William wird seine zwölf Taschentücher kriegen. Nie wieder werde ich sein so ganz besonderes Lächeln sehen, denn wenn ich ihm heute abend an der Tür gegenüberstehe, werde ich sagen müssen: »Er meint, es sei doch bloß eine Dyspepsie.«

Der Wind brachte jetzt Regen mit sich, einen stechenden, widerwärtigen Regen, der mir ins Gesicht peitschte. Na schön, dann muß ich jetzt wohl gehen und die Taschentücher kaufen. Und einen Schal für Ada aussuchen. Irgendein Kaufhaus...

Aber seltsamerweise fand ich mich nicht in einem Kaufhaus wieder. Ich fand mich, Stunden später, in einem eigenartigen, dunklen kleinen Laden in einer Gegend von London wieder, in der ich noch nie gewesen war, und ich sagte zu dem alten Mann:

»Was kosten die beiden chinesischen Drachen, die Sie im Fenster haben?«

## *Das Abendessen*

Seit einer Woche hatte sie fast jede Nacht denselben Traum. Das heißt, nicht haargenau denselben, denn die Einzelheiten wichen voneinander ab. Aber im Grunde war es immer der gleiche, und er war immer gleich furchtbar, denn er drehte sich um das Essen, das sie, Ella, in Kürze für Brians neuen Vorgesetzten geben mußte. Immer standen die Gäste praktisch schon auf der Türschwelle, und nichts war fertig. Nicht einmal die Kartoffeln waren geschält, und sie selbst trug noch ihren alten Pulli und lange Hosen, war unfrisiert und ungeschminkt, wußte aber, daß es jeden Augenblick klingeln und Brians Boss in Begleitung seiner eleganten, juwelengeschmückten Frau vor der Tür stehen würde. Und die beiden würden sie gespannt taxieren und sich fragen, ob sie als Frau eines leitenden Angestellten akzeptabel wäre – vorausgesetzt, Brian bekam tatsächlich die erhoffte Beförderung.

Der letzte Traum war noch schlimmer gewesen als seine Vorgänger, noch quälender in seiner Intensität und von noch größerer Detailfülle. Die Mohrrüben für die spezielle polnische Mohrrüben-Orangen-Suppe lagen noch ungebürstet, ungeschrappt im Gemüsekorb, die Krabben für den Krabbencocktail, der bereits auf dem Eßtisch zwischen all dem Glas und Silber prangen sollte – mein Himmel, die waren ja auch noch nicht geschält! Mit ihren eingerollten, bräunlichen Schwänzen und ihren starren, stacheligen Augen lagen sie noch immer auf einem Haufen ganz unten im Kühlschrank! O Gott, sie hatte ja noch nicht einmal den Tisch gedeckt! Im Wohnzimmer noch nicht staubgesaugt!

Alles sah unbeschreiblich aus, sie selbst eingeschlossen – und die Gäste mußten jeden Augenblick hier sein!

Bitte, da waren sie ja schon! Die Türklingel ging so laut, so hartnäckig ... ihr Schrillen schien die ganze Küche auszufüllen, direkt in ihr Ohr zu gellen ...

Ella seufzte vor Erleichterung und brachte den Wecker mit einem Schlag ihrer Hand zum Schweigen. Gottlob, es war bloß wieder einer von diesen Träumen gewesen! Inzwischen sollte sie sich wirklich an sie gewöhnt haben. Schließlich plagten sie sie fast jede Nacht, und zwar seit jenem Ferngespräch aus San Francisco, in dem Brian ihr eröffnet hatte, daß dieses Abendessen in genau einer Woche würde stattfinden müssen, direkt am Abend seiner Rückkehr.

»Es tut mir leid, Liebling«, hatte seine weit entfernte Stimme entschuldigend gesagt, »aber ich fürchte, ich muß die ganzen Vorbereitungen dir überlassen, Getränke und alles, denn wir werden direkt vom Flughafen kommen. Das ist nämlich der einzige Abend, an dem Helman es einrichten kann. Er ist während der vierzehn Tage, die sie in England sind, praktisch ausgebucht. Und seiner Frau, Judith, geht es genauso. Sie hat alle möglichen Verpflichtungen auf ihrem Programm stehen. Sie ist sehr ... Hör zu, Liebling, du *sorgst* doch dafür, daß alles tipptopp ist? Ich meine, ich weiß das ja, und natürlich bist du eine phantastische Köchin, Liebling, nur ...«

*Nur* dies uns das. Manches davon kam durch die Leitung, manches blieb ungesagt. *Nur* müßte das Essen diesmal ein bißchen ausgefallener sein als deine üblichen Eintöpfe, Liebling, obwohl die natürlich wundervoll schmecken. *Nur* müssen es vier Gänge sein, den Käse nicht mitgerechnet. *Nur* darfst du auf keinen Fall etwas auf den Tisch bringen, was so aussieht, als sei es irgendwo vorgekocht worden. Und nichts aus der Tiefkühltruhe, Schatz, das schmeckt nie ganz so gut...

»Ich bin überzeugt davon, daß du wahre Wunder vollbringen wirst, Liebling«, hatte er geschlossen, und über all die Tausende von Meilen, über Land und Meer hinweg hatte sie den Zweifel und die Sorge in seiner Stimme hören können. »Also dann, heute in einer Woche. So gegen acht, schätze ich. 18 Uhr 30 landen wir in Heathrow und nehmen uns dann ein Taxi...«

Das war alles gewesen. Schon hatte sie das Rauschen der riesigen Entfernung hören können, das in einem abschließenden Klicken gipfelte, und dann war sie wieder allein gewesen.

Eine Woche. Genau eine Woche. Wirklich, eine unselige Zeitspanne! Denn was kann man schon sieben Tage lang ununterbrochen *tun*, um ein Essen vorzubereiten? Fast alles muß in die letzten achtundvierzig gehetzten, gestreßten Stunden zusammengedrängt werden.

Mit einer Ausnahme natürlich – man kann sich verrückt machen. Das kann man mit Leichtigkeit über sieben Tage ausdehnen, oder auch länger, wenn nötig.

Ein paar Fasane? Aber die Croûtons müssen, um wirklich kroß zu sein, direkt vor dem Servieren ausgebacken werden, was bedeutet, daß die Gastgeberin ihre Gäste während des ganzen ersten Ganges allein lassen muß. Also vielleicht eine Lammkrone? Aber wie steht's mit der Soße? Das gleiche Problem. Und irgend etwas, was man in seinem letzten Stadium sich selbst überlassen kann, wie einen Hackfleischauflauf oder Käsemakkaroni, kam schon seiner Natur nach für einen solchen Anlaß nicht in Frage. Also dann Huhn Marengo? Ente à l'orange?... Tagsüber brütete Ella stirnrunzelnd und sorgenvoll über ihren Kochbüchern ... und nachts träumte sie von ihnen, und die Katastrophen, die jedem Menü als Möglichkeit innewohnten, drängten sich in ihr Unterbewußtsein, wenn es am verwundbarsten war, nämlich wenn die wache Vernunft es nicht beschützen konnte. Denn die Vernunft *ist* ein gewisser Schutz. Sie kann einen zum Beispiel darauf aufmerksam machen, daß die furchtbaren Dinge, die man sich ausgemalt hat, nicht *alle gleichzeitig* passieren können. Wenn beispielsweise die Kartoffeln angebrannt sind, kann man nicht gleichzeitig vergessen haben, welche zu kaufen. So etwa.

Aber leider kann einem die Vernunft auch mit erschrekkender Genauigkeit vorrechnen, wie wenig Zeit einem noch bleibt und wieviel noch zu tun ist. Schon Donnerstag – und morgen, Freitag, ist DER GROSSE TAG! Nachdem Ella den Wecker abgestellt hatte, blieb sie noch ein paar Minuten im Bett und legte ihren Arbeitsplan endgültig fest. Heute mußten alle Einkäufe erledigt werden, das lag auf der Hand. Dazu gehörte auch das Silberputzmittel für die Löffel, Gabeln und Leuchter. Im ganzen Haus mußte staubgesaugt, staubgewischt und poliert werden, und alle Arbeitsflächen mußten für den morgigen Großeinsatz leergeräumt und abgewischt werden. Morgen würde sie um fünf Uhr früh aufstehen, die Eier-Sahne-Mischung für die Crème brulée anrühren ... der Karamel durfte natürlich erst später hergestellt werden, denn wenn man ihn zu viele Stunden vorher vorbereitete, würde er klebrig werden ...

So schulterte Ella denn die Lasten dieses ihres vorletzten Tages. Wenigstens waren ihre Aufgaben, wenn auch mühsam, so doch *real*. Wenigstens durchlebte sie nicht wieder einen dieser Alpträume, in denen *alles* möglich war.

Oder?

Punkt acht Uhr, gerade als sie sich darangemacht hatte, den Küchenfußboden zu wischen – die Stühle standen alle umgedreht auf dem Tisch –, fiel laut die Haustür ins Schloß. Stimmen im Flur.

»Liebling, wo bist du denn?«

Brians Stimme, überlaut und besorgt: »Liebling, wir sind...«

Seine Worte erstarben, als Ella im Flur erschien, komplett ausgerüstet mit sackleinener Schürze, alten Latschen und bis über die Ellbogen hochgekrempelten Ärmeln.

Der Alptraum war Wirklichkeit geworden! Vielleicht hatte Brian während der letzten sieben Tage ebenfalls Alpträume gehabt. Er und seine Frau starrten sich sprachlos vor Entsetzen an, während die erwartungsvollen und verwirrten Gäste wie gut betuchte Salzsäulen dastanden.

»Aber du hast doch *Freitag* gesagt!« brachte Ella schließlich heraus, gleichzeitig mit Brians tonlosem »O nein!«, gefolgt von »O mein Gott, die Zeitverschiebung! Als ich dich angerufen und gesagt habe ›Heute in einer Woche‹, da war es bei uns Donnerstag! O mein Gott...«

Zu Ihrer Beruhigung: Brian hat seine Beförderung gekriegt.

»Ein wunderbarer Abend, meine Liebe, ganz wunderbar!« schwärmte Martin Helman, als sie schließlich lange nach Mitternacht aufbrachen, und hielt Ellas Hand mit aufrichtiger Dankbarkeit in der seinen. »Ich glaube, seit meinen Kindertagen habe ich mich nicht mehr so gut amüsiert!«

Und es stimmte. Er hatte sich wirklich gut amüsiert. In der Küche seiner Gastgeber losgelassen, konnte er sich zwischen Krabben und Avocados und jungen Enten und

Champignons und Gewürzen und Sahne und Chinakohl und schwarzen Oliven und grünen Oliven und Anchovis und Ingwerwurzeln endlich seiner lang unterdrückten Leidenschaft fürs Viersterne-Kochen hingeben, worauf er als Generaldirektor eines der größten Chemiekonzerne der westlichen Welt schon seit vielen Jahrzehnten hatte verzichten müssen. Das Essen, das er den anderen schließlich – wenn auch ziemlich spät – servierte, brachte ihm ein so uneingeschränktes Lob von seinen Gastgebern ein, wie es ihm seit seiner Kindheit (als er seinen Eltern die Nachricht überbracht hatte, daß er den Preis für den besten Aufsatz der Unterelfjährigen gewonnen habe) nicht mehr zuteil geworden war.

Kein Wunder, daß er in Hochstimmung war. Und kein Wunder, daß ihm danach war, Brian den Job zu geben. Denn so sehr einer auch die Gesellschaft seiner brillanten und einfallsreichen Gastgeber genießen mag – noch mehr genießt er das Gefühl, ein brillanter und einfallsreicher Gast gewesen zu sein.

## *Der hohe Sprung*

Ihn wunderte, daß die kleine Küstenstadt nach mehr als vierzig Jahren noch immer genau so roch, wie er es in Erinnerung hatte. Man hätte doch annehmen sollen, nicht wahr, daß nach den vielen Veränderungen des letzten halben Jahrhunderts – vom Dampfroß zur Diesel-Lok, von der Eisdiele zum Wimpy-Schnellrestaurant –, ganz zu schweigen von den eskalierenden Benzindämpfen des Verkehrs, ja, da hätte man doch annehmen sollen, daß der nostalgische Geruch der alten Zeit dahin sein würde.

Doch nein. Er hatte ihn sofort bemerkt, als sie aus dem Bahnhofsgebäude traten, und freudig Maisie darauf aufmerksam gemacht.

»Was für ein Geruch?« hatte sie kurz angebunden zurückgefragt, müde und gereizt von der langen Bahnfahrt, und Malcolm hatte dieses Thema lieber fallenlassen. Wenn sie sich nicht an den Geruch erinnerte, dann eben nicht. Beschreiben konnte er ihn ihr mit Sicherheit nicht. Er war unbeschreiblich. Es war nicht nur heißer Straßenteer, heißer Stein und Salzluft, nicht einmal die schwache, alles durchdringende Süße Abertausender, den ganzen Sommer über gelutschter Eistüten. Es war noch etwas anderes, Undefinierbares, so aufregend wie der Geruch eines nagelneuen Märchenbuchs, wenn man sieben Jahre alt ist und das Aroma des noch steifen Einbands, der noch nie aufgeblätterten Seiten einatmet, klopfenden Herzens, mit dem Gefühl, eine unbekannte, nie gekostete Herrlichkeit vor sich zu haben.

»... und nun sieh dir bloß mal die Warteschlange bei den

Taxis an!« beschwerte sich Maisie und wies verärgert in die besagte Richtung. »Bestimmt sind schon fünfzig Leute vor uns! Nun los doch, Malcolm, kannst du dich nicht ausnahmsweise mal ein bißchen beeilen? Wenn du nur ein bißchen schneller gingest, wären wir nicht in jeder Schlange immer die letzten ...«

Mußte sie so darauf herumhacken? Er hatte sich den zweiten Herzanfall gleich nach Weihnachten schließlich nicht ausgesucht und ebensowenig, daß seine Genesung diesmal so langsam ging und – jedenfalls bis heute – noch immer nicht abgeschlossen war. Von seinem ersten Herzanfall vor fast zehn Jahren hatte er sich fast im Handumdrehen erholt, nach weniger als sechs Wochen wieder gearbeitet und innerhalb von drei Monaten das ganze Wohnzimmer renoviert, samt Decke und allem.

Allerdings war er damals, wie der Arzt ihm beim letzten Check-up vor Augen hielt, auch erst in den Sechzigern gewesen, und jetzt war er – wieviel – sechsundsiebzig? Nun ja, da haben Sie es. Mit sechsundsiebzig, erklärte ihm der junge Medizinmann munter und kritzelte auf seinen Rezeptblock, kann man ja eigentlich nicht erwarten ...

So waren denn Maisies Klagen zweifellos nicht aus der Luft gegriffen, wenn auch nicht gerade freundlich. Seine derzeitige Behinderung machte ihn wirklich bei allem langsamer, und das auf unbequeme und oft ärgerliche Weise. Diesmal hatte sie doch sie beide darum gebracht – und das erbitterte Maisie wohl noch immer –, im Zug einen Tee zu bekommen. Wegen Malcolms plötzlich einsetzender Attacke von Atemnot und Schmerzen, als sie sich durch den gesteckt vollen Korridor vorwärts kämpften, hatten sie stehenbleiben und den halben Zug an sich vorbeilassen müssen, bis er sich erholt hatte. Und als sie schließlich im Speisewagen ankamen, gab es nichts mehr. Nicht einmal eine Semmel oder eine Packung Keks.

»Du hättest eben vorausgehen sollen, meine Liebe«, hielt er ihr sanft vor, doch sie lachte nur kurz und unangenehm.

»So? Und dich allein herummachen lassen, wie? Und Sachen im Abteil liegenlassen? Weißt du noch, damals in Brüssel, als du einen einzigen Koffer und deinen Regenmantel von der Rezeption zur Abfahrtshalle bringen solltest...«

Er wußte es noch. Wie auch anders, wenn sie sich solche Mühe gab, ihn bei jeder Gelegenheit daran zu erinnern? Trotzdem, es bedeutete nicht, daß er altersschwach wurde, was sie mit ihrem endlosen Wiederkäuen dieser Panne zu unterstellen schien. Einmal im Leben verlegt doch jeder mal einen Koffer, oder?

Gewöhnlich war er, wie Maisie genau wußte, sehr ordentlich in solchen Sachen, ging alles nochmal einzeln durch, machte sich Listen... Lebenslanges Reisen in der ganzen Welt, geschäftlich wie auch privat, hatten ihn zu methodisch gemacht. Selbst das Packen hatte er zu einer Kunst entwickelt, mit einer im Kofferdeckel eingeklebten Liste, samt Notizen, in welcher Reihenfolge die Dinge eingepackt werden sollten: Schuhe, Rasierzeug und andere schwere Gegenstände zuunterst, dann Hosen, Unterhemden, Socken, darüber Hemden, Pullover und – jawohl, angenommen, sie würden schwimmen gehen, der Arzt hatte gemeint, das würde ihm nicht schaden, im Gegenteil, ihm sogar vielleicht guttun – deshalb nahm er diesmal auch Badezeug und Handtuch mit. Alles, das wußte er, war tadellos in Ordnung: Brieftasche, Rückfahrkarte und Kreditkarte in der Brusttasche, Schlüssel, Adreßbuch und Reservebrille in der Seitentasche, erst gestern abend hatte er alles noch einmal durchgesehen und dann nochmal heute morgen ...

»Wohin, Sir?« fragte der Taxichauffeur und langte lässig nach hinten, um die Fahrgasttür zu öffnen und Malcolm, der schon den Mund auftat, um ihm zu antworten, merkte plötzlich, daß ihm der Name des Hotels total entfallen war. Total. Natürlich nur für ein, zwei Sekunden – gleich würde er ihm wieder einfallen.

»Zum Cliff House Hotel«, kam Maisie sofort und selbstgefällig und mit einem ganz kleinen gönnerhaften Blick auf ihn zu Hilfe, nahm ihn ostentativ am Ellbogen und half ihm übertrieben fürsorglich in den Wagen, als sei er ein Invalide.

Was er ja auch war, verdammt und zugenäht!

Verdammt, verdammt, verdammt.

Die Fahrt durch die Straßen des Städtchens dauerte nicht lange. Malcolm, der aus dem Seitenfenster schaute, spürte, wie das Gefühl des Altvertrauten bei ihm zunahm. Fünfundvierzig Jahre! Es war nicht zu fassen. Diese stämmigen Frauen mittleren Alters, die da ihre Kinder vom Strand nach Hause trieben, waren noch nicht einmal geboren gewesen, als er das letzte Mal hier durchgekommen war. Und doch kamen sie ihm so bekannt vor, waren ein so unveränderter Teil der ganzen Szene, er hätte schwören können, es seien nicht einmal ein paar Tage vergangen, seit er sich, blind verliebt, stolpernd zwischen ihnen hindurchgedrängt und jenseits all dieser ältlichen Körper nach der einen Ausschau gehalten hatte, jung und golden das schimmernde Haar zu einem kurzen Pferdeschwanz geschnitten, und von der er bislang nur wußte, daß sie in einem der Strandkioske bediente und Maisie hieß.

Sie kamen durch die Hauptstraße, die jetzt von Supermärkten, Betonblocks mit Büros und Parkuhren gesäumt war... und doch erschien sie ihm noch vollkommen vertraut. Malcolm lächelte vor sich hin und schüttelte verwundert den Kopf. Alles hatte sich verändert, dachte er erstaunt, und doch eigentlich nichts. Gar nichts!

Und doch hatte sich einiges verändert. Das war binnen 24 Stunden nach ihrem Eintreffen überdeutlich, niederschmetternd deutlich geworden.

Selbstverständlich waren sie beide es, die sich verändert hatten, er und Maisie. Das war nur natürlich, und er hatte es nicht anders erwartet. In seiner Rekonvaleszenz nach der Krankheit letzten Winter, noch unter dem Eindruck der Todesnähe, erfüllt von dem Gefühl, daß die Zeit ihm davonliefe, hatte er Maisie dazu überredet, in diese Reise in die Vergangenheit einzuwilligen, hierher, wo sie etwas miteinander verbracht hatten, was sich im nachhinein als der glücklichste Sommer ihres Lebens erwies, und selbstverständlich hatte er beim Planen eines derartigen Urlaubs eingerechnet und (wie er meinte) auch akzeptiert, daß sie beide, die einst jung gewesen, nun alt geworden waren. Als es aber dann soweit war, wirkte es wie ein Schock.

Sie waren ja nicht nur älter geworden. Damit lernt man sich einrichten, denn es gehört zu den Gesetzmäßigkeiten des Lebens. Nein, das Kräftegleichgewicht zwischen ihnen hatte sich unmerklich, aber total verschoben. Der Altersunterschied von elf Jahren, der ihm einst im Vollbesitz seiner jungen Männlichkeit so mühelos die Überlegenheit verschafft hatte, eine so leichte, so unbestrittene Dominanz in der Beziehung zu der schüchternen kleinen Verkäuferin, die eben die Schule verlassen hatte, all das hatte sich unbemerkt ins Gegenteil verkehrt. Jetzt war sie die Stärkere, die elf Jahre Jüngere, mit dem Recht, zu behüten und zu beschirmen. Sie war es, die ihm über die glitschigen, algenbewachsenen Felsen half, die ergeben auf halber Höhe der ginsterbewachsenen Hänge auf ihn wartete, bis er sie eingeholt hatte. Sie war es, die die schweren Koffer nahm, sie stieg auf einen Stuhl, um die Schranktür zu reparieren, und sie rief: »Geht's dir auch bestimmt gut?« über die tosende Brandung hinweg, wenn sie sich ins Meer wagten.

Am Ende der ersten Woche war klar, daß etwas noch schlimmer war als diese Veränderung, nämlich die pure Langeweile. Daß man sich beim Schmoren in der Sonne das Hirn zermarterte, damit einem etwas einfiel, was man einander sagen konnte, das nicht schon längst gesagt war, das Durchforsten der lokalen Angebote nach etwas Neuem, was man tun könnte. Worüber hatten sie vor all den Jahren nur gesprochen?

Und was, wenn sie nicht miteinander im Bett waren, hatten sie überhaupt getan?

Wahrscheinlich hatten diese oder doch so ähnliche Überlegungen Maisie nach wenigen Tagen dazu gebracht, ihr Strickzeug hervorzuholen. »Was für ein Glück, daß ich es mitgenommen habe«, sagte sie jedesmal, wenn sie es unter dem weiten Sommerhimmel oder am Rande der funkelnd blauen See aus einer Plastiktüte holte. »Dann kann ich wenigstens etwas vorzeigen, wenn wir heimkommen.« In gewisser Beziehung erleichterte das Stricken die Dinge für sie beide, weil Maisie von da an sich kaum noch über den Tagesablauf beschwerte. Es war ihr gleichgültig, wohin sie gingen, was sie taten, welche Ausflüge sie buchten, solange sie, am Zielort angekommen, irgendwo sitzen und an ihrer Strickerei weitermachen konnte.

Zwischen Glockenblumen, zwischen Klatschmohn, zwischen unglaublich schönen, mittelalterlichen Klöstern hockte sie zufrieden und mit fliegenden Fingern über ihrem fürchterlich anwachsenden Gestrick.

»Ach ja, tatsächlich?« fragte sie, wenn Malcolm sie an irgendeine längst vergangene romantische Episode erinnerte oder sie an ihren damaligen ersten Picknickplatz oder den letzten oder irgend etwas dergleichen führte.

»Nein, weißt du, offen gesagt, erkenne ich ihn nicht wieder, gar nicht. Es ist ja auch alles schon so lange her...«

War sie wirklich so gleichgültig gegenüber dem Glück, das ihnen einmal gemeinsam gewesen war? Bedeutete es ihr nichts, nochmals, zum letzten Mal, die Lieblingsplätze ihrer Jugend aufzusuchen?

Schließlich, als der Urlaub fast zu Ende war, kam Malcolm zu einem Entschluß. Morgen, an ihrem letzten Tag, würde er Maisie zum Toten-Mann-Felsen führen, mitsamt ihrem Strickzeug, und sie *zwingen*, sich zu erinnern.

Der Tote-Mann-Felsen hieß offiziell ganz anders, nur die Einheimischen nannten ihn so. Im Grunde war es auch gar kein Felsen, sondern eine schmale Landzunge, ein aus dem Wasser ragender Granitrücken, der an die dreißig Meter weit hinauslief und an seinem Ende gewölbt war wie der Schnabel eines Raubvogels. Und an der äußersten Spitze dieses sonderbaren Gebildes, wo es fünfzig und noch mehr Fuß senkrecht in die grüne See abfiel, stand seit Menschengedenken eine verwitterte, abgeblätterte Tafel mit der Aufschrift:

*Achtung! Springen verboten!*
*Anordnung des Landratsamtes Bezirk Seacliffe*

Das Dumme an solchen Schildern ist naturgemäß, daß Leute, die keine Angst haben, aus 50 Fuß Höhe in die rumorende See zu springen, sich auch vor Warnungen des Landratsamtes nicht fürchteten, und so geschah es dann sehr häufig, daß irgendein Heißsporn das Verbot ignorierte und von der gefährlichen Spitze absprang. Manchmal nur aus Draufgängerei, manchmal aus purer Freude am Risiko und im Triumphgefühl vollbrachter Leistung. Wie der grausame kleine Spitzname der Stelle besagt, waren einige dieser Unerschrockenen zu Schaden gekommen, entweder weil gerade Ebbe war oder einfach aus Unkenntnis der Sprungtechnik aus solcher Höhe.

Trifft man im falschen Winkel auf der Wasserfläche auf, kann man sich das Rückgrat brechen oder bewußtlos werden. Hält man den Kopf zu hoch, schießt einem das Wasser mit 60 Stundenkilometern Geschwindigkeit durch die Nase in die Nebenhöhlen und läßt die Trommelfelle platzen.

So mußten dann die jungen Männer, die dieses Wagnis unternahmen, sehr vorsichtig sein, und die meisten waren es zum Glück auch. In dieser kleinen, von der Landzunge und der dahinterliegenden Klippe geschützten sandigen Bucht ließen Malcolm und Maisie sich an diesem letzten Nachmittag ihres Urlaubs häuslich nieder. Genau an dieser Stelle, erinnerte sich Malcolm, der die Küstenkrümmung entlangblickte, hatten sie sich damals vor all den Jahren niedergelassen, voller Freude über die Einsamkeit und Abgeschiedenheit und darüber, daß sie so schlau gewesen waren, diese Stelle zu entdecken.

Damals hatte Maisie natürlich kein Strickzeug bei sich gehabt, hatte lang ausgestreckt in der Sonne gelegen, nur mit einem Badeanzug bekleidet, und Malcolm erinnerte sich heute noch an ihre schlanken, goldenen Glieder und die zarte Krümmung ihrer Wimpern, als sie wegen der Sonne blinzelnd zu ihm auflächelte.

»Erinnerst du dich«, fragte er unvermittelt, »an den Nachmittag, als ich vom Toten-Mann-Felsen gesprungen bin?«

Sekundenlang schien es, als habe sie sogar das vergessen. Dann meinte sie achselzuckend: »Ja, stimmt.« Sie lachte kurz auf. »Damals warst du so ein richtiger Angeber, was?«

Ein Angeber? War er das gewesen? Nun ja, sicher. In einer gesicherten öffentlichen Badeanstalt, wo das oberste Sprungbrett selten höher ist als 5 m 50, war er ein begeisterter Amateurspringer, hätte aber nie im Leben gewagt, aus solcher Höhe zu springen, wäre Maisie nicht dabeigewesen, die ihm offenen Mundes, ungläubig staunend und atemlos vor Bewunderung zugesehen hatte. Es war ein wunderschöner Sprung gewesen, er hatte es gewußt, hatte es gefühlt, sogar in den langen Augenblicken, als er durch die Luft glitt, und niemals, so lange er lebte, würde er den Triumph vergessen, mit dem er aufgetaucht, mit weiten, gemächlichen Stößen ans Ufer geschwommen war, mit langen Schritten durch das flache Wasser watend, über und über tropfend und ans Ufer tretend wie ein Gott, in die Arme der Geliebten ...

»Das war richtig dumm damals, du hättest dich umbringen können«, sagte Maisie tadelnd. »Ich hätte es nicht zulassen dürfen. Es war töricht, richtig töricht.«

Aber etwas in ihrem Blick strafte die schulmeisterlichen Worte Lügen. Für einen Augenblick überzog etwas wie Staunen ihr pummeliges, ältliches Gesicht, und ein, vielleicht zwei Sekunden lang hob sie den Blick von ihrer Strickerei und schaute geradeaus. Nicht auf Malcolm, bewahre, nein, auf einen anderen Malcolm hinter ihm, jung, braungebrannt, vollkommen, den es schon lange nicht mehr gab.

Die Eifersucht auf dieses längstvergangene junge Selbst, das auch jetzt noch einen solchen Ausdruck in das Gesicht seiner Frau zaubern konnte, schüttelte Malcolm wie ein Unwetter. Ihm wurde schlecht und schwindlig unter dem Ansturm, und es kostete ihn echte Mühe, normal und ausgeglichen weiterzureden. »Ich gehe jetzt und probier den Sprung nochmal«, sagte er und sah sie an.

»Ja, tu das«, erwiderte sie, wickelte den Wollfaden zweimal um die Nadel und zog sie durch die Masche. Malcolm mußte es noch einmal sagen, lauter.

»Ich geh jetzt und spring nochmal vom Toten-Mann-Felsen«, sagte er. »Jetzt gleich. Paß nur auf.«

Sie lachte. Freilich, wer hätte das nicht getan. Die bloße Vorstellung, ein Mann seines Alters mit einem Herzleiden könne ... »Sowas darfst du nicht sagen, Liebling«, sagte sie, aber nicht unfreundlich, denn der Nachmittag war mild und angenehm. »Die Leute halten dich sonst für *gaga*. Warum machst du nicht ein nettes Nickerchen, bis wir heimgehen, oder siehst mal in die Zeitung oder so?«

Noch ehe er am Fuß der Klippe angekommen war, pochte sein Herz beunruhigend, und er hatte das ungute Gefühl, er würde den steilen, gewundenen Weg zur Spitze hinauf niemals schaffen, ja nicht einmal bis ans Ende der Landzunge kommen, geschweige denn von dort ins Meer springen. Er setzte sich ein paar Minuten unterhalb des Felsens, um wieder Luft zu bekommen und seine Gedanken zu ordnen. Bald ließ das Hämmern seines Herzens nach, und er konnte sich auf den Weg nach oben machen.

Zu seiner Überraschung schien sein Herz den Anstieg

gut zu verkraften. Gewiß, er machte unterwegs sehr oft eine Pause, doch nur aus Vorsicht und kein einziges Mal, weil ihn das schrecklich pressende, kolikartige Gefühl hinter den Rippen zum Stillstehen zwang. Er hatte das Empfinden, es gehe ihm schon besser. Der Urlaub mußte ihm trotz allem gutgetan haben.

Einige Meter unterhalb des Gipfels gönnte er sich vorsichtshalber noch eine letzte kurze Atempause im Angesicht eines blendenden Meeres- und Himmelspanoramas. Er blieb ein Weilchen sitzen, lehnte sich an einen sonnenwarmen Felsblock und genoß die Wärme auf der Haut. Dann stand er auf und machte sich an das letzte Stückchen des Aufstiegs.

Erst als er die Höhe erreicht hatte und barfuß, nur in der Badehose, über die buschig bewachsene, steinige Felszunge wanderte, traf ihn die Realität seines Vorhabens mit aller Gewalt, und einen Augenblick lang blieb er in übergroßem Entsetzen regungslos stehen. Er würde sterben. Daran führte kein Weg vorbei. Er war unterwegs zu seinem Tode. Unmöglich konnte sein sechsundsiebzigjähriger, von zwei Herzanfällen geschwächter Körper die geplante Zerreißprobe bestehen, niemals.

Und es war ja nicht nur sein Herz – wie sollten seine schlaffen Muskeln dem standhalten, was er ihnen abfordern würde, dem Befehl an seinen alten, schlappen Körper gehorchen, sich zu strecken und zu straffen, wie der Körper des Springers es muß, während er dem Wasser zustürzt, damit er nicht als verkrampfte Masse die Wasseroberfläche durchstößt, den Atem ausgedroschen und jeder Knochen im Leibe gebrochen?

Es war hoffnungslos, hoffnungslos.

Wie konnte er bloß annehmen, auch nur den Absprung

zu schaffen ohne die frühere Elastizität der Fußgelenke, vermutlich sogar unfähig, sich auf die Zehen zu stellen. Auch seine Reaktionsfähigkeit war dahin, hatte sich um vier Jahrzehnte verlangsamt. Unweigerlich würde er das Timing für den Absprung verpatzen, ebenso wie für das Eintauchen ins Wasser – alles.

Ich muß wahnsinnig sein, dachte er. Wahnsinnig. Und ging weiter. Hier oben, außerhalb des Schutzes der Klippen, war der Wind eisig kalt, peitschte messerscharf gegen seinen mageren, alten Körper und riß ihn fast um. Unten, in der sonnigen, geschützten Bucht hätte man nie erwartet, daß überhaupt ein Wind ging. In ebendiesem Augenblick hatte Maisie davon keine Ahnung. Von dort, wo sie saß, mußte er bald ganz zu sehen sein, als Umriß gegen den Himmel.

Er fröstelte, schlang die braunen, mageren Arme um den Körper und überlegte, ob er nicht aufgeben sollte.

Umkehren, auf dem gleichen Weg, den er gekommen war, zurückschleichen und wieder in seine wärmenden Sachen schlüpfen, die ihn sauber aufgeschichtet oben auf dem Klippenweg erwarteten.

»Ich hab mir gedacht, ich mach mal einen kleinen Gang«, würde er zu Maisie sagen, um seine Abwesenheit zu erklären, und sie würde ihm das abnehmen, vielleicht nicht klaglos, aber sicherlich ohne Frage. Es gab ja auch nichts zu fragen. Keine Sekunde hatte sie seine verwegene Prahlerei für etwas anderes gehalten als müßiges Geschwätz.

Es war keine Schande, jetzt umzukehren. Das heißt, keine Schande außer für ihn selbst, weil nie jemand davon erfahren würde.

Es war von Anfang an eine verrückte Idee gewesen. Und zu allem übrigen würde er sich noch zu Tode erkälten. Da er aber nun schon so weit war, wäre es schade, nicht bis zur äußeren Spitze zu gehen, auf dem Absturz der Felszunge zu stehen und hinunterzuschauen. Nur hinunterschauen konnte ja nichts schaden. Und noch ein letztes Mal die Augenblicke der Angst, der Ekstase, des intensiven Lebensgefühls zu durchleben, wie er sie nie vorher und nie nachher kennengelernt hatte.

Alles war noch genau wie damals. Der eisige Wind, die grauenhafte Entfernung des grünen kabbeligen Wassers weit, weit unten, das gleiche unkontrollierbare Schaudern der Haut beim bloßen Anblick einer so jähen Tiefe, das gleiche zwanghafte Absuchen des Ufers mit dem Blick, um ganz sicherzugehen, daß Maisie auch noch da war...

Ja, sie war noch da, genau wie er sie verlassen hatte, und sie schaute in seine Richtung. Ohne Brille, die er natürlich beim Kleiderhäufchen gelassen hatte, konnte er weder ihren Gesichtsausdruck noch auch nur die Haltung ihrer Schultern erkennen, wußte aber nur zu gut, wie sehr beides Verachtung ausdrückte. Da ist doch der alte Esel tatsächlich dort hinauf! Schwelgt in Gefühlsduselei und Nostalgie, hätte ich mir denken können. Lebt mal wieder in der Vergangenheit, träumt unsinnige Altmännerträume von einer Zeit, in der er wirklich springen konnte...

Ich werde es ihr zeigen! dachte er. Und wenn es das letzte ist, was ich tue, bei Gott, ich werde es ihr zeigen!

»Schau, Maisie, schau!« schrie er in den Wind über die wogende See, stellte sich auf die Zehen – o ja, es ging noch – und sprang.

Merkwürdig, wie die alten Fähigkeiten zurückkehrten, und zwar sekundenschnell, ohne tastende Unsicherheit. Es war, als hätten sie all die Jahre geduldig gewartet, tief in seinem Inneren, stumpfsinnige, endlose Jahrzehnte hindurch auf ebendiese Gelegenheit gewartet. Noch während seine Füße die Felskante verließen, fühlte er jeden Muskel, jeden Nerv in altgewohnter Weise in Aktion treten, wie das alte Schlachtroß beim Klang der Trompete. Sie übernahmen die Herrschaft über seinen Körper, wie früher auch, und bolzengerade, straff und fehlerlos sauste er hinab zum Meer.

Schon in den zwei flüchtigen Sekunden des Abwärtsschwebens wußte er, daß er einen makellosen Kopfsprung vollführte. Den Kopf tief zwischen den ausgestreckten Armen, wie es der Kopf eines Turmspringers sein muß, die Augen vorschriftsmäßig geschlossen, so daß er das grüne, schwellende Wasser nicht auf sich zustürzen sah, war das Timing seines Eintauchens trotzdem wieder fehlerlos. Wie ein Pfeil durchschlug er die Wasseroberfläche, und es gab kaum einen Platsch, nur einen sich riesig erweiternden Ring kleiner Wellen, während sein Körper den langen, graziösen Bogen beschrieb, der ihn Sekunden später einige Meter weiter unbeschadet auftauchen ließ.

Er konnte kaum fassen, daß er noch lebte. Atemlos, ja, aber wer wäre das nicht? Aber es war eine herrliche Atemlosigkeit – ganz und gar großartig anders als die widerwärtige öde Atemlosigkeit, die ihn neulich im Zugkorridor überfallen hatte! Es war die Atemlosigkeit des Odysseus, als das Meer ihn nach zwei Tagen und Nächten Schwimmens ans Ufer der Phäaken schleuderte, die Atemlosigkeit des Hektor, als sich der Kampf nach einem langen Tag auf die Mauern Trojas zuwälzte...

Noch einmal schwamm er mit langen, langsamen Zügen triumphierend durch das blaue Wasser ans Ufer. So wohl, so körperlich vollkommen hatte er sich seit Jahren nicht gefühlt. Seit vielen, vielen Jahren nicht mehr.

Wieder stelzte er mit großen Schritten durchs flache

Wasser, versprühte helle Tropfen ringsum, wieder trat er ans Ufer wie ein Gott – aber diesmal nicht in die Arme der Geliebten. Ja, er mußte sogar bis zum Strand hinaufgehen zu dem Platz, an dem sie saß.

»Hast du's gesehen? Hast du mich gesehen? Was sagst du jetzt?« rief er beim Näherkommen, und nun hob sie endlich die Augen von ihrem Strickmuster. Sie hatte am Kragen Maschen abnehmen müssen, eine schwierige Sache, wie jeder weiß, der stricken kann, und etwas, worauf man sich voll und ganz konzentrieren muß.

»Was gesehen?« fragte sie.

## *Der Fahrstuhl*

Inzwischen war der Fahrstuhl für Kate fast so etwas wie ein alter Bekannter und nicht bloß eine technische Einrichtung. Er kam ihr wie ein eigenständiges Wesen vor, so vertraut war ihr bereits das leise Krächzen, mit dem er herabkam, das müde Seufzen, mit dem sich seine Türen öffneten, wenn er wieder ein Besuchergrüppchen ausspie. Und jedes Mal ertappte sich Kate dabei, wie sie mit idiotischer Intensität die Gesichter der Leute musterte, wenn diese den Fahrstuhl verließen, in ihnen nach Anzeichen ... der Hoffnung? ... der Ungewißheit? ... der Verzweiflung? ... Ausschau hielt, ganz so, als könnten ihr die Gesichter dieser völlig fremden Menschen etwas darüber sagen, was mit Jeremy da oben passierte. War er bereits operiert worden? Oder sondierten sie noch immer, mit nachlassender Zuversicht, das, was sich unter dem dunklen, blutverklebten Haarfilz verbarg, der das einzige gewesen war, was sie von ihrem gutaussehenden jungen Ehemann hatte erblicken können, als man ihn in den Krankenwagen hob? Untersuchten sie noch? Bildeten sich ein Urteil? Wogen die Chancen ab? ... Oder überlegten sie vielleicht schon, wie sie es seiner Frau am besten beibringen sollten, daß ihm eine der Kugeln tatsächlich ins Gehirn gedrungen war und daß es keine Hoffnung mehr gab ...?

»Warum gehen Sie nicht nach Hause und ruhen sich ein wenig aus, Mrs. Lewis?« hatte man gesagt. »Es wird noch Stunden dauern, und wir rufen Sie sofort an, sobald wir etwas Genaueres wissen.« Aber sie hatte den Kopf geschüttelt und sich nicht von der Stelle gerührt, genauso, wie sie den Kopf zu der Tasse Tee geschüttelt hatte, die eine freundliche Hand einige Zeit später in ihr Blickfeld geschoben hatte. Solange sie ganz, ganz still saß, solange sie nicht einmal mit einem Muskel zuckte, solange würde das Ganze irgendwie nicht wahr sein. *Konnte* nicht wahr sein, konnte einfach nicht. Dieses Gefühl hatte sie von Anfang an beherrscht. Nicht, daß sie diesen Anfang miterlebt hätte! Sie war in diesem Augenblick gerade in der Küche gewesen, die sich auf der Rückseite des Hauses befand, und damit beschäftigt, ein extra gutes Abendessen zur Feier von Jeremys Rückkehr zuzubereiten. Er war so stolz gewesen, daß man ihn zu einem so frühen Zeitpunkt in seiner Karriere auf diese internationale Konferenz geschickt hatte, und sie wollten seinen Sieg festlich begehen. Sie schlug gerade, wie sie sich erinnerte, die Sauce hollandaise, hatte eben etwas Weißwein hinzugefügt, als die Schüsse fielen. Aber natürlich hatte sie sie nicht für Schüsse gehalten. Sie hatte vielmehr angenommen, daß es die Fehlzündungen eines Autos waren oder das Riesenfeuerwerk eines Kindes abgebrannt wurde, irgend etwas dieser Art – keinesfalls jedoch etwas, das in irgendeiner Beziehung zu ihr stand. Außerdem war es nicht direkt vor dem Haus gewesen, sondern an die hundert Meter entfernt – dort hatten sie ihn nämlich in der regnerischen Dunkelheit des Novemberabends erwischt. Sie mußten ihm vom Bahnhof gefolgt sein, nachdem sie von ihren Kontaktpersonen erfahren hatten, daß er an diesem Abend die für sie so wichtigen Dokumente mit nach Hause nehmen würde, um sie dann am nächsten Morgen in der Zentrale zu übergeben. Als Kate, von ein paar aufgeregten Nachbarn alarmiert, an der Stelle ankam, waren Polizei und Krankenwagen bereits eingetroffen, und Jeremy, der sehr still war und irgendwie überhaupt nicht Jeremy zu sein schien, wurde gerade auf eine Trage gelegt. Hatte sie seinen Namen gerufen? Hatte sie versucht, zu ihm zu gelangen, und war von jemandem zurückgehalten worden? Sie konnte sich an jene ersten Augenblicke fast gar nicht mehr erinnern, nur, daß sie aus irgendeinem Grund nicht im Krankenwagen mitgefahren war, sondern ein Nachbar sie zum Krankenhaus gebracht hatte. Hatte man ihr den Anblick ihres Mannes mit seinen schrecklichen Wunden ersparen wollen? Und als sie endlich oben in der Unfallstation angekommen war, in die er zurückgebracht werden würde – falls er überhaupt zurückkam –, da war er bereits im Operationssaal, und sie hatte keine Möglichkeit mehr gehabt, ihn zu sehen.

Man war nett zu ihr gewesen, sehr sogar, aber natürlich hatte man sie nicht die ganze Nacht auf der Station haben wollen. Nachdem man sie also irgend etwas bezüglich seiner Sachen – seiner Kleidung und seiner Reisetasche – hatte unterschreiben lassen, hatte man ihr so nett wie möglich zu verstehen gegeben, daß es für alle Beteiligten das Zweckmäßigste wäre, wenn sie nach Hause ginge und sich ausruhte. Wenn sie jedoch unbedingt im Krankenhaus warten *müsse*, dann möge sie doch bitte woanders warten und nicht gerade hier oben, wo so ein Gehetze sei, denn sie hätten schließlich noch mehrere andere böse Unfälle, »nicht nur Ihren Mann, das verstehen Sie doch sicher...«

Irgendwie war inzwischen aus gestern heute geworden... Nachmittag bereits... und noch immer hatte sie nichts gehört. »Aber natürlich besteht noch Hoffnung, Sie dürfen nicht den Mut verlieren, also, Sie sollten wirklich etwas essen, wie wär's mit einer schönen Tasse Tee...?«

Schöne Tasse Tee... Viele schöne Tassen Tee... Würde sie jemals im Leben wieder eine schöne Tasse Tee trinken können, ohne daß es sie im Halse würgte?

Wieder kam der Aufzug stöhnend zum Stehen und gab Kates forschendem Blick die nächste Gruppe von Gesichtern preis. Müdigkeit... Erleichterung... Langeweile... Sorge... ja, auch Lächeln und sogar ein gelegentliches Lachen... all das zog an ihr vorüber und stürzte sie entweder in die blödsinnigste Verzweiflung oder ließ sie eine gleichermaßen blödsinnige neue Hoffnung schöpfen. Diese beiden grauhaarigen Frauen beispielsweise, die gemeinsam über etwas lachten, als sie an ihr vorbei zum Ausgang schritten – bestimmt hatten sie gehört, daß Jeremy das Bewußtsein wiedererlangt hatte, daß er außer Gefahr war... wie hätten sie sonst so fröhlich sein können? Aber da war andererseits dieses Mädchen mit dem ausdruckslosen Gesicht und den stachligen Haaren – *das* hatte offensichtlich gehört, daß Jeremys Zustand unverändert war. Oder... mein Himmel, die blasse junge Frau mit dem blonden Pferdeschwanz... was glitzerte da an ihren Wimpern? War das bloß Wimperntusche oder hatte sie geweint? Ganz bestimmt geweint, weil sie erfahren hatte, daß Jeremy...

Kate war klar, daß sie sich zusammenreißen mußte. Sie mußte diese Zwangsvorstellung, daß alles, was in diesem riesigen Krankenhaus gesagt oder getan wurde, in irgendeiner Weise Jeremy betraf, unter Kontrolle bringen. Er war einfach nur ein Unfallpatient unter Dutzenden anderer und für niemanden von außergewöhnlichem Interesse außer für sie selbst. Und ganz bestimmt war er von keinerlei Interesse für irgend jemanden unter den Hunderten von Besuchern, die hier an diesem Nachmittag kamen und gingen und von denen jeder in Gedanken mit seinem eigenen Freund oder Verwandten beschäftigt war. Keiner von ihnen hatte je auch nur von Jeremy gehört. Es war verrückt... es war geisteskrank, aus dem zufälligen Gesichtsausdruck einer beliebigen Person eine Bedeutung für sich selbst herauszulesen. Und trotzdem... wie konnte sie sich daran hindern? Auf irgendeine erschreckende Weise hatte sie die Kontrolle über ihre Gedanken verloren... Da, diese gebückt gehende alte Frau, zum Beispiel, mit ihren herabgezogenen Mundwinkeln, die sich die Nase mit einem Papiertaschentuch tupft, die hat doch bestimmt gehört, daß Jeremy...

»Ich find's nich richtig, daß die bloß den einen Fahrstuhl in Betrieb haben!« ertönte eine Stimme dicht an ihrem Ohr. Kate wandte schnell den Kopf und bemerkte jetzt erst, daß sie bei ihrer Wache nicht allein war. Da war noch eine Frau mittleren Alters, massig auf ihrem Stuhl hängend und mit jenem weinerlich-quengeligen Tonfall, den das Warten bei ambulanten Patienten so häufig hervorruft. Oder verhielt es sich vielmehr so, daß Leuten mit so einer Stimme mehr und öfter etwas fehlte als anderen, ging es Kate unbestimmt durch den Kopf. Ein Fahrstuhl in Betrieb erschien ihr völlig ausreichend, ja, mehr als ausreichend, wenn man bedachte, wieviel Angst und Sorge er ihr mit seinem Kommen und Gehen brachte. Daher gab sie nur ein unverbindliches »Hm« von sich – und ermutigte damit die grollerfüllte Stimme fortzufahren.

»Die sollten den eigentlich überhaupt nich in Betrieb haben, den Fahrstuhl. Die hätten den auf der Stelle stilllegen sollen, gleich als es passiert is, sag ich.«

»Gleich als *was* passiert ist?« Kates Herz machte einen großen Sprung, trotz aller guten Vorsätze. Gleich als sie wußten, daß Jeremy...?

Aber natürlich hatte es überhaupt nichts mit Jeremy zu tun. Wie auch?

»Wissen Sie das nicht? Ich dachte, das weiß inzwischen

eder. Das ist doch der Fahrstuhl, in dem der Mord passiert ist!«

Der *Mord*? Aber Jeremy war doch gar nicht in einem Fahrstuhl ermordet worden, er war... Mit einiger Anstrengung gelang es Kate, wieder vernünftig zu denken. Trotzdem hatte sie ein beklommenes Gefühl, als sie die naheliegende Frage stellte: »Was für ein Mord?« – und mit angehaltenem Atem auf die Antwort wartete.

Aber so schnell sollte ihr keine Beruhigung zuteil werden. Ihre Informantin, die jetzt, wo sie etwas wirklich Gräßliches zu erzählen hatte, gar nicht mehr quengelig klang, war nicht gewillt, eine gute Geschichte dadurch zu ruinieren, daß sie beim Thema blieb.

»*Was* für ein Mord? Das is 'ne gute Frage. Ich bin nich die einzige, die darauf gern 'ne Antwort haben würde! Und auch wer's war. Das is nämlich auch was, wasse uns nich erzählen! Und auch nich werden, nich, wenn se nich müssen! Die woll'n das nämlich vertuschen, verstehen Sie? ›Herzinfarkt‹ sagen se, soll's gewesen sein. ›MANN IM FAHRSTUHL ERLEIDET HERZINFARKT‹. Hat in allen Zeitungen gestanden. Is noch keine Woche her. Und innen Nachrichten war's auch. Erinnern Sie sich nich?«

Zufällig erinnerte sich Kate. Der Grund, warum die Zeitungen über den Vorfall berichtet hatten, war, daß der Betreffende offenbar gerade von einem routinemäßigen Check-up gekommen war, bei dem man ihm seine absolute Gesundheit bescheinigt hatte. Er hatte den Fahrstuhl betreten, auf den Knopf fürs Erdgeschoß gedrückt und war tot umgefallen. Ganz offensichtlich berichtenswert – und in diesem Augenblick eine große Erleichterung für Kate, denn es hatte nicht das geringste mit Jeremy zu tun und war auch schon vor fast einer Woche passiert.

»Herzinfarkt, daß ich nich lache!« fuhr die Frau fort. »Wie konnte das 'n Herzinfarkt sein, wo se doch den armen Teufel gerade von oben bis unten untersucht ham? Wenn das kein Mord war... was war's dann?« Bei diesen Worten sah sie Kate grimmig an: »Ich frage Sie – was war's dann? In den Krankenhäusern... da geht doch alles mögliche vor sich... mit all dem Gift, was die ham, und mit diesen neumodischen Maschinen und was nich alles...«

Kate schüttelte matt den Kopf und versuchte, nicht zuzuhören. Das letzte, was sie jetzt hören wollte, war Kritik an der Ärzteschaft, wo doch das einzige, was ihr im Leben wichtig war, in deren Händen lag. Aber die Stimme redete weiter.

»...nich gerade nett, von jemand zu verlangen, dasser mit eim Fahrstuhl rauf und runter fährt, in dem's 'nen Todesfall gegeben hat. Und auch noch 'nen ziemlich komischen Todesfall, den se nich erklären können. Sie hätten ihn außer Betrieb setzen sollen, sag ich, bis es sich wieder schickt. Mit dem Fahrstuhl fahr ich nich rauf, hab ich ihnen gesagt, um nichts in der Welt! Ich rühr mich hier nich vom Fleck, bis der andere wieder in Ordnung is! 'ne Schande is das, hab ich gesagt. In dem Fahrstuhl steckt doch der Tod, hab ich ihnen gesagt, der is doch voller Tod, ein Todesfahrstuhl, und mit dem fahr ich nich, um nichts in der Welt! ›Seien Sie ganz beruhigt, Mrs. Phelps‹, ham die mir geantwortet, ›Sie brauchen überhaupt nicht mit dem Fahrstuhl zu fahren, Krampfadern sind im Erdgeschoß.‹ ›Jetzt wern Se nich auch noch frech‹, hab ich da gesagt, und dann...«

Ein Todesfahrstuhl... voller Tod... Noch lange nachdem ihre geschwätzige Sitznachbarin gegangen war, um sich ihre Krampfadern behandeln zu lassen, konnte Kate die unheimlichen Worte nicht aus ihren erschöpften Gedanken vertreiben. Sie gingen ihr immer im Kopf herum, unaufhörlich, wie ein Goldhamster in seinem Tretrad. Das mußte genau der Fahrstuhl gewesen sein, der Todesfahrstuhl, mit dem man Jeremy hinauf zum Röntgen gefahren hatte. Auf dem gleichen Weg, voller Tod, würde man sie hinaufbringen, damit sie das Urteil des Chirurgen entgegennähme. Tod, Tod ... voller Tod.

Das Knarren des herabkommenden Fahrstuhls drang wieder an ihr Ohr, und als die Türen leise flüsternd aufglitten, stellte sie entsetzt fest, daß sie diesmal verstehen konnte, was sie wisperten: »Tod ... Tod ... Voller Tod ...«

Kate wußte, daß sie diesen Wahnvorstellungen nicht nachgeben durfte, daß sie sie bekämpfen mußte. Sie war drauf und dran, den Verstand zu verlieren.

»Das ist der Schock«, sagte jemand und versuchte, ihr etwas heißen, süßen Tee einzuflößen. Und vielleicht stimmte es ja. Das also machte der Schock mit einem, machte einen verletzlich, als habe man keine Haut mehr, und anfällig für jeden sonderbaren Eindruck, jede vorübergehende Albernheit. Die üblichen Abwehrmechanismen funktionierten nicht. Man war jedem Unsinn hilflos ausgeliefert.

Der Todesfahrstuhl. Der Fahrstuhl voller Tod. Das war alles bloß Schock und sonst nichts. Der Fahrstuhl war völlig in Ordnung, nur mit ihr war im Augenblick etwas nicht in Ordnung. Jetzt, wo sie ihrem Problem einen Namen gegeben hatte, fand sie es einfacher, ihm zu begegnen. Und als sie diesmal den Fahrstuhl murmelnd herabkommen hörte, wußte sie, daß sie vernünftig sein würde. Diesmal würde sie keine gespenstischen Worte hören, wenn die Türen aufglitten, und sie würde auch keine gespenstischen Botschaften in den Gesichtern der vollkommen normalen Leute lesen, die herausdrängten.

Und sie waren tatsächlich vollkommen normal. Es war beruhigend, wie normal sie waren! Sie schwatzten und lächelten oder waren in Gedanken verloren, sahen auf Uhren, weil sie zweifellos an Abfahrtszeiten und Parkuhren dachten ...

Und dann plötzlich, ganz hinten im Fahrstuhl, erblickte Kate sich selbst. Das war sie, ganz eindeutig. Ihr ungleichmäßig geschnittener, dunkler Pony sah unter dem Rautenmuster des Kopftuchs hervor, das sie erst vor ein paar Wochen bei *Marks & Spencer* gekauft hatte ...! Ihr rostfarbener Regenmantel ... ihre braunen Stiefel mit Reißverschluß ... ihre überkandidelte Brille ... selbst ihre Reisetasche mit den vertrauten Aufklebern. Und ihr Gesicht – das war das Fürchterlichste von allem: totenblaß und fast bis zur Unkenntlichkeit angespannt, um zehn Jahre in ebenso vielen Minuten gealtert. Ihre Augen waren vor Entsetzen geweitet, und sie hielt sich eine Hand vor den Mund, als wollte sie sich am Schreien hindern ...

Mein Geist! Ich stehe vor meinem eigenen Geist, meinem anderen Ich, dem Teil, der übrigbleibt, wenn ein furchtbares seelisches Trauma die Persönlichkeit gespalten hat. Ich stehe vor dem Teil von mir, der sich abgespalten hat, um der Tatsache ins Auge zu blicken, die ich nicht verkraften kann. Mein eigener Geist, der jetzt aus dem Todesfahrstuhl steigt ... er hat es eilig ... fängt an zu laufen ... stürzt durch die Schwingtür in die regnerische Dämmerung hinaus ... wohin? ... was hat er vor ...?

»Mrs. Lewis? Ah, Sie sind noch da, wie gut! Wir haben Sie gesucht. Die Oberschwester hätte Sie gern gesprochen ... Wenn Sie bitte hier entlang kommen würden ...«

Und man führte sie zum Fahrstuhl, dem einzigen Fahrstuhl, der in Betrieb war...

Es war *alles gut*! Jeremy würde wieder gesund werden! Die Kugeln, die in seinem Schädel steckten, hatten sein Gehirn nicht verletzt, und er würde vollkommen geheilt werden. Er befand sich schon seit einer Stunde auf der Wachstation, und bald würde sie ihn sehen können...

»Seit *einer Stunde*!« rief sie aus. »Aber warum haben Sie mir das denn nicht *gesagt*! Ich sitze da...«

Die Oberschwester sah sie verständnislos an.

»Aber wir *haben* es Ihnen gesagt!« verwahrte sie sich. »Sie waren doch hier oben auf der Station, als wir es erfuhren. Das können Sie doch nicht vergessen haben! Sie wollten die Reisetasche Ihres Mannes abholen...«

Die Oberschwester hielt inne und faßte Kate schärfer ins Auge. »Meine Güte, Sie sehen gleich viel besser aus! Zehn Jahre jünger, mindestens! Was eine gute Nachricht doch alles ausmacht! Sie glauben gar nicht, wie ich mich für Sie freue!«

Der Betrug war schlau eingefädelt gewesen, und fast hätte er geklappt. Als die Bande dahintergekommen war, daß der Aktenkoffer, den man ihm entrissen hatte, doch nicht die gewünschten Papiere enthielt, war ihr nächster Schritt gewesen, die Reisetasche in die Hände zu bekommen, die zusammen mit ihrem Opfer im Krankenhaus gelandet war. Eine der zur Bande gehörenden Frauen, die zwar etwas älter als Kate war, aber in etwa ihre Statur besaß, hatte sich in aller Eile bei *Marks & Spencer*, wo Kates Sachen herstammten, das gleiche Outfit besorgt, hatte sich eine ähnliche Brille beschafft und den Pony, das einzige, was von Kates

Frisur unter dem Kopftuch hervorsah, irgendwie improvisiert. In der Hoffnung, daß die meisten Frauen zunächst eher die Kleidung als das Gesicht einer anderen Frau wiedererkennen, war sie während der Besuchszeit zur Station marschiert, hatte um die Reisetasche ihres Mannes gebeten und war dreist wieder hinausmarschiert, wobei sie sich darauf verlassen hatte, daß alle viel zu beschäftigt waren, um sich groß um zu sie kümmern. Und genau so war es auch gewesen.

Soweit war alles auf triumphale Weise nach Plan verlaufen. Aber dann fingen die Probleme an. Als erstes war da die völlig unerwartete Anwesenheit der echten Ehefrau, die, als sich die Fahrstuhltüren öffneten, dem Fahrstuhl genau gegenübersaß. Beim Anblick ihres Ebenbildes, das ihr voll in die Augen blickte, geriet die Betrügerin in Panik und beging den Fehler zu rennen, wodurch sie nur unnötig die Aufmerksamkeit auf sich lenkte. Insbesondere lenkte sie Mrs. Phelps' Aufmerksamkeit auf sich, die gerade von ihrer Untersuchung kam. Als sie, wie sie meinte, ihre Gefährtin aus dem Wartezimmer in Panik davonstürzen sah, eilte sie, von brennender Neugier getrieben, augenblicklich hinter ihr her. Vielleicht hatte es ja etwas mit dem Todesfahrstuhl zu tun, und bei dem Gedanken, »Sehen Sie, ich hab's ja gleich gewußt!« sagen zu können, geriet sie vor Vorfreude schier aus dem Häuschen.

Sie erwischte ihr Opfer unmittelbar hinter der Schwingtür, packte es mit einem eisernen Griff am Ärmel und bombardierte es mit Fragen, wurde von diesem jedoch bei seinem panischen Versuch zu fliehen zu Boden gerissen. Sofort waren sie beide von einer Menschenmenge umringt, und wenige Sekunden später war auch ein Polizist zur Stelle. Anfänglich sah das Ganze nur wie ein Fall von öffentlicher Ruhestörung aus, aber der Besitz von Jeremys Reisetasche führte sehr schnell zu einer schwereren Beschuldigung, und von da an war das Unternehmen zum Scheitern verurteilt. Später, als Jeremy sich einigermaßen erholt hatte, wurde mit seiner Hilfe das Komplott aufgedeckt und die ganze Bande hochgenommen.

Mrs. Phelps hingegen, die sich bei dem Tumult unglücklicherweise das Handgelenk gebrochen hatte, war, ehe sie sich's versah, wieder im Krankenhaus und mußte auch noch in dem gefürchteten Fahrstuhl nach oben fahren, weil nämlich Brüche im dritten Stock waren. Trotzdem ging alles gut, sie wurde umgehend und effektiv behandelt, und der Bruch heilte schnell und ohne Komplikationen. Ob jedoch dieser glückliche Ausgang ihr abgrundtiefes Mißtrauen Krankenhäusern gegenüber zu erschüttern vermochte, ist nicht überliefert.

## *Aus heiterem Himmel*

Undann sind wir spaziern gegangen, und es hatt 'n bißchen geregnet, und wir ham zwei Enten gesehn«, erzählte Johnny eintönig weiter, und Katie, in der Nachbarbank, zappelte vor qualvoller Ungeduld. Würde sie denn *niemals* drankommen? Den ganzen Morgen hatte sie auf diese Stunde gewartet, in der die Schüler erzählen durften, was sie erlebt hatten, und vor aufgestauter Erregung hatte sie kaum ein Wort von dem mitgekriegt, was in den anderen Stunden vor sich gegangen war. Lesen, Rechnen, Modellieren – das alles war wie im Traum an ihr vorübergezogen. In der Pause hatte sie nicht einmal beim Seilhüpfen mitgemacht, und die beiden Gewürzplätzchen, die in der braunen Papiertüte in der Seitentasche ihres Ranzens steckten, hatte sie auch nicht gegessen. Sie hatte nur zusammengekrümmt auf den Schulhofstufen sitzen können, als hätte sie Bauchschmerzen, und die Erregung, die sie in sich verschloß, war so ungeheuer, daß ihr beinahe wirklich der Bauch weh tat.

Die ganze Pause über kamen ihre Freundinnen und wollten, daß sie bei ihren Spielen mitmachte, aber Katie konnte nur abwesend lächeln und den Kopf schütteln und dann wieder lächeln, wenn sie an den stolzen Augenblick dachte, der sie erwartete. Noch nie hatte irgend jemand in der Erzählstunde eine *solche* Neuigkeit mitzuteilen gehabt!

»... un wir ham eine Kuh gesehn, sooo groß war die ...!« fuhr Johnny erbarmungslos fort. »Un als wir zu dem Gatter kam, ham wirs nich aufgekricht, un mein Papa mußte komm ...«

Katie grub die Nägel in die Handflächen, bis es weh tat.

Wann, wann würde er bloß zum Ende kommen? Warum konnte ihn Miss Forrester nicht stoppen? Warum konnte sie ihn nicht mit ihrer freundlichen, lächelnden Stimme unterbrechen und sagen: »Das war wirklich *sehr* interessant, Johnny, *vielen* Dank. Und jetzt wollen wir hören, was Katie uns zu erzählen hat.«

Aber Miss Forrester unterbrach nie jemanden in der Erzählstunde, das wußte Katie ganz genau. Egal, wie lang oder langweilig eine Geschichte sein mochte, sie ließ jedes Kind ausreden, hörte ihm bis zum weitschweifigen, pointelosen Schluß zu, und der Ausdruck freundlich lächelnden Interesses wich nie aus ihrem Gesicht. Er wich auch jetzt nicht.

»Undann warn wir in diesem Feld, da hat's geregnet, aba nich viel, un wir ham zwei Enten gesehn ...«

»Das hat er schon mal gesagt!« Katie konnte sich nicht länger beherrschen. »Bitte, Miss Forrester, das mit den Enten hat er schon mal gesagt! Zweimal hat er das gesagt! Jetzt bin ich dran!«

Das Lächeln der armen Miss Forrester schwang hin und her, von Katie zu Johnny und wieder zurück, wie eine Laterne im Sturm. Das war das Dumme an repressionsfreien Methoden, daß sie in ihrem indifferenten, theoretischen Wohlwollen so häufig zwei miteinander völlig unvereinbare Vorgehensweisen erforderten. Auf keinen Fall durfte Johnny (für den es eine völlig neue Entdeckung war, daß man mit Wörtern etwas erzählen konnte) in seinem holpernden Gedankengang unterbrochen werden. Andererseits durfte man auch Katies verzweifeltes Bedürfnis, sich mitzuteilen, nicht länger unterdrücken.

»Und als ihr dann alle wieder zu Hause wart, hat euch da eure Mami euer Abendbrot gegeben?« fragte Miss

Forrester in der Hoffnung, daß sich dieser Wink mit einem Bild verbinden würde, das bereits irgendwo in Johnnys trägem Hirn vorhanden war, so daß er das Gefühl hatte, er habe die Geschichte selbst zu einem Abschluß gebracht.

Und in gewisser Weise funktionierte es auch, denn als er seine Gedanken soweit geordnet hatte, daß er »Nein, das war Tante Grace...« sagen konnte, da war Katie bereits aufgesprungen und fesselte die Aufmerksamkeit ihrer Zuhörer (wie alle großen Redner) durch die schiere Intensität ihres eigenen Gefühls.

Ihr großer Augenblick war gekommen! Das war der Höhepunkt, auf den sie den ganzen Morgen gewartet hatte, ihr ganzes Leben lang, seit gestern abend, als Mami es ihr erzählt hatte.

»Ich kriege eine kleine Schwester!« sagte sie und wartete mit angehaltenem Atem, daß die Wogen des Ruhms über sie hereinbrächen.

Und zuerst war auch alles so, wie sie es sich erträumt hatte. Ein Stimmengewirr voller Neugier, Aufregung und schlecht verborgenem Neid erhob sich um sie herum wie Weihrauch – und während sich Katie bemühte, die Fragen zu beantworten, mit denen sie von allen Seiten bombardiert wurde, tat Miss Forrester ihr pflichtbewußtes und auf dem neuesten Stand befindliches Bestes, die Situation noch irgendwie erzieherisch zu nutzen. Nicht gerade Aufklärungsunterricht – heutzutage waren Siebenjährige ohnehin mit den grundlegenden Tatsachen vertraut... unnötig, denen hier zu erzählen, daß ein Baby im Bauch seiner Mutter heranwächst! Aber daß *dieses* Baby im Bauch von *Katies* Mutter heranwuchs – das war wieder ganz was anderes, und es war denkbar, daß man damit vorsichtig umgehen mußte. Natürlich mußte man völlig offen sein und modern und alle Fragen der Kinder wahrheitsgemäß beantworten, aber trotzdem ...

Es sah jedoch nicht so aus, als benötige Katie irgendeine Hilfe seitens der modernen Schulpsychologie. Sie behauptete sich bestens gegenüber ihren weniger bevorzugten Klassenkameraden, ja, sie behandelte sie sogar ziemlich von oben herab und begegnete dem Hagel von Fragen und Kommentaren mit der ganzen Großspurigkeit eines Fachmanns unter Laien.

»Ja, *natürlich* wird sie es aus ihren Brustwarzen füttern, bis dahin werden die ganz voll Milch sein.« Und: »Nein, natürlich *wissen* wir *nicht*, daß es ein Mädchen wird, meine Mami glaubt es nur, und ich glaube es auch. Eine Schwester wäre halt viel schöner!«

Und so weiter, und so weiter. Die Kinder lauschten mit gespannter Aufmerksamkeit auf jedes Wort, das Katie sprach, alle Blicke waren mit ehrfürchtiger und neidischer Bewunderung auf sie gerichtet. Drei Minuten lang – vielleicht auch vier – sonnte sie sich in einem Glanz, wie sie ihn nie gekannt hatte.

Und dann geschah es. Von ganz hinten im Klassenzimmer Cynthias Stimme – Cynthia mit ihrem ordentlichen, blonden Pferdeschwanz und ihren hellen, runden Augen.

»*Oktober* hast du gesagt? Erst im Oktober? Das ist gar nichts! Meine Mutter kriegt ihr Baby im *Juni*!«

Ein seufzender Laut ehrfürchtigen Staunens lief durchs Klassenzimmer. Dann flutete die ganze Aufmerksamkeit, flutete das Interesse wie Wasser in einer plötzlich gekippten Badewanne von Katie fort und schwappte zu Cynthia in der letzten Reihe hinüber. Köpfe drehten sich wie von unsichtbaren Drähten gezogen, und alle Augen richteten sich auf diese neueste Bewerberin um den Ruhmestitel.

»Juni?« sagte mit großen Augen ein kleines, dunkelhaariges Mädchen. »Aber das sind ja nur noch zwei Monate bis dahin! Ist deine Mutter...? Hat sie...? Ich meine, ist sie schon ganz furchtbar *dick*?«

»Ganz *furchtbar* dick!« bestätigte Cynthia hoheitsvoll. »Sie kann überhaupt keine richtigen Kleider mehr anziehen, kann meine Mutti nicht. Sie trägt *Umstandskleider*! Ganz, ganz weit... mit Blumen drauf... *soo*...!« Sie streckte ihre kleinen Arme aus, so weit sie konnte. »Ihr solltet sie mal draußen auf der Wäscheleine hängen sehen!« prahlte sie, und die anderen Kinder staunten sie mit offenem Mund an und versuchten sich diese unglaubliche Pracht, die da im Wind flatterte, vorzustellen.

Berauscht vom Erfolg suchte Cynthia ihren Triumph zu festigen.

»Ich wette, *deine* Mutter trägt keine Umstandskleider«, sagte sie vernichtend zu Katie. »Ich wette, man kann es ihr noch nicht einmal ansehen! Oktober! Pah!«

Sie sprach diesen jämmerlichen Monat mit einer so abgrundtiefen Verachtung aus, daß die Kinder kicherten und voll mitleidiger Neugier zu Katie hinschielten, um zu sehen, wie sie es aufnahm.

Katie war ganz bleich geworden. Die Gedanken wirbelten ihr im Kopf herum, und sie durchforschte verzweifelt die Erfahrungen ihres kurzen Daseins nach etwas – egal was –, womit sie kontern könnte. Plötzlich und unerwartet tauchte vor ihrem inneren Auge ein Bild auf, das sie erst vor ein paar Tagen gesehen hatte. Es war eine der Glückwunschkarten in dem kleinen Schreibwarenladen in der High Street gewesen. Mit der ganzen Wildheit eines kleinen, in die Enge getriebenen Tieres warf sie sich Cynthia entgegen.

»Ansehen?« erwiderte sie und versuchte tapfer, genauso verächtlich zu klingen. »*Natürlich* kann man es meiner Mami nicht ansehen! Ihr doch nicht! *Unser* Baby bringt nämlich der Storch!«

Das fassungslose Schweigen, das ihre Worte auslösten, war nun allerdings auch nicht das, was Katie beabsichtigt hatte. Natürlich hatte sie die anderen mit ihrer lächerlichen Behauptung schockieren wollen, das schon – oder doch wenigstens aufschrecken, ihre Aufmerksamkeit von Cynthia ab- und auf sich selbst zurücklenken. Aber doch nicht so! Nicht dieses entsetzte Schweigen, das gar nicht aufhören wollte ...

»Meine Mami hat's gesagt!« rief sie trotzig in die Stille hinein, in einem letzten, verzweifelten Versuch, die Situation zu retten. Aber jetzt ... du lieber Gott! ... jetzt sah sogar Miss Forrester schockiert aus! Die liebe, gute Miss Forrester, die niemals schockiert war, selbst dann nicht, wenn sich jemand während der Andacht in die Hosen machte! Eine furchtbare Angst pochte auf einmal in ihrem Brustkasten. Was hatte sie denn getan? Was war bloß so schändlich und schrecklich an dem, was sie gesagt hatte? *Albern* war es gewesen, das schon, aber warum konnten die anderen nicht einfach lachen? Wenn jemand einen albernen Scherz macht, dann lacht man doch ...

Miss Forrester fing sich schnell wieder und wechselte, nachdem sie etwas von »wir reden später darüber« gemurmelt hatte, in verlegener Eile das Thema. Sie rief das nächste Kind auf und entlockte ihm eine gnädigerweise langatmige und komplexe Erzählung, die das Motorrad seines Bruders und seine Pannen zum Gegenstand hatte. Der peinliche Augenblick war vorüber.

Allerdings nicht für Katie. Sie saß den restlichen Vormittag über mit niedergeschlagenen Augen da und wagte nicht, irgend jemanden anzusehen. Und am Ende des Schultages redete Miss Forrester nicht mit ihr, sondern mit ihrer Mutter. Katie sah sie von der anderen Seite des Schulhofs aus stundenlang, wie es ihr vorkam, eingehend miteinander sprechen, sah die kleinen Gesten der Bestürzung, die Ausrufe, erst der einen und dann der anderen, und als sie und ihre Mutter schließlich nach Hause gingen, war ihre Mutter den Tränen nahe.

»Wie *konntest* du nur, Katie!« sagte sie in einem fort – und »Was Miss Forrester bloß von mir gedacht haben muß!« – und »Was werden bloß die anderen Mütter sagen, wenn sie das hören!«

Katie hatte, so schien es, nicht nur über sich selbst, sondern über ihre ganze Familie Schande gebracht. Sie schluchzte hilflos und sagte, es tue ihr leid und sie wisse nicht, warum sie das gesagt habe, und sie wolle es auch nie, nie wieder tun. Schon bald küßte ihre Mutter sie und tröstete sie, und alles war vergeben und schien vorüber zu sein.

Aber es war nicht vorüber. Katie wußte, daß sie etwas Schreckliches, nie wieder gut zu Machendes gesagt hatte, und daß diese Schande nie völlig getilgt werden konnte.

Warum... *warum* war es so schrecklich? Am folgenden Sonnabend schlich sich Katie schuldbewußt und sich nach allen Seiten umschauend in das Schreibwarengeschäft in der High Street und schlenderte betont gleichgültig zu den Glückwunschkarten hinüber. Sie begann, sie scheinbar flüchtig durchzusehen.

Halt, da war's, das Unsägliche. Und es sah genauso aus wie in ihrer Erinnerung: Das süße, kleine, blauäugige Baby, das in einer Schlinge wie in einer Hängematte am Schnabel eines großen Storchs hing, der mit weißen, mächtigen

Schwingen aus einem blauen, unglaublichen Himmel herabgesegelt kam.

Katie starrte darauf, starrte immerfort, und in ihr Schuldgefühl mischte sich eine wachsende Erregung. Es war natürlich ein ganz schlimmes Bild – aber es war auch wunderschön. Angenommen, Babys kamen *wirklich* auf diese Weise zur Welt... wuchsen nicht mit schneckenartiger Langsamkeit in der dunklen Enge unter einem stramm sitzenden, schäbigen Rock oder einer fleckigen Küchenschürze, sondern kamen in Glanz und Herrlichkeit aus einem unendlichen Himmel herabgeschwebt! So war es natürlich nicht – Katie wußte ganz genau, daß es so nicht war. Aber angenommen...! Nur mal angenommen...!

In diesem Jahr schien der Sommer nicht aufhören zu wollen. Er dauerte und dauerte. Juli... August... September... und noch immer hielt das herrliche Wetter an. Während dieser langen Monate voller Sonne und Spaß zusammen mit ihren Freundinnen hatte Katie jenen weit zurückliegenden Tag der Schande und die Verwirrung und die wilden Vermutungen, die ihm gefolgt waren, fast vergessen. Aber jetzt, wo das große Ereignis vor der Tür stand, fiel ihr alles wieder ein. Wenn sie an diesen stillen, goldenen Oktobermorgen zur Schule ging, spürte sie, wie ihr das Herz vor geheimer, leidenschaftlicher Erwartung klopfte. »Es kann jetzt jeden Tag soweit sein«, hieß es zu Hause, und für sie, die Erwachsenen, schien dieses phantastische Wunder nur eine Sache von Ärzten und Rückenschmerzen und telefonischen Absprachen zu sein. Sie schienen nicht zu wissen, was Katie wußte, wenn diese Tag für Tag in die blauen, unendlichen Tiefen des Himmels starrte und nach dem winzigen weißen Punkt Ausschau hielt, der früher oder später aus dem blendenden Glanz auftauchen und dann immer größer werden würde, bis sie schließlich den großen Vogel mit seinem winzigen weißen Bündel würde erkennen und das Schlagen seiner großen weißen Schwingen schon von weitem würde hören können.

Wußten es die Erwachsenen *wirklich* nicht? Oder hielten sie es absichtlich geheim? All dieses Gerede, daß ein Baby langweilig und unsichtbar in einem unförmigen, geschwollenen Leib heranwächst – war das einfach eine Methode der Erwachsenen, um Kindern das Interesse zu nehmen? Oder um sie davor zu bewahren, daß sie von einem Wunder geblendet wurden, das man nicht ertragen konnte, so groß war es? ... Der Flügelschlag riesiger, weißer Schwingen, die sich aus einem blauen, unendlichen Himmel herabsenkten ... das winzige, rosige Gesicht, so fröhlich und voller Zutrauen, das über den Rand seines zu einem Tragetuch geschlungenen Schals lugt und furchtlos von weit, weit oben auf die immer näher kommenden Meere und Länder hinabschaut, auf all das Blau und Grün, auf die Städte und die Flüsse und die Felder, seinem Ziel immer näher kommt, bis es schließlich das Haus Nummer 32 in der Sycamore Avenue ansteuert.

Wie würde der Storch hereinkommen? Es wäre doch entsetzlich, wenn er ankäme und keiner wäre da, um ihn einzulassen! Deshalb achtete Katie jeden Morgen, bevor sie zur Schule ging, darauf, daß wenigstens ihr eigenes Schlafzimmerfenster weit offen stand. Es fiel ihr auch auf, daß ihre Mutter insgeheim die gleiche Vorsichtsmaßnahme zu treffen schien. »Ich brauche *Luft*!« sagte sie dauernd und schob die Wohnzimmerfenster so hoch, wie es nur ging. Aber Katie ließ sich von dieser prosaischen Ausrede nicht täuschen. *Sie* kannte die Wahrheit und war froh, unendlich froh, daß ihre Mutter sie auch kannte.

Am 10. Oktober schlug das Wetter schließlich um. Als Katie morgens aufwachte und zum Fenster lief, trieb ihr der Regen ins Gesicht, und ihre Bücher und Spielsachen waren bereits ganz naß. Draußen schlug der Wind mit wilden Böen auf die Bäume ein, riß an den feuchten, gelben Blättern und zerrte an den Ästen, die auf einmal kahl in den grauen, treibenden Himmel ragten.

Katie rettete ihre Sachen aus der Nässe, sicherte das Fenster, damit es nicht zuschlug, und machte sich wie gewöhnlich auf den Weg zur Schule. Als sie nachmittags nach Hause kam, war ihr Schwesterchen da.

Aber doch nicht *ihr* Schwesterchen! Dieses rote, schrumpelige Geschöpf, das sich mit fest geschlossenen Augen schwächlich hin und her krümmte wie eine blinde Raupe – nein, das konnte nicht ihre Schwester sein!

»*Warum habt ihr mein Fenster zugemacht?!*« rief sie verzweifelt, und jemand sagte etwas von Regen, und jemand anderes forderte sie erneut auf, sich doch ihr »süßes kleines Schwesterchen« anzuschauen.

Am Ende war's dann doch nicht so übel. Das Baby wurde mit der Zeit ganz niedlich, und Katie hatte es schließlich sehr gern.

Aber niemals, in ihrem ganzen Leben nicht, würde sie ihre *andere* Schwester völlig vergessen können – das kleine, rosige Wesen, das vor Trauer und Enttäuschung weinte, während der Storch mit seinen großen Flügeln verzweifelt gegen die verschlossenen Fenster schlug und flehend mit seinem langen Schnabel an die unnachgiebigen Scheiben pochte, bis er dann schließlich – für immer – wieder fortflog.

## *Das Happy-End*

Erhitzt, aufgeregt und atemlos kam sie am Bahnhof Paddington an – und außerdem viel zu früh; es war lächerlich, absurd, wie früh sie da war. Vier Uhr hatten sie gesagt, an der Sperre von Bahnsteig 7 – und da stand sie nun, feingemacht und ihre brandneue Reisetasche umklammernd, und die Bahnhofsuhr zeigte genau acht Minuten nach zwei.

Noch fast zwei Stunden – eher konnte Gordon unmöglich dasein. Zwei Stunden, die sie irgendwie ausfüllen mußte. Mit einer Zeitschrift vielleicht? Oder indem sie es sich einfach bequem machte und sich entspannte? Aber Lydia wußte, daß sie sich nicht entspannen würde, daß sie es nicht konnte. Die zunehmende Aufregung der letzten Woche, das Crescendo der Freude, durchsetzt von Augenblicken äußerster Panik, hatten Entspannung zusammen mit all den anderen ruhigeren, geordneteren Seinszuständen völlig unerreichbar für sie gemacht. Die schwindelerregenden Gefühlsschwankungen von Ekstase zu fingernägelkauender Angst und wieder zurück waren fast so etwas wie eine Krankheit, ein gefährliches, nicht zu diagnostizierendes Fieber – aber eine Krankheit, von der sie um nichts auf der ganzen weiten Welt hätte geheilt werden wollen.

»Das Leben beginnt mit vierzig«, heißt es. Aber in Lydias Fall war das nicht so gewesen. Was sie anbetraf, so hatte mit vierzig ihre Scheidung angefangen – die Scheidung und der Verkauf ihres geliebten Zuhauses. Und ihr vierzigster Geburtstag war mit bleierner Endgültigkeit mitten in den ganzen grauenhaften Schlamassel gefallen, genau in eine Zeit, wo es so aussah, als würde nichts jemals wieder vorangehen.

Die Verhandlungen waren an einem toten Punkt angelangt, die Anwälte lagen im Streit miteinander, und nur noch die Bitterkeit und die gegenseitigen Beschuldigungen waren auf widerliche Weise am Leben, wuchsen und zogen ihre Nahrung aus der schieren Abscheulichkeit des Ganzen.

Selbst jetzt konnte Lydia immer noch nicht so richtig verstehen, wie alles dann doch aufgehört hatte. All die Bitterkeit, all die Verzweiflung und das Herzeleid, die Wut und der Haß und das Verlangen nach Vergeltung – wo waren sie geblieben? Nach einiger Zeit waren sie ganz einfach nicht mehr da gewesen, und da hatten auch schon die grauen, nicht-so-schlechten Jahre angefangen. Sie hatte einen Job gefunden und eine dunkle, kleine Kellergeschoßwohnung in einer Seitenstraße der Fulham Road, und sie hatte irgendwie aufgehört, an die Vergangenheit zu denken. Nur an ihr wunderschönes Haus dachte sie ganz gelegentlich einmal, an die glänzenden Möbel, Familienerbstücke, und an die Terrassentüren, die an Sommermorgen offenstanden und den Geruch von gemähtem Gras und den Duft von Rosen hereinließen.

Es gab nicht viel gemähtes Gras im Umkreis der Fulham Road und noch weniger Rosen. Dennoch war ihr Leben erträglich gewesen, nachdem sie sich erst einmal daran gewöhnt hatte. Jedenfalls friedlich. Und nach einer Weile hatte sie sich sogar eine Katze namens William zugelegt. Sie war besser dran als viele andere.

Trotzdem – wenn jemand sie jetzt, nach all diesen Jahren, gefragt hätte, ob das Leben tatsächlich mit vierzig beginne, dann hätte sie kategorisch erklärt, daß es dies nicht tue, ja sie hätte es von allen Dächern geschrien, damit ganz Fulham es hören konnte. »Nein!« hätte sie über die Schornsteine hinweg gerufen, über die Hochhäuser hinweg und weit hinaus in den silbernen Himmelsbogen. »Nein, das Leben beginnt *nicht* mit vierzig, das ist absoluter Blödsinn! Das Leben beginnt mit einundfünfzig!«

Mit einundfünfzig Jahren und vier Monaten, um genau zu sein, denn es war im Februar gewesen, als alles angefangen hatte, an einem kalten, rauhen Morgen. Das halbe Büro hatte mit Grippe im Bett gelegen, und diese gereizte, nicht zu stoppende Stimme hatte sie am Telefon wegen irgendeines Auftrags beschimpft, der verlorengegangen war – das Ganze hatte überhaupt nichts mit ihrer Abteilung zu tun gehabt.

»Ich verbinde Sie mit dem Leiter der Exportabteilung«, hatte sie gesagt, als er sie einmal zu Wort kommen ließ, aber wie das Unglück es wollte, hatte der Leiter der Exportabteilung ebenfalls die Grippe und sein Vertreter auch, und die einzige Sekretärin, die noch übriggeblieben war und die Sache hätte in die Hand nehmen können, war in der Mittagspause.

»Wenn Sie in einer halben Stunde noch einmal anrufen würden ...«, begann Lydia beschwichtigend, aber es half nichts. Seine zornige Stimme ließ bereits wieder einen Wortschwall los, und seine (möglicherweise gerechtfertigte?) Frustration und Ungeduld sprudelten förmlich aus dem Hörer.

Es gab nichts, was Lydia hätte tun können, um ihm zu helfen. Die Angelegenheit gehörte überhaupt nicht in ihren Aufgabenbereich. Deshalb konnte sie nur hilflos an ihrem Ende der Leitung sitzen und in Abständen »O je!« in die Sprechmuschel murmeln, oder: »Das tut mir wirklich sehr leid! Ich werde dafür sorgen, daß man sich sofort darum kümmert.«

Wieso das alles damit geendet hatte, daß sie von diesem aufbrausenden Anrufer zum Mittagessen eingeladen wurde, blieb ihr hinterher auf ewig ein Rätsel, aber so war es gewesen. Sie konnte sich auch nicht mehr daran erinnern, was sie gegessen oder worüber sie gesprochen hatten – nur daran, daß er Gordon Forrester hieß und daß er sehr schnell geredet hatte, wobei sein kleiner, angegrauter Bart auf und ab gefahren war wie der Stab eines Dirigenten. Am Schluß der Mahlzeit hatte er darauf bestanden, daß sie schwarzen Kaffee trank statt des Milchkaffees, um den sie gebeten hatte.

»Unmöglich! Ruiniert jedes gute Essen!« hatte er dogmatisch erklärt und mit einem kleinen Ruck seines Kopfes die Kellnerin herbeigewinkt. »Zweimal Kaffee, schwarz«, hatte er gesagt, während Lydia verdutzt dagesessen und sich irgendwie merkwürdig geschmeichelt, merkwürdig feminin gefühlt hatte, weil sich jemand so unbekümmert über ihren ausdrücklichen Wunsch hinwegsetzte.

Außerdem hatte er recht gehabt. Schwarz war wirklich besser. Besonders, weil er dazu noch Likör bestellt hatte, der sie – sehr spät – mit einem eigenartigen Gefühl des Schwebens in ihr Büro zurückkehren ließ, so als ob ihr Körper nicht mehr so richtig zu ihr gehörte, ihr nicht mehr völlig unterstand.

Zwei Wochen später war sie verliebt gewesen.

Verliebt – und das mit einundfünfzig! Nach all den Jahren der Einsamkeit, des Sich-Einstellens auf die Einsamkeit, auf das näherrückende Alter. Verliebt! Noch einmal sah sie die Welt in ein goldenes Licht getaucht, wie sie es niemals mehr zu sehen gehofft hatte! Verliebt!

Und auch noch verliebt in einen Mann, der ihr zumindest einiges Interesse entgegenbrachte. Denn ein Mittagessen und ein Abendessen innerhalb von zwei Wochen (von mehreren Anrufen ganz zu schweigen) – das mußte doch etwas zu bedeuten haben. Keiner konnte sagen, daß sie sich das alles nur einbildete, sich ihren Wunschträumen hingab, wie das einsame Frauen mittleren Alters angeblich taten. Es war real! Es geschah wirklich! Die perlende Freude, die heimlich in ihr aufkeimte, schlug Wurzeln und fing an zu wachsen. Wuchs und wuchs, bis sie die ganze Welt zu erfüllen schien.

Noch zwei weitere Wochen, und das ganze Büro wußte Bescheid. Die Mädchen lächelten und fanden es richtig süß – »Sieh mal einer an, unsere Miss Abbott! In *ihrem* Alter!« –, und sie verfolgten die Entwicklung der Romanze mit wohlwollendem Interesse. Einigen von ihnen – besonders den älteren – tat sie jedoch manchmal auch ein bißchen leid. Sie sah so verletzlich aus, irgendwie so ahnungslos, wenn sie glückgepanzert im Haus umherging, als glaubte sie tatsächlich, daß das Glück allein bereits ein Schutzschild gegen eine niederträchtige, unberechenbare Welt sei.

Es schien nirgends etwas zum Hinsetzen zu geben, und ihre Füße brachten sie schier um. Da es Freitagnachmittag war und eine Woche vor Ostern, wimmelte der Bahnhof von Urlaubern, und alle Plätze waren besetzt. Die Leute hockten sogar reihenweise auf den unteren Treppenstufen, und Lydia war versucht, sich ihnen anzuschließen, obwohl das Sitzen auf dem staubigen Stein wohl kaum den makellosen Konturen ihres neuen, hellfrühlingsgrünen Hosenanzuges gutgetan hätte.

Aber es gab nichts, dem diese lästigen und unüberlegten zwei Stunden Wartezeit gutgetan hätten. Bis vier Uhr würden ihre Frisur, ihr Make-up und vor allem diese zerbrechliche Intensität ihrer Freude nicht mehr absolut makellos sein. Wenn Gordon schließlich kam, würde die Perfektion ihres Aussehens gelitten haben – jene lange vorausgeplante »Perfektion«, die zu erreichen sie soviel Mühe und Nervenkraft gekostet hatte.

Das war ihr Fehler gewesen, daß sie zu Ehren dieses in ihrem Leben einmaligen Wochenendes versucht hatte, alles *zu* perfekt hinzukriegen, zu makellos. Deshalb hatte sie ja auch viel zu früh damit angefangen, sich herzurichten. In ihrer Sorge, daß auch jedes einzelne Haar richtig saß, jede Wimper ordentlich getuscht war, hatte sie spontan beschlossen, an diesem Tag überhaupt nicht ins Büro zu gehen, sondern sich zusätzlich zum Nachmittag auch noch den ganzen Vormittag frei zu nehmen. Und natürlich stellte sich heraus, daß ein ganzer Vormittag bei weitem zuviel dafür war. Wessen äußere Erscheinung brauchte schon *so viel* ungeteilte Aufmerksamkeit – ja, konnte sie überhaupt verkraften? Und dann diese panische Angst, sie könnte den Zug verpassen – auch sie ganz absurd und unnötig! So hatte sie das Haus ebenfalls viel zu früh verlassen, weil sie alles mit einkalkuliert hatte, was nur *irgendwie* schiefgehen konnte – daß William verschwunden war, daß die Nachbarin, die ihn solange nehmen wollte, vergessen hatte zu kommen, daß die Busfahrer streikten, die U-Bahnen in Tunneln steckenblieben und sie selbst ihre Tasche auf dem Bahnsteig vergaß.

Natürlich war nichts von alledem passiert – sie hatte noch nicht einmal die üblichen sieben oder acht Minuten auf den Bus zu warten brauchen. Und etwas anderes hatte sich auch nicht ereignet – in diesem Falle etwas Schönes, das sie auch mit einkalkuliert hatte: Es war kein Anruf von Gordon gekommen. Nicht ein Anruf *wegen* irgendeiner Sache, sondern einer nur so, nur noch in letzter Minute als Zeichen seiner Liebe, zu ihrer Beruhigung, eine Bestätigung, daß er sich genauso wie sie danach sehnte, daß ihre gestohlene Idylle endlich anbrach.

Der Anruf war nicht gekommen, aber Gordons Anrufe kamen schließlich nie, wenn sie sie erwartete, wenn sie zu Hause rumhing und sich nach ihnen sehnte. Statt dessen kamen sie mit Vorliebe, wenn sie nachts gerade eingeschlafen war, oder ganz früh morgens, wenn sie rumschoß und die Küche aufräumte und William versorgte, ehe sie das Haus verließ. Natürlich konnte sich Gordon nicht immer aussuchen, wann er sie anrief, es war schwierig für ihn, denn er war verheiratet.

Lydia hatte das von Anfang an gewußt – hatte es sogar noch früher, nämlich bei ihrem zweiten Zusammensein, vermutet, und Gordon hatte es verstanden, diese Tatsache ganz beiläufig zu erwähnen –, und es hatte sie weder überrascht noch bestürzt. Was sie dann aber überrascht, ja, in gewisser Weise sogar schockiert hatte, war ein paar Tage später seine gleichermaßen beiläufige Enthüllung gewesen, daß seine Ehe dabei sei, in die Brüche zu gehen. Sie aßen gerade in einem kleinen italienischen Restaurant zu Abend, ihre Gesichter waren in dem gedämpften roten Licht nur schattenhaft zu sehen, und der rote Wein schimmerte dunkel zwischen ihnen auf dem Tisch.

»Ich lasse mich scheiden«, hatte er so ganz nebenbei im Plauderton gesagt, und bei dem bloßen Klang dieses Wortes fühlte sie, selbst nach all diesen Jahren noch, wie ihr der alte Schmerz, das alte Elend den Magen zusammenzogen. Nur geschah es diesmal nicht um ihretwillen, sondern um Gordons willen. Wie gut sie die Qualen verstehen konnte, die Demütigung, das Gefühl des Scheiterns, die er jetzt durchleben mußte. Wie gerne hätte sie ihm das gesagt, ihn getröstet, ihn auf der Stelle in die Arme genommen, damit er an ihrer Schulter weinen konnte, wie ein Mann das mußte...

Aber hier in einem Restaurant war das natürlich unmöglich, zumal der Kellner sich gerade niederbeugte, um Teller mit köstlichen Dingen vor sie hinzustellen.

»Was... was ist schiefgelaufen?« war das Äußerste, was sie mit leiser Stimme zu fragen wagte, auch dann noch voller Furcht, daß sie damit nur seinen Schmerz vergrößern könnte.

»Schief? Ach, ich weiß nicht«, erwiderte er leichthin und wickelte Spaghetti um seine Gabel. »Eigentlich nichts so richtig, nehme ich an. Gwendolen ist okay. Und ich bin auch okay, ob du's glaubst oder nicht! Aber wir sind beide sehr beschäftigt, mußt du wissen, jeder von uns hat ein sehr ausgefülltes Leben, und ich nehme an, wir wollen beide einfach unsere Ruhe haben.«

Einen Augenblick lang war Lydia steif vor Empörung. Wie *konnte* er so wurschtig sein, ja wirklich, so unbeschwert, wenn es um so ein ernstes, verheerendes Ereignis in seinem Leben ging? Aber in Sekundenschnelle hatte sie sich wieder beruhigt und das Ganze mit der verwandelnden Kraft der Liebe umgedreht, so daß ihr Urteil nun zugunsten Gordons ausfiel.

Es war in Ordnung und überhaupt nicht herzlos. Alle Ehen sind verschieden, und die seine mußte zu denen gehört haben, die von Anfang an ein Fehler sind – seichte, leere Partnerschaften, bei deren Auflösung man vernünftigerweise von niemandem Trauer erwarten konnte.

Aus dem Augenwinkel bemerkte Lydia, wie ein paar Meter zu ihrer Linken Unruhe entstand. Mit einem großen Geschwanke von Rucksäcken und einem Anschwellen eifriger, fremdländischer Stimmen war eine Gruppe skandinavischer Studenten im Begriff, eine jener seltenen und begehrten Bänke freizumachen... Sie waren noch nicht einmal ganz auf den Füßen, da hatte sich Lydia schon durch sie hindurchgedrängt und mit Bestimmtheit auf das erste Stückchen leere Bank gepflanzt, bevor ihr der Schwall der anderen Anwärter mit ihren Kindern und ihrem Gepäck zuvorkommen konnte.

Welch eine Wohltat! Lydias Zehen pulsierten geradezu vor Erleichterung, als sie sie vorsichtig in den zu neuen, zu engen weißen Sandalen hin und her bewegte... sie spürte, wie auch aus ihr alle Anspannung wich, und mit ihr alle Besorgnis. Glück, reines, ungetrübtes Glück, so wie am Anfang, erfüllte sie wieder, und zum ersten Mal seit Beginn ihrer hektischen Vorbereitungen zog vollkommene Ruhe in sie ein...

Sie erwachte, und vor Entsetzen blieb ihr fast das Herz stehen, so sicher war sie, daß sie verschlafen und den Zug verpaßt hatte!

Aber nein, es war alles in Ordnung, gerade erst halb vier durch. Noch genug Zeit, um zur Toilette zu gehen und die Schäden zu reparieren, die ein Nachmittag des absoluten Nichtstuns angerichtet hatte. Fest entschlossen, diesmal nicht wieder alles dadurch zu verderben, daß sie zu früh fertig war, ließ sie sich Zeit und war dann schließlich sogar ein bißchen spät dran. Genau zwei und eine halbe Minute nach vier kam sie am Bahnsteig 7 an – nur um festzustellen, daß Gordon noch nicht da war.

Fünf nach vier war er immer noch nicht da und zehn

nach vier auch nicht. Um viertel nach vier begann sie langsam (auch wenn sie versuchte, es sich nicht einzugestehen), in Panik zu geraten.

Es war wirklich völlig absurd. Es gab Tausende von Dingen, die einen Mann fünfzehn Minuten aufhalten konnten – und war er nicht ohnehin der Meinung gewesen, daß es bescheuert sei, sich so früh zu treffen? Ganze fünfunddreißig Minuten vor Abfahrt des Zuges?

»Aber wenn wir gute Plätze haben wollen... und dann sind wir vorn in der Schlange!« hatte sie flehend gesagt, bereits von der Angst besessen, daß sie den Zug verpassen könnten, und schließlich hatte Gordon achselzuckend eingewilligt.

Gordons Achselzucken! Lydia hatte erst nach und nach gelernt, es zu interpretieren. Es bedeutete, daß er in einer Sache nachgab, obwohl er sie albern fand, einfach um einem ermüdenden Streit darüber aus dem Weg zu gehen. So war es auch gewesen, erinnerte sie sich, als er sie zum allerersten Mal in ihrer Wohnung in Fulham besucht hatte und bereits in der Eingangstür auf einen ekstatisch schnurrenden William gestoßen war, der mit verzücktem Gesicht um die Tüte mit Delikatessen aus dem Supermarkt strich und ihnen auf dem ganzen Weg bis zur Küche mit liebevoller Beharrlichkeit unter die Füße geriet.

»Eine Katze! Warum in aller Welt hältst du dir denn eine Katze?« hatte er wissen wollen, aber kaum hatte Lydia zu dem Versuch einer Erklärung angesetzt (die unweigerlich eine längere Aufzählung von Williams sehr außergewöhnlichen Qualitäten einschloß), als Gordon auch schon auf diese unbeschreibliche, wegwerfende Art die Achseln gezuckt hatte. Zunächst war sie nur verstummt und erst später dahintergekommen, was genau dieses Schulterzucken hatte ausdrücken sollen – nämlich daß er beschlossen hatte, sich zwar mit William abzufinden, nicht aber mit fortwährenden Hinweisen auf den Charme und die Tugenden dieses Geschöpfes.

»Ich find's so langweilig, Liebling!« hatte er mitleiderregend gefleht, und damit war natürlich alles gesagt. Gordon konnte es nicht ausstehen, gelangweilt zu werden. Ihn langweilte schon, wie andere Leute Herzinfarkte kriegten, die sie plötzlich niederstreckten und eine augenblickliche Notversorgung und alle nur verfügbaren Wiederbelebungstechniken erforderlich machten.

Zwanzig nach vier. Inzwischen zog sich die Schlange durch den ganzen Bahnhof. Lydia reckte den Hals und versuchte die Leute zu sehen, die sich hinten am Ende anstellten, jedoch ohne Erfolg. Aber Gordon würde sich ja wohl sowieso nicht hinten anstellen, sondern an der Schlange auf und ab gehen und sie suchen.

Vier Uhr fünfundzwanzig. Und jetzt wurde die Schranke beiseitegeschoben, und die Leute strömten durch die Sperre, hasteten, schubsten und drängelten, um sich gegenseitig die besten Plätze wegzuschnappen. *Unsere* Plätze! dachte Lydia wütend, als sie dastand, hilflos wie ein gestrandeter Wal, während alle diese Leute, die viel, viel später als sie gekommen waren, an ihr vorbeifluteten und ihr zu Tausenden zuvorkamen.

Vier Uhr siebenundzwanzig. Und da wußte Lydia, wußte mit dumpf hämmernder Gewißheit, daß er nicht kommen würde. Trotzdem suchte sie mit ihren Blicken die Menschenmenge genauso aufmerksam ab wie vorher, so als gäbe es noch Hoffnung, und machte hier einen kleinen, angegrauten Bart aus, dort einen federnden, selbstsicheren Gang und dann und wann einen kastanienbraunen Rollkragenpullover. Und obwohl ihr das Herz bei jeder dieser scheinbaren Ähnlichkeiten noch immer bis in den Hals schlug, wußte sie, daß er es nicht sein würde.

O Gordon! Gordon!

Und jetzt wurden den ganzen Zug entlang die Türen zugeschlagen. Der Zugführer war draußen auf dem Bahnsteig und hielt das grüne Fähnchen bereit. Hände winkten, Köpfe wurden aus Fenstern gesteckt... und in ihrer Verzweiflung hatte Lydia plötzlich das verrückte Gefühl, daß sich alle diese Leute nur den Kopf verrenkten, um einen Blick auf *sie* werfen zu können, auf diese traurige, ältliche Frau, die da so ganz allein zurückblieb!

Armes Ding! Im Stich gelassen! Versetzt! Na ja, kein Wunder, bei *ihrem* Alter!

Die Köpfe beugten sich weiter vor, ihr Lächeln wurde breiter, und alle diese Blicke, aber auch wirklich alle, schienen sich hämisch auf sie zu richten und auf die Krönung ihrer Demütigung zu warten, wenn sich der Zug ohne sie in Bewegung setzen würde.

Das würde er nicht tun!

Durch die sich gerade schließende Sperre und über den Bahnsteig schießen und mit der nächsten Abteiltür kämpfen, das war fast eins. Ohne die ärgerlichen Rufe des Zugbegleiters zu beachten, zwang sie die Tür auf und warf sich ins Abteil, dessen Fußboden bereits von der einsetzenden Bewegung zu vibrieren begann, da sich der Zug zur Abfahrt anschickte.

Der Reisende, auf dessen Spann Lydia gelandet und in dessen ausgebreitete Zeitung ihre Tasche katapultiert worden war, gehörte glücklicherweise zu der Generation, die noch dazu erzogen worden war, Haltung zu bewahren und in Gegenwart einer Dame nicht zu fluchen.

»Gestatten Sie...«, war alles, was er sagte. »Darf ich Ihnen helfen?« Und ohne auch nur mit der Augenbraue zu zucken, machte er sich gemessen daran, Lydias Reisetasche aus den Überresten der Leitartikelseite der *Times* zu klauben und sie im Gepäcknetz über ihrem Kopf zu verstauen. Seine Bewegungen waren leicht und sicher und ließen auf Reserven an Muskelkraft schließen, die für einen Mann seines Alters ungewöhnlich waren. Nach seinem weißen Haar und seiner ledrigen, von tiefen Falten durchzogenen Haut zu urteilen, mußte er mindestens auf Ende sechzig zugehen. Und sich viel im Freien bewegt haben. Auch hielt er sich sehr gerade.

»Danke«, versuchte Lydia zu sagen und brach augenblicklich in Tränen aus.

Nicht ganz der richtige Anlaß, um Haltung zu bewahren. Aber es sah so aus, als habe ihr Gegenüber noch andere Hilfsmittel in petto. Ein sehr großes, sehr sauberes weißes Taschentuch wurde ihr in die Hand gestopft, und eine gebieterische, aber nicht unfreundliche Stimme sagte mahnend: »Aber, aber, gnädige Frau...!«

Während der ganzen Fahrt bis Reading sahen die übrigen im Abteil hinter ihren Zeitungen hervor fasziniert zu. Hier in Reading mußte sie umsteigen, falls sie tatsächlich beabsichtigte, allein zu dem kleinen Gasthof in den Cotswolds zu fahren, wo sie und Gordon für das Wochenende ein Zimmer bestellt hatten. Andererseits, wenn sie es nun nicht beabsichtigte...?

Sehr viele Möglichkeiten hatte sie nicht. Sie konnte bleiben, wo sie war und bis Exeter weiterfahren, oder, wenn sie das vorzog, bis Paignton. Oder sie konnte aussteigen, zur anderen Seite hinübergehen und mit dem nächsten Zug nach London zurückkehren und würde dann wieder auf dem Bahnhof Paddington – vermutlich auf Bahnsteig 7 – landen...

»Wenn Sie mir gestatten würden, Sie zu begleiten...? Ich kenne diesen Teil der Cotswolds gut... Viele alte Freunde... Es wäre mir ein Vergnügen, wirklich!«

Selbstverständlich würde ihm das furchtbare Umstände machen – sie sollte ablehnen. *Mußte* ablehnen!

»Das ist äußerst liebenswürdig von Ihnen, aber ich glaube wirklich...«, fing sie an und brach dann wieder in Tränen aus.

Als sie auf ihrer Nebenstrecke eine halbe Stunde durch die Gegend gezuckelt waren, vorbei an Feldern und Bauernhäusern und wunderbaren Ausblicken, die schnell in der Abenddämmerung verschwammen, da hatte Lydia bereits eine ganze Menge Wissenswertes über ihren Begleiter erfahren. Er hieß Hugh Carrington, war im diplomatischen Dienst gewesen und jetzt im Ruhestand, war Witwer, liebte Katzen, klassische Musik und lange Spaziergänge. Eine halbe Stunde weiter stellte sie fest, daß sie ihm *ihre* Lebensgeschichte ebenfalls erzählt hatte, bis hin zu dem abschließenden, niederschmetternden Debakel an der Sperre von Bahnsteig 7.

Zu ihrer Erleichterung schien Hugh Carrington weder schockiert zu sein, noch schien er zu glauben, ihr Verhalten kritisieren zu müssen. Vielmehr lauschte er ihrem Bericht von ihrer unglückseligen Eskapade mit der größten Anteilnahme, und als sie geendet hatte, war seine Einschätzung der Lage beruhigend optimistisch. »Es gibt für das Ganze bestimmt eine völlig einleuchtende Erklärung«, meinte er. »Eins dieser Mißverständnisse, Sie wissen ja. Natürlich sehr aufreibend, wenn man drinsteckt. Aber so was klärt sich immer auf, Sie werden schon sehen.«

Er war sehr überzeugend und sehr, sehr sicher. Im Hotel würde eine telefonische Nachricht auf sie warten – aber ja, ganz ohne Zweifel! Ihr Freund sei irgendwie aufgehalten worden ... so etwas passiert halt ... und natürlich würde er als allererstes dafür sorgen, daß sie erfuhr, was los gewesen war und wann er ankommen würde – wahrscheinlich gleich mit dem nächsten Zug!

Seine Überzeugung und sein Optimismus waren ansteckend. Lydia, die ihm nur allzu gern glauben wollte – und was er sagte, war schließlich nur vernünftig und einleuchtend –, gestattete sich, neuen Mut zu fassen. Den Rest der Reise verbrachte sie in einem wunderbaren Zustand neu auflebender Hoffnung und zunehmender Erwartung.

Als sie ihr Ziel erreicht hatten, war es inzwischen ganz dunkel geworden, aber die alten, würdevollen Konturen des Tudorbaus waren noch gegen den Nachthimmel wahrnehmbar. Glücklich, nun doch endlich angekommen zu sein, und noch immer von der Zuversicht beseelt, die ihr liebenswürdiger Begleiter ihr eingeflößt hatte, der ihr jetzt die schwere Eichentür aufhielt, trat Lydia ein – und hielt den Atem an, so überwältigt war sie.

Genauso wie sie es sich vorgestellt hatte – absolut perfekt. Ein Holzfeuer im Kamin, das leise Klirren von Gläsern, ein Gemurmel fröhlicher Stimmen und an der Rezeption ein rosiges, freundlich aussehendes Mädchen, das fragend aufblickte und bestrebt war, Lydia zu helfen.

Ja, Mr. Gordon Forrester hatte angerufen, in der Tat.

Die Sache war nur, daß der Anruf nicht für Lydia gewesen war. Und er war auch nicht heute gekommen, sondern vor drei Tagen. Am Dienstag.

Um die Zimmer wieder abzubestellen.

Es war so ungeheuerlich, daß Lydia es zunächst einfach nicht verstand.

*»Dienstag?«* wiederholte sie begriffsstutzig. »Haben Sie *Dienstag* gesagt?«

Aber wie war das möglich? Sie hatten sich doch am darauffolgenden Tag – am Mittwoch – zum Mittagessen getroffen, waren so vergnügt gewesen. Gordon schien sich so auf das bevorstehende Abenteuer zu freuen, war so voller zärtlicher Aufregung gewesen – irgendwie war er ihr fast schon *extra* aufgeregt vorgekommen, *so* hatte sie ihn noch nie erlebt. Und die ganze Zeit über hatte er *gewußt*, daß es gar nicht stattfinden würde – hatte es bereits vorsätzlich und kaltblütig zerstört, ohne ein einziges Wort zu sagen, ohne die geringste Andeutung...!

Wenn Hugh nicht dagewesen wäre, hätte Lydia nicht gewußt, wie sie das hätte überleben sollen. Er war so nett, so verständnisvoll. Er wollte, daß sie mit ihm zu Abend aß, aber sie hätte keinen Bissen heruntergebracht. Deshalb besorgte er ihr einen großen Whisky, ging mit ihr in eine ruhige Ecke der Lounge und saß einfach bei ihr. Gelegentlich tätschelte er ihre Hand und murmelte: »Aber, aber, meine Liebe.«

Hier konnten Optimismus und tröstliche Vermutungen nichts mehr ausrichten. Vor *drei Tagen*! Jetzt konnte unmöglich noch von »einem dieser Mißverständnisse« die Rede sein. Es war schlicht und einfach Verrat, schwarzer, unverzeihlicher Verrat. Und es dann noch zuzulassen, daß sie tatsächlich zum Bahnhof ging, dort wartete, voller Hoffnung, die sich langsam in Verzweiflung verkehrte...

Aus Achtung für Lydias Gefühle ließ Hugh die Wörter »Schuft« und »Halunke« aus dem Spiel – Ausdrücke, die ohnehin für jemanden, der einen so ungeheuerlichen Verrat begangen hatte, zu milde waren. Statt dessen begann er, als ihr Schluchzen ein wenig nachgelassen hatte, gütig und weise von der Gefahr zu sprechen, in die eine attraktive Frau wie sie geraten konnte, von der Gefahr, zu vertrauensselig zu sein, zu empfänglich für oberflächlichen Charme und unaufrichtige Schmeichelei. »Die Welt ist voller Halunken«, warnte er sie, »die vor nichts haltmachen, und eine Frau wie Sie, die auf der Welt alleinsteht, kann nicht vorsichtig genug sein.« Auch erlaubte er sich, indem er ihre Hand ergriff, ihr einen kleinen Rat bezüglich der Art von Mann zu geben, nach der sie wirklich Ausschau halten sollte: Nach einem gütigen, soliden Mann nämlich, der zuverlässig und vertrauenswürdig war und der die Welt kannte ... vielleicht sogar nach einem Mann, der um einiges *älter* war?

Durch ihre vom Weinen geschwollenen Lider warf sie einen schnellen, verstohlenen Blick auf das faltendurchzogene, aristokratische Gesicht, die ruhigen, blauen Augen, den festen und doch gütigen Mund, und sie dachte stumpf: Ja, so könnte es aussehen – das Happy-End. Nach all den Stürmen, dem Kummer und dem Verrat endlich Frieden, Freundschaft und Güte, aus denen vielleicht Liebe wird ...? Und er mag Katzen, sinnierte sie zusammenhanglos. Mit William würde es keine Probleme geben. Die Liebe zu Katzen wäre eins der Dinge, die wir gemeinsam hätten ...

Und genau in diesem Augenblick klingelte das Telefon.

Es hätte für jeden sein können, absolut für jeden im ganzen Haus, für jemanden vom Personal oder von den Gästen, und deshalb brauchte sie ein paar Sekunden, um zu begreifen, daß es ihr Name war, der da ausgerufen wurde. Und dann dauerte es noch ein paar Sekunden, bevor sie glauben konnte, daß es kein Scherz war. Sogar noch als sie den Hörer ans Ohr hielt, war sie überzeugt, daß es sich um einen Irrtum handeln mußte. Sie war davon noch überzeugter, als in der Leitung lautes Stimmengewirr und ein merkwürdiges Brausen zu hören war... und dann, mitten drin, ganz klar Gordons Stimme. Nicht zerknirscht, kleinlaut oder unterwürfig, nicht im geringsten. Sie klang eher gereizt.

»Was zum Teufel machst du denn *da*?« wollte er wissen. »Hast du meine Nachricht nicht bekommen?! Ich habe heute ganz früh bei dir im Büro angerufen, und sie haben mir *fest* versprochen, es dir auszurichten, sobald du auftauchst.«

Nur daß sie natürlich gar nicht aufgetaucht war – und als man endgültig davon überzeugt war, daß sie nicht kommen würde, und bei ihr zu Hause angerufen hatte, da war sie weg gewesen, zwei Stunden zu früh, ein einziges Nervenbündel.

»Was für eine Nachricht?« fragte sie schwach, und wieder einmal ratterte die erregbare Stimme los, genauso wie beim allerersten Mal. Und wieder einmal kam sie überhaupt nicht zu Wort.

Es hätte sich eine wunderbare Chance ergeben, erklärte er. Man schicke ihn mit einem sehr wichtigen Auftrag nach Inverness. Das heiße, er müsse heute, Freitag, in London aufbrechen. Er habe das erst am Dienstag erfahren, und kaum habe er begriffen, daß er deshalb sein Wochenende mit ihr in den Cotswolds streichen müsse, da habe er eine brillante Idee gehabt. Er würde sie nach Inverness mitnehmen! Er würde seine Geschäfte so schnell wie möglich hinter sich bringen, und dann könnten sie noch eine Woche dableiben und die Highlands erkunden. Er habe sich gedacht, sie würde bestimmt ganz aus dem Häuschen sein – eine ganze Woche in den Highlands anstatt der zwei Tage in einem elenden kleinen Pub ...

Aber warum – *warum* habe er ihr das nicht früher gesagt?

Am anderen Ende der Leitung entstand eine winzige Pause.

»Ich ... es sollte eine wundervolle Überraschung werden ...«, fing er an, um dann, unter Verzicht auf alle Täuschungsmanöver, loszuplatzen:

»Ach, Liebling, du kennst dich doch! Du weißt doch, wie du bei der kleinsten Kleinigkeit vor Aufregung durchdrehst! Ich hatte Angst, daß du angesichts dieser neuen Situation wie üblich in Panik geraten und dann überhaupt nicht mitkommen würdest! Und da habe ich mir gedacht, warum es ihr überhaupt erzählen? Wenn ich nun einfach am Freitagmorgen anrufe und ihr hinterlasse, sie solle sich mit mir um sieben am Bahnhof Euston statt um vier am Bahnhof Paddington treffen ... wirklich eine winzige Änderung im Plan ... dann kann das unmöglich einen Nervenzusammenbruch herbeiführen, bei *niemandem*. Und so hab' ich mir gedacht, ich sage einfach die Cotswolds still und heimlich ab, buche die Schlafwagenplätze im Nachtzug, und wenn du dann am Bahnhof bist, dann, dachte ich ...«

Du dachtest ... du dachtest ... du dachtest ...! Lydia spürte auf einmal, wie etwas tief in ihrem Inneren auf seltsame, nie dagewesene Art rebellierte. Du hast an alles gedacht, was *dir* in den Kram paßte, oder? Du hast doch nicht einen Moment darüber nachgedacht, ob *ich* in die Highlands fahren will! Oder ob ich von jetzt auf gleich eine ganze Woche freinehmen kann, bloß weil *du* es kannst! Oder ob mein Cat-Sitter was dagegen hat, William so lange zu behalten ... oder ob ich für die Highlands vielleicht was anderes zum Anziehen einpacken möchte ...! Ach, zig Fragen, und du hast nicht über eine einzige nachgedacht!

Und warum? Weil sie ja nur *mich* betreffen!

»... und deshalb nehmen wir am besten den Nachtflug von Heathrow«, fuhr Gordon, noch immer etwas gekränkt, fort. »Ich werde wohl nach Reading kommen und dich dort einsammeln müssen ... Du kannst einem schon das Leben schwermachen, Liebling! Was ich nicht alles für dich tue!«

Was *er* nicht alles für *mich* tut! In einer einzigen Explosion reiner Wut sah Lydia Gordon plötzlich so, wie er wirklich war – so, wie sie ihn in der Tat schon seit langem hätte sehen können, hätte sie nicht vor den entsprechenden Hinweisen die Augen verschlossen.

Selbstsüchtig, rechthaberisch, unzuverlässig ... ungeduldig, kindisch, rücksichtslos, reizbar ... aber noch während sie sich Gordons unbezweifelbare Fehler aufzählte, wußte Lydia, daß ihr Herz jubelte.

Wenn er es fertigbrachte, daß sie sich so fühlte, so schwindlig und beinahe schwach vor Glück, was keiner vor ihm geschafft hatte und nach ihm keiner mehr schaffen würde – mußte er dann auch noch vollkommen sein?

## *Der Held*

Simon Grant, der stinkt vor Geld, stinkt vor Geld, stinkt vor Geld«, sangen die spöttischen Stimmen, die, wie nicht anders zu erwarten war, von Amanda Rivers, dem abscheulichsten Mädchen in der dritten Klasse, angeführt wurden. Nicht nur dem abscheulichsten, sondern mit seinen schwer herabfallenden blonden Haaren und dem rosigen Schmollmund auch dem hübschesten. Das eine hing natürlich mit dem anderen zusammen – wenn man so gut aussah, dann konnte man es sich leisten, so eklig zu sein, wie man wollte, dachte Simon unglücklich, während er auf den Deckel seines Pults starrte und so tat, als habe er nichts gehört.

»Stinkt vor Geld ... stinkt vor Geld ...«, höhnte die verhaßte Stimme. »Morgen wird Simon Grant einen Anzug aus der Scheiß-Saville-Row tragen, paßt nur auf! Simon Grant wird in einem goldenen Rolls Royce mit Chauffeur kommen. Simon Grant wird zu vornehm sein, um noch mit uns zu sprechen ... Seht mal!« Die boshafte Stimme erhob sich in schrillem Triumph. »Er ist sogar zu vornehm, um uns auch nur anzuschauen! Seht ihr?« Und tatsächlich hatte Simon inzwischen sein Gesicht hinter dem hochgeklappten Deckel seines Pults versteckt, saß geduckt da und betete, daß es klingeln und der Unterricht beginnen möge.

Er hatte gewußt, daß es so kommen würde. Seit Freitag, als in der Lokalzeitung eine kurze Notiz über den Millionengewinn seines Vaters im Toto zu lesen gewesen war, hatte er gewußt, was ihm am Montagmorgen blühen würde. In der Gesamtschule von Mapledown gehörte es sich nicht, reich zu sein. Vielmehr trug man die allerältesten, zerschlissensten Jeans und Pullover und tat so, als könnten sich die Eltern nicht das geringste leisten – und dies ungeachtet aller gegenteiligen Beweise in Gestalt von Auslandsreisen und teuren Autos. Letztere pflegte man geringschätzig als alte Klapperkisten zu bezeichnen, und erstere wurden, soweit das möglich war, überhaupt nicht erwähnt. Warum auch? Schließlich fanden sie nicht während der Schulzeit statt, und so brauchte man diesen heimlichen Luxus auch nicht an die große Glocke zu hängen.

Aber eine Summe wie eine Million Pfund, von der schwarz auf weiß in der Lokalzeitung zu lesen gewesen war – so etwas konnte man unmöglich mit einem Lachen abtun. Finsteren Blicks in die staubigen Tiefen seines Pults spähend, schickte Simon ein boshaftes Gebet zum Himmel, daß am *folgenden* Freitag eine Schlagzeile in der Zeitung von einer Million Pfund berichten möge, die *Amandas* Vater irgendwoher bekommen hatte. Oder sogar *zwei* Millionen, verbesserte er sich rachsüchtig. Dann würde sie mal sehen, wie das war!

Glücklicherweise klingelte es endlich, und die schlimmste Tortur war vorüber, jedenfalls für den Augenblick.

Während sich sein Schultag dahinschleppte, ging ihm immer wieder einmal die Frage durch den Kopf, ob seine kleine Schwester in ihrer Vorschulklasse einem ähnlichen Martyrium ausgesetzt sein mochte wie er? Wahrscheinlich nicht, dachte er. Fünfjährige drangsalierten einander noch nicht auf eine so subtile Art. Und außerdem war Becky irgendwie robuster als er, seelisch robuster. Sie würde aufstehen und sich zur Wehr setzen, Gleiches mit Gleichem vergelten, so, wie Simon es nie fertiggebracht hatte. Es war schrecklich, wenn man mit zwölf so schwächlich war, sinnierte er düster, während er seine Rechenaufgaben machte.

Zu Hause stellte sich heraus, daß seine Eltern abends nicht da sein würden und den Babysitter beauftragt hatten. Simon selbst wollte um sieben bei den Wölflingen sein, deshalb hatte man Ida für halb sieben bestellt. Ihm ging der Gedanke durch den Kopf, daß es vielleicht viel netter wäre, *nicht* zu den Wölflingen zu gehen, sondern zu Hause zu bleiben und den ganzen Abend mit Ida Monopoly zu spielen. Ida, neunzehn, pummelig und liebenswürdig, war der einzige Mensch, den er kannte, der unermüdlich Stunde um Stunde mit nicht nachlassendem Eifer und Siegeswillen Monopoly spielte. Mit jemandem zu spielen, dem es egal war, ob er gewann oder verlor, war ihm verhaßt, und bei Ida konnte man sich darauf verlassen, daß sie nicht zu denen gehörte.

Kaum hatte er beschlossen, den Abend auf diese Weise zu verbringen, als etwas eintrat, was alles durcheinanderbrachte. Zur verabredeten Zeit klingelte es an der Haustür, aber als er aufmachte, blickte er nicht in das runde, freundliche, ziemlich pickelige Gesicht Idas, sondern in das einer völlig Fremden, eines modisch herausgeputzten, dünnen Wesens mit blauem Lidschatten und aufgetürmten gebleichten Haaren, das nach Parfüm roch.

»Ich heiße Phoebe«, erklärte die junge Frau schroff und betrat das Haus, als ob es ihr gehörte. »Ida kann leider nicht kommen. Sie hat bei der Agentur angerufen, und die schickt mich an ihrer Stelle.«

Sie hatte eine harte Stimme und ein forsches Auftreten, und man konnte auf den ersten Blick erkennen, daß es ihr scheißegal war, wer beim Monopoly gewann. Simon beschloß auf der Stelle, doch lieber zu den Wölflingen zu gehen. O ja, ganz bestimmt würde er gehen.

Allerdings wurde es ziemlich spät, denn natürlich mußte er zuerst Becky mit dem Gedanken versöhnen, daß diese Fremde ihr ihr Abendessen machen und sie zu Bett bringen würde und nicht die ihr vertraute Ida. Becky weinte, sie schmollte, bedachte die Neue mit finsteren Blicken und wollte ihr Abendbrot nicht essen, bis Simon sich bereit erklärte, sich zu ihr an den Tisch zu setzen, während sie aß, und ihr eine Geschichte von einem Frosch zu erzählen. Es wurde eine ziemlich langweilige Geschichte, denn Simon konnte sich nur schlecht konzentrieren. Zum einen mußte er immer daran denken, wie sehr er bei den Wölflingen zu spät kommen würde, zum anderen lenkte ihn diese Phoebetante ab, die dauernd unruhig im Zimmer rumhampelte, auf die Uhr sah, ungeduldige Seufzer ausstieß und sich ganz allgemein so benahm, als hätte sie einen Zug zu kriegen, was natürlich gar nicht der Fall war. Sie brauchte bloß rumzusitzen und zu warten, bis es elf wurde. Wenn einer in Eile war, dann Simon, und wenn er es fertigbrachte, nett und geduldig zu sein, warum nicht sie?

Der Grund wurde bald erkennbar. Sie wartete darauf, daß Simon ging.

»Wirst du nicht zu spät kommen?« fragte sie mit Nachdruck, gerade als er den Frosch in eine ziemlich unglaubwürdige Begegnung mit einem Kaninchen manövriert hatte und sich fragte, was er bloß als nächstes passieren lassen konnte. »Man hat mir gesagt, du wolltest um sieben zu deiner Pfadfindergruppe gehen oder so was.«

»Ja ... okay ... ich geh ja schon«, erwiderte Simon ziemlich verärgert (wer war eigentlich hier zu Hause, und mußte er sich so rausdrängen lassen?), und nachdem es ihm gelungen war, Becky, die erneut ein Protestgeheul erhoben hatte, mit dem Versprechen zum Schweigen zu bringen, daß er ihr noch gute Nacht sagen würde, bevor er ging, machte er sich daran, seine Ausrüstung zusammenzusuchen und sein Fahrrad aufzupumpen.

Zu seiner Erleichterung schien sich Becky ohne weiteren Widerstand der Fürsorge ihrer neuen Wärterin zu unterwerfen, denn es blieb still, und als er in ihr Zimmer hinaufging, um ihr gute Nacht zu sagen, stellte er überrascht fest, daß sie bereits schlief. Das sah Becky überhaupt nicht ähnlich – normalerweise war sie um diese Stunde – kurz nach sieben – hellwach, tobte im Bett rum, wollte noch eine Geschichte hören, noch etwas zu trinken haben, alles, nur um noch nicht schlafen zu müssen. Er ging dichter ran, weil er sich nicht sicher war, ob sie nicht nur so tat, als ob sie schliefe, um jedem weiteren Kontakt mit dem unwillkommenen neuen Babysitter auszuweichen. Aber nein, sie schlief wirklich, und zwar sehr fest. Als sich ihr Bruder über sie beugte und sie forschend ansah, rührte sie sich nicht.

*Komisch.* Aber auch sehr günstig für ihn, denn nun konnte er unbemerkt verschwinden und brauchte den Verzögerungstaktiken seiner kleinen Schwester nicht noch mehr Zeit zu opfern.

Wie sich herausstellte, blieb er dann doch nicht sehr lange bei den Wölflingen. Der letzte Teil des Abends fiel nämlich aus, weil die Gruppenleiterin krank war. Da er sich von vornherein schon so verspätet hatte, war er bereits in weniger als einer Stunde wieder zu Hause. Er war sehr leise, nahm auf dem knirschenden Kiesweg sein Fahrrad auf und trug es und öffnete die Hintertür so vorsichtig wie ein Einbrecher. Er hoffte, wenn er leise genug wäre, könnte er sich von dieser Phoebetante unbemerkt zu seinem Zimmer hinaufschleichen. Er hatte nicht die geringste Lust, sich den ganzen Abend mit so einer langweiligen und unsympathischen Person unterhalten zu müssen. Bei Ida wäre das natürlich etwas anderes gewesen.

Als er auf Zehenspitzen durch den Flur schlich, bemerkte er, daß die Wohnzimmertür einen Spalt offen stand und ... ja, aus dem Raum drangen Stimmen. Die Stimme eines Mannes und Phoebes, und er mußte die Zähne zusammenbeißen, so ärgerlich und angewidert war er. Das kam hin und wieder vor bei diesen Babysittern – natürlich nicht bei der guten alten Ida, die war nicht wie die anderen, aber bei ziemlich vielen. Die betrachteten ihren Babysitter-Job als gute Gelegenheit, einen Abend mit ihrem Freund zu verbringen – außer Reichweite irgendwelcher Eltern.

Indem er seine Anstrengungen, nicht gehört zu werden, verdoppelte, schlich sich Simon die Treppe hinauf und erreichte schließlich den Schutz seines Zimmers, wo er die Tür mit unendlicher Vorsicht hinter sich zumachte.

Aber kaum hatte er sich am Tisch zu seinen Hausaufgaben niedergelassen, als ein Geräusch an sein Ohr drang ... das Geräusch der sich leise schließenden Haustür ... das leichte Knirschen von Schritten auf dem Kies ... das Quietschen der Eingangspforte ...

Irritiert ging er zum Fenster und spähte durch die Vorhänge.

Dieses gemeine Stück! Diese verräterische, gewissenlose Schlampe! Ja, da war sie – ihr aufgetürmtes gebleichtes Haar bewegte sich schimmernd im Licht der Straßenlaterne auf und ab, und dann stieg sie doch tatsächlich in ein Auto ein! Verließ ihren Posten! Und die arme kleine Becky allein, schlafend und schutzlos in dem leeren Haus! Denn die Frau konnte ja nicht wissen, daß er schon wieder zurück war. Eigentlich hätte er noch mindestens eine Stunde fort sein müssen.

Simon war drauf und dran, hinunterzustürzen und sie zur Rede zu stellen, als ihm einfiel, daß er erst bei Becky nachschauen sollte, ob ihr auch nichts fehle – unter der fragwürdigen Obhut einer solchen Betrügerin konnte ja alles mögliche passiert sein.

Und es war tatsächlich etwas passiert. Beckys Bett war leer, und auf dem Kopfkissen lag – unübersehbar – ein Bogen Papier, auf dem in Blockschrift zu lesen stand:

WIR WOLLEN £ 500 000 IN BANKNOTEN! DONNERSTAGABEND UM 18.00 AM BAHNHOF CHARING CROSS UNTER DER UHR. WENN SIE SICH MIT DER POLIZEI IN VERBINDUNG SETZEN, WERDEN SIE IHR KIND NIE WIEDERSEHEN.

WIR MEINEN ES ERNST!

Drei Sekunden, nicht mehr, und Simon war unten. Weitere drei Sekunden, und er war auf seinem Fahrrad und durch die Pforte, gerade noch rechtzeitig, um zu sehen, wie der Wagen, ein weißer Fiat, an der Einmündung in die Hauptstraße seine Geschwindigkeit verlangsamte.

Er trat wie wild in die Pedale – dann fuhr er langsamer. Er durfte sich ihnen nicht zu weit nähern, damit sie nicht bemerkten, daß sie verfolgt wurden – der Abstand durfte aber auch nicht so groß werden, daß er sie gänzlich aus den Augen verlor.

Es war leichter, als er geglaubt hatte. Sie wurden vom Rotlicht der Ampeln aufgehalten, von Verkehrsstockungen, an denen er sich auf seinem Fahrrad unauffällig vorbeischmuggeln konnte. Ja, er entwickelte sogar recht schnell eine Verfolgungstechnik, bei der er über weite Strecken *vor* ihnen blieb. Wenn er an ihrem Blinker sah, wohin sie abbiegen würden, dann raste er an ihnen vorbei und in dieser Richtung vor ihnen her. Diese Methode, so spekulierte er, würde ihn sehr viel unverdächtiger machen, denn wer kam schon auf die Idee, daß er von vorne verfolgt wurde?

Sie schienen sehr lange unterwegs zu sein, aber in Wirklichkeit hielt der Wagen bereits nach etwa zehn Minuten in einer bescheidenen Vorortstraße aus zweistöckigen Doppelhäusern. Simon wartete an der Ecke, wo sie ihn nicht sehen konnten, und beobachtete, wie erst das Mädchen und dann der Mann ausstiegen – und wie sich der Mann in den Wagen beugte und eine zusammengesunkene kleine Gestalt vom Rücksitz hob und ins Haus trug.

Welches Haus? Welche Nummer? So schwer es ihm auch fiel, seine Besorgnis unter Kontrolle zu halten, so wußte Simon doch, daß er warten mußte, bis die beiden sicher im Haus waren, ehe er riskieren konnte, sich in der Straße zu zeigen. Und als er sich schließlich auf den kurzen Weg machte, mußte er auf einmal denken, wie gut es doch in mancher Hinsicht war, daß er erst zwölf war. Leute, die dem ernsthaften Geschäft des Verbrechens nachgehen, kümmern sich nicht um auf der Straße spielende Kinder.

Nummer 27. Nummer 25 auf der einen und Nummer 29 auf der anderen Seite. Und gegenüber lagen 30, 32 und 34. Simon merkte sich das alles genau, denn er hatte bereits beschlossen, was er tun würde. Als er so schnell er konnte durch die dunklen, feuchten Straßen nach Hause radelte, hatte er Zeit, die Einzelheiten auszuarbeiten.

Das erste, was er unbedingt brauchte, war ein großer Pappkarton, und den förderte er schnell aus dem Schrank unter der Treppe zutage. Das nächste war ein Wecker aus dem Schlafzimmer seiner Eltern und ganz viel Zeitungspapier, das er zerknüllt um den Wecker stopfte, damit er nicht rumhüpfte und beschädigt wurde. Das ganze mußte dann mit Klebeband umwickelt und auf dem Gepäckträger seines Fahrrads festgeschnallt werden, bereit für die Reise durch die Nacht.

Er suchte sich den Vorgarten von Nr. 36 aus, um den Pappkarton tief unter ein paar Büschen zu verstecken. Nachdem er das bewerkstelligt hatte, ohne entdeckt worden zu sein, stieg er wieder auf sein Fahrrad und radelte weiter, bis er zu einer Telefonzelle kam.

»Hier spricht die Arbeiterbefreiungsfront«, sagte er, nachdem er die 999 gewählt hatte – und wieder war es ein Glück, daß er erst zwölf war. Seine Stimme klang, da er noch nicht im Stimmbruch war, genau wie die einer jungen Frau um die zwanzig. »Wir haben in der Alexandra Avenue im Vorgarten des Hauses Nr. 36 eine Bombe deponiert ...« Und nachdem er noch den Stadtteil hinzugefügt und sich vergewissert hatte, daß sein Zuhörer alles mitgekriegt hatte, hängte er den Hörer wieder ein und radelte ruhig nach Hause.

Es funktionierte hervorragend. Alle Häuser in der Nachbarschaft von Nr. 36 mußten augenblicklich evakuiert werden – was dafür sorgte, daß Becky, die inzwischen langsam aus ihrer Betäubung erwachte, sicher in die Hände der Behörden geriet, ohne daß die Kidnapper die geringste Chance hatten, dagegen einzuschreiten, selbst wenn sie es gewagt hätten.

Und so stand am folgenden Freitag der Name Grant wieder in der Zeitung, aber diesmal erschien Simon selbst in den Schlagzeilen, und zwar in der Rolle des Helden. Ida spielte in der Geschichte auch eine Rolle, denn sie hatte einen Anruf – angeblich von der Babysitter-Agentur – bekommen, in dem ihr Auftrag bei den Grants an jenem

Abend rückgängig gemacht worden war. »Eine scharfe, gräßliche Stimme«, erinnerte sie sich, eine Stimme, die sie »überall wiedererkennen würde« – was sich als wichtiger Anhaltspunkt beim Aufspüren der Bösewichter herausstellen konnte.

Ein Held. Mit zwölf Jahren ein Held zu sein löscht die Schande, einen Millionär zum Vater zu haben, vollkommen aus, daran gab es nichts zu deuteln. Selbst Amanda mußte das einsehen, und als sie am folgenden Montagmorgen versuchte, Simon schönzutun, bereitete es diesem eine ungeheure Befriedigung, hochnäsig in die Luft zu gucken und nicht die geringste Notiz von ihr zu nehmen.

## *Aus dem Schneider*

Sarah empfand an diesen kostbaren Mittwochnachmittagen das leise Rascheln und das gedämpfte, für sie belanglose Gemurmel in der öffentlichen Bücherei als eine Wohltat, und sie pflegte während der ersten paar Minuten einfach nur dazusitzen, ihr Buch unaufgeschlagen vor sich, und den Frieden auszukosten, diesen wundervollen, unpersönlichen Frieden. Denn besser noch als die Einsamkeit war die Anwesenheit dieser gedämpft sprechenden, herumraschelnden Fremden, von denen nicht ein einziger das Recht hatte, zu ihr zu kommen und zu sagen: »Können wir nicht endlich nach Hause gehen?« Oder: »Was gibt's zum Abendbrot?« Oder: »Du wolltest doch schon um zwei hier sein!« Keine Forderungen. Keine Termine. Keiner, der sie auch nur entfernt kannte.

Ruhe. Köstliche, unvergleichliche Ruhe. Aber natürlich hatte Ruhe, wie jedes andere Gut auch, ihren Preis. In Sarahs Fall mußten diese glückseligen zwei Stunden mittwochs von zwei bis vier mit ungeheuren Schuldgefühlen bezahlt werden. Oder vielmehr (denn Sarah versuchte sich selbst gegenüber ehrlich zu sein) mit der ungeheuren Angst, entdeckt zu werden. Das Risiko war klein, das stimmte schon – sie war nicht so töricht gewesen, sich für ihr Schwänzen ausgerechnet die Bücherei in ihrem Bezirk auszusuchen. Aber trotzdem bestand immer die Möglichkeit, daß eine Nachbarin oder eine Bekannte hereinschneite, sie erblickte und dies dann – ganz ohne böse Absicht – jemandem gegenüber erwähnte, der zu den Leuten gehörte, die sie, Sarah, betrog.

Die Liste dieser Leute war lang und wurde immer länger. In ihrer Nachbarschaft waren alle sehr nett, und als bekannt geworden war, daß Sarahs Schwiegermutter in ein Heim mußte, war man sofort bereit gewesen, an den Mittwochnachmittagen abwechselnd auf Sarahs Kinder aufzupassen, damit sie die alte Dame besuchen konnte.

Und genau das hatte sie anfänglich auch pflichtschuldigst getan. Bei jedem Wetter war sie erst mit einem, dann mit einem weiteren Bus zu dem roten Backsteingebäude gefahren, dessen Eingangshalle mit ihrem auf Hochglanz gebohnerten Fußboden und ihren schrecklichen Blumenarrangements den Vorhof zu einer Hölle schier unfaßlicher Schmerzen und Qualen bildete. Dann war sie die hellen, glänzenden Flure entlanggegangen, wobei ihre Absätze auf dem hellen, glänzenden Boden unangenehm, ja entnervend laut geklappert hatten, bis sie bei der Tür angekommen war, hinter der Mrs. Kinglake ihre leeren und doch mühseligen Tage verbrachte und sich grimmig durch die aufsässigen Minuten kämpfte, die sich als Hindernis zwischen die kleinen Ereignisse des Tages schoben.

»Es ist schon dreiviertel durch!« waren immer die ersten Worte, mit denen die alte Frau ihre Schwiegertochter empfing, wobei sie ihre Uhr, die letzte ihr verbliebene Waffe gegen die Welt, drohend vor deren zerknirscht blickenden Augen schwang. »Seit dem Mittagessen sitze ich hier und warte auf dich. Um zwei, hast du gesagt, wolltest du hier sein!« – und Sarah mußte dann wieder erklären, behutsam natürlich, aber eben immer und immer wieder, daß der *Babysitter* um zwei kam. Sie selbst, Sarah, habe ja noch die Busfahrt ... müsse umsteigen ... an den Haltestellen warten ... und während sie so munter und besänftigend auf ihre Schwiegermutter einredete, beobachtete sie jedesmal, wie sich ein Schleier von Groll über die alten Augen legte und sie trübte wie grauer Star. Mrs. Kinglake hörte überhaupt nicht zu. Sie wartete einfach nur darauf, daß Sarah endlich schwieg, damit sie mit ihrer Beschwerde an der gleichen Stelle fortfahren konnte, an der sie aufgehört hatte.

»Zwei Uhr!« fing sie wieder an, sobald Sarah mit ihren Entschuldigungen schließlich an ein Ende gekommen war. »Seit zwei Uhr sitze ich hier, ohne meinen Mittagsschlaf, und warte auf dich, rechne damit, daß du jeden Augenblick kommst. Jetzt werde ich mich den ganzen Rest des Tages elend fühlen, so ohne meinen Mittagsschlaf. Völlig erledigt!«

»Ja, aber Mutter, das brauchst du doch gar nicht!« rief Sarah dann jede Woche aufs neue aus. »Ich hab dir doch gesagt ... du mußt deinen Mittagsschlaf halten wie immer, und solltest du tatsächlich noch schlafen, wenn ich komme ... nun, dann kann ich dich ja wohl wecken, nicht wahr?« Letzteres mit einem leichten Lachen, damit es wie ein vertrauter kleiner Scherz zwischen ihnen klang.

Bei dieser Bemerkung wurden dann die alten Augen vorübergehend etwas lebendiger, wie immer, wenn sie im grauen Einerlei der Tage einen neuen Grund zur Klage aufschimmern sahen.

»Wecken! Mich überrascht ihr nicht ein zweites Mal beim Schlafen! Ich traue euch nicht. Weder dir noch Graham. Ich weiß genau, was du machst, wenn du mich schlafend findest – du schleichst dich wieder davon! Ja, natürlich tust du das, erzähl mir doch nichts!«

In Wirklichkeit war es nicht Sarah gewesen, die das getan hatte, sondern Graham bei einem seiner Sonntagsbesuche.

»Du hast so friedlich ausgesehen, da mochte ich dich einfach nicht wecken«, hatte er schuldbewußt versucht, sein abtrünniges Verhalten zu erklären. Trotzdem kriegte er es immer wieder unter die Nase gerieben und Sarah ebenfalls. Es war zu einem der Hauptgesprächsthemen geworden, die die relativ kurze Zeit zwischen Mrs. Kinglakes Klagen über Sarahs spätes Eintreffen und ihrem Klagen über Sarahs frühen Aufbruch ausfüllten.

»Kannst es wohl gar nicht abwarten, hier wegzukommen, was?« fragte sie herausfordernd. »Ich möchte wirklich wissen, warum du dir überhaupt die Mühe machst herzukommen!« – und dann, sich ihre Frage selbst beantwortend: »Alles nur wegen des Geldes, deswegen! Wollt euch bei mir einschmeicheln, damit ich euch mein ganzes Geld hinterlasse, das ist der einzige Grund. Wenn du dich da man nicht geschnitten hast, mein Kind! Ich könnte es ja auch June hinterlassen, wenn ich wollte. Ja, könnte ich! Sie mag ja nur meine Stieftochter sein, aber Junie ist die einzige, die mich liebt. So ein gutes Mädchen ... nie ein böses Wort!«

Wozu nicht viel gehörte, dachte Sarah, wenn man in Neuseeland lebte und nie etwas anderes als Weihnachts- und Geburtstagskarten mit vorgedruckten Grüßen schickte, die – das war durchaus richtig – niemals böse Worte enthielten. Wäre auch nicht sehr sinnvoll. Solche Karten würden sich wohl kaum verkaufen.

»Das ist doch alles Quatsch, sie hat überhaupt kein Geld«, hatte Graham seiner Frau unbekümmert versichert, als sie ihm von einer dieser Unterhaltungen erzählt hatte. »Sie tut nur gerne so, als ob sie welches hätte, das gibt ihr ein Gefühl der Macht. Na ja, so hilflos, wie die Ärmste jetzt ist, kann man das ja irgendwie verstehen.«

Sarah verstand es durchaus, aber das machte die Sache nicht besser. Es mochte ja stimmen, das mit dem »Alles verstehen heißt alles verzeihen«, aber Verständnis half einem nicht, die Langeweile zu ertragen, verhinderte nicht, daß es regnete, während man an Bushaltestellen wartete, und vermochte auch nicht, eine Stunde voller unablässiger Vorwürfe und Anschuldigungen erfreulich zu gestalten. Am Anfang hatte Sarah noch versucht, die sich verdüsternden, bitteren Tage der alten Frau aufzuhellen, indem sie ihr Familienneuigkeiten erzählte, amüsante kleine Anekdoten von den Kindern und was sonst noch so passiert war. Aber Mrs. Kinglake wehrte sich mit Entschiedenheit dagegen, sich ihre Tage aufhellen zu lassen. Sie haßte es, von anderen Leuten hören zu müssen, Enkel oder nicht, und sie haßte es auch, Sachen erzählt zu bekommen, die sie noch nicht wußte. Wirklich, es war alles äußerst schwierig.

Aber Pflicht ist Pflicht, und den ganzen Winter hindurch hatte sich Sarah mittwochs zum Heim und wieder zurück gequält, während diese oder jene Nachbarin auf Tamsin und Lucy aufpaßte. So öde es auch war, so schien es doch irgendwie der Mühe wert zu sein, und sei es auch nur, weil es dazu beitrug, Grahams Schuldgefühle zu beschwichtigen, wenn er – was nicht selten geschah – einen seiner eigenen Sonntagsbesuche bei seiner Mutter ausgelassen hatte.

Aber im Laufe der Monate verflüchtigte sich allmählich selbst diese letzte Spur von einem Grund für ihre Besuche. Das Gedächtnis der alten Dame war zusehends schlechter geworden, und eines Tages konnte sie sich hinterher einfach nicht mehr daran erinnern, daß Sarah dagewesen war.

»Was deine Frau ist, die hat mich diese Woche wieder im Stich gelassen«, beschwerte sie sich dann am darauffolgenden Sonntag bei Graham. Und obwohl dieser alles tat, um sie davon zu überzeugen, daß Sarah gekommen war, und versuchte, ihrem Gedächtnis nachzuhelfen, hatte er doch nie Erfolg.

»Hat sich seit Wochen nicht mehr sehen lassen«, beharrte

die alte Dame mürrisch. »Keine Zeit für mich, das ist es! Egoistisch durch und durch. Nimm dagegen meine Junie ...!«

Am Ende konnte Graham bloß noch die Achseln zucken und die Sache auf sich beruhen lassen. Später entschuldigte er sich dann bei Sarah für seine Mutter.

Etwas anderes konnte er wirklich nicht tun, das sah sie ein. Trotzdem, als die Wochen verstrichen und mit ihnen die sinnlosen, so wenig gewürdigten Besuche, konnte sie eines Tages nicht umhin, sich zu fragen: »Warum? Weshalb tue ich das? Wenn ich mir doch bloß sagen lassen muß, daß ich hartherzig bin und sie vernachlässige? Also *das* könnte ich doch auch einfacher haben und ohne mir all die Mühe zu machen ...«

Nun konnte sie kaum zu ihrem Mann gehen und ihm ohne Umschweife erklären: »Ich besuche deine Mutter nicht mehr, es hat keinen Sinn.« Das hätte ihn zu sehr verletzt. Außerdem hatte sich das mit den Babysittern eingespielt und lief reibungslos. Warum sollte sie also nicht, bloß dieses eine Mal – denn so hatte es angefangen –, warum sollte sie sich nicht einfach den Nachmittag freinehmen und ein wenig ausspannen? Dazu brauchte sie noch nicht einmal besonders gräßlich zu lügen, weder Graham noch dem Babysitter gegenüber, denn es war wirklich schon lange her, daß es von diesen erbarmungslos monotonen Besuchen etwas Neues zu berichten gab.

»Wie war's? ...« »Es ging ... Immer dasselbe, fürchte ich« – umfänglicher waren die diesbezüglichen Gespräche nicht, und es kam ihr nicht allzu verrucht vor, diese Worte einmal mehr zu wiederholen.

Anfänglich hatte sie es bloß ein einziges Mal tun wollen. Sie war an jenem Tag einfach nur deswegen auf die Bücherei zugesteuert, weil es regnete und sie nicht wußte, wohin sie sonst hätte gehen können. Aber Ruhe und Muße machen süchtig, und am folgenden Mittwoch hatte sie einfach wieder geschwänzt. Und dann ... und dann ...? Verwöhne jemanden dreimal, heißt es, und du hast ein Bedürfnis geschaffen. Genauso war es auch in ihrem Fall. Sie brauchte inzwischen diese kleine Oase der Freizeit, des ruhigen, ungestörten Lesens, und die Gewöhnung sorgte dafür, daß die mit ihrem Schwänzen verbundenen Schuldgefühle allmählich nachließen.

»Was ist denn schließlich schon dabei?« fragte sie sich. Natürlich ohne eine Antwort zu erwarten.

Wer tut das schon, wenn er sich diese Frage stellt?

»Mami! Mami! Rate mal, wer da ist!«

Tamsin kam herbeigestürmt, um sie an der Tür zu empfangen, und die dreijährige Lucy stolperte verwirrt hinter ihr her.

»Rate mal ... rate bloß mal!« Sie zerrte ihre Mutter an der Hand durch den Flur, stieß krachend die Wohnzimmertür auf und zeigte mit der Miene eines Zauberkünstlers, der die Naturgesetze erfolgreich außer Kraft gesetzt hat, um eine Karofünf hervorzuzaubern, ihre große Überraschung vor.

»Tante June ... siehst du? Das ist unsere Tante June, sie ist den ganzen Weg bis hierher mit einem Flugzeug geflogen! Den ganzen Weg von Neuseeland! Mit einem Flugzeug!«

Im ersten Augenblick hätte Sarah in dieser schlanken, modischen Gestalt mit dem aschblonden Haar und dem eleganten schwarzen Leinenkostüm die unscheinbare, ungepflegte junge Frau nicht wiedererkannt, die ihr vor etwa zwölf Jahren als ihre neue Schwägerin vorgestellt worden war.

»June! Wie schön!« brachte sie heraus, aber noch ehe sie weitersprechen konnte, hatte June sie schon in die Arme geschlossen, wobei sie den Duft eines teuren Parfüms verströmte. Angesichts der Tatsache, daß sie sich nur ein einziges Mal gesehen hatten, und das vor vielen Jahren, fand Sarah diese Umarmung nun doch ein kleines bißchen zu überschwenglich. Sanft machte sie sich los und fuhr fort: »Was für eine großartige Überraschung! Aber warum hast du nicht geschrieben? Ich hoffe, es ist nichts . . .?«

Aber inzwischen forderten die Kinder schon wieder lautstark ihre Aufmerksamkeit.

»Den ganzen Weg von *Neuseeland*!« wiederholte Tamsin. »*Neuseeland*, wo . . .«

»Wo alle Leute mippem Kopf nach unten laufen!« steuerte Lucy ehrfürchtig bei. »Tante June sacht . . .«

»Nein, tut sie nicht! Sei nicht albern!« unterbrach Tamsin sie verächtlich. »*Natürlich* laufen sie nicht mit dem Kopf nach unten! Das geht doch gar nicht! Es ist bloß . . . bloß weil . . .« Hier schien auch Tamsin vorübergehend nicht weiter zu wissen. Dann:

»Es ist, weil die Welt so groß ist«, wagte sie sich vor. »Und deshalb wird es überall richtig herum. Nicht wahr, Tante June, das stimmt doch?«

Sie klang ein wenig besorgt, denn wie klein mußte die Welt wohl sein, damit dies *nicht* mehr zutraf? Angenommen der Erdball war nur so groß wie . . . na ja, so groß wie ein sehr großes Feld, würden die Menschen auf seiner Unterseite *dann* mit dem Kopf nach unten laufen? Das Vertrauen, mit dem Tamsin bei ihrer nagelneuen Tante Bestätigung suchte, war richtig rührend. Und das, wo ihre Bekanntschaft erst einen Nachmittag alt war! June mußte wirklich gut mit Kindern umgehen können.

»Du hast völlig recht, Schätzchen«, begann June, aber Lucy, die unbedingt verhindern wollte, daß sich die Aufmerksamkeit ihrer funkelnagelneuen Tante einem ihr offensichtlich unverständlichen Thema zuwandte, unterbrach sie:

»Erzähl uns noch 'ne Geschichte, Tante June!«

»Die von dem bösen, bösen Räubersmann!« befahl Tamsin und schmiegte sich zutraulich an das maßgeschneiderte schwarze Leinen, hingerissen von dem leisen Klappern und Klirren der silbernen Ohrringe, die so faszinierend über ihr baumelten.

»Nein, nein!« Lucy mußte um jeden Preis mithalten. »Nicht den Räubermann! Ich will die Geschichte von dem Kamel, dem so kalt war, und da haben sie ihm einen Hökkerwärmer gestrickt.«

»Du bist ja dumm! Man kann einen Höckerwärmer doch nicht stricken, nicht, Tante June? Den muß man häkeln, weil er doch ganz rund ist ...«

Ohne Zweifel war Tante June ein voller Erfolg, und als später Graham nach Hause kam, hieß er sie kaum weniger enthusiastisch willkommen. Bruder und Schwester umarmten sich, und bald darauf wurde zur Feier des Wiedersehens eine lang gehütete Flasche Champagner entkorkt.

Graham erhob sein Glas: »Trinken wir darauf, daß, was immer zum Teufel du vorhast, Junie, von Erfolg gekrönt sein möge.« Und dann fragte er:

»Übrigens, was hast du eigentlich vor? Was führt dich nach all diesen Jahren so plötzlich hierher? Eine grundlose, aber unüberwindliche Sehnsucht nach deinem verloren geglaubten Bruder?«

»Eingebildet bist du gar nicht, was?« lachte June. »Ganz wie früher!« Dann fuhr sie fort, während sie das Glas zwischen den Fingern drehte und auf die funkelnde Flüssigkeit hinabstarrte: »Es ist wegen Mutter, gewissermaßen. In deinem letzten Brief ... entschuldige, daß ich ihn nicht beantwortet habe, aber du kennst mich ja ... in deinem letzten Brief klang es so ... na ja, wie soll ich sagen ... als ob sie ... Also jedenfalls hatte ich das Gefühl, ich sollte lieber sofort kommen, weil ich sie sonst vielleicht nicht mehr ... ich meine, weil es sonst vielleicht zu spät sein könnte ...«

Graham nickte bedrückt. »Ja«, sagte er, »du hast wahrscheinlich recht, fürchte ich. So wie ihr Zustand in der letzten Zeit war!« Und dann, zu seiner Frau gewandt: »Wie hast du sie heute nachmittag vorgefunden, Sal? Ging es ihr irgendwie besser?«

Junes kaum hörbarer Schreckenslaut brachte Sarah fast aus dem Gleichgewicht. Es war ohnehin schon schlimm genug, solche Fragen beantworten zu müssen, und daß jetzt noch ein Dritter zuhörte, machte es nicht besser, im Gegenteil. Sorgsam versuchte sie ihre Worte so zu wählen, daß sie nicht direkt log.

»Ich fürchte, es geht ihr überhaupt nicht besser«, sagte sie. »Ich glaube auch nicht, daß damit zu rechnen ist. Soweit ich es beurteilen kann, hat sich ihr Befinden seit letztem Mittwoch so gut wie nicht geändert.«

»Was willst du damit sagen ... so gut wie nicht geändert?« Junes Stimme, die scharf vor Besorgnis klang, erschreckte Sarah so, daß sie fast ihre sorgfältig geprobte Fassung verlor. Sie war es gewohnt, an diesen Mittwochabenden nur *eine* Frage zu beantworten und nur einmal – höchstens – zu lügen.

»Willst du damit sagen, daß du mit ihr *gesprochen* hast?«

ließ June nicht locker, und die Intensität ihrer Sorge hatte etwas Irritierendes. Sarah merkte schon, daß sie in ein Gewebe detaillierter Lügen verstrickt werden würde, etwas, was sie während all der Wochen geschickt vermieden hatte.

»Aber ja... das mache ich doch immer, wenn ich hingehe, das ist doch klar. Ich tue mein Bestes. Ich erzähle ihr von den Kindern... Tamsins Tanzunterricht... Lucys Spielkreis. Obwohl ich nie weiß, ob sie mir zuhört... ob sie irgendwas davon mitbekommt...«

Graham hörte sich diese vertraute Schilderung einigermaßen gelassen an, aber June saß mit weit aufgerissenen Augen und offenem Mund da, als lausche sie einer Stimme aus dem Grab. War die Nachricht vom Zustand ihrer Mutter ein solcher Schock für sie? Hatte sie nicht damit gerechnet, daß die Dinge so standen?

»Natürlich«, versuchte Sarah ihren Gast zu beruhigen, »natürlich geht es ihr nicht *immer* so schlecht, wie es eben geklungen haben mag. Es gibt durchaus Augenblicke, in denen sie...«

Zum Glück klingelte in genau diesem Augenblick draußen im Flur das Telefon und verhinderte, daß sie noch tiefer in diesem Sumpf aus Lügen versank. Graham verließ eilig das Zimmer.

Die Zurückgebliebenen konnten nicht hören, was er sagte, aber seine immer ernster werdende Stimme und die langen Pausen des Zuhörens sagten den beiden Frauen, worum es sich handelte, noch ehe er langsam zurückkam, um es ihnen mitzuteilen.

Ja, Mutter war gestorben. Ja, ganz plötzlich. Heute morgen, hatten sie gemeint, aber das mußte natürlich ein Irrtum sein, denn Sarah hatte sie ja noch heute nachmittag besucht. »Ich habe ihnen erklärt, daß du sie so ziemlich unverändert vorgefunden hast«, sagte er, zu seiner Frau gewandt. »Sie waren überrascht... der Arzt hatte wohl gesagt, sie sei bei seinem Eintreffen schon seit einigen Stunden tot gewesen. Aber sie können natürlich nicht immer absolut sicher sein, es muß da große Unterschiede geben. Sie möchten gern mit dir sprechen, Sal. Sie wollen genau wissen, wie du sie heute nachmittag angetroffen hast... ob du in ihrem Verhalten irgend etwas bemerkt hast, das anders war als sonst... in der Richtung. Sie wollen gleich jemanden vorbeischicken... das ist dir doch recht, oder? Du fühlst dich nicht zu... na, du weißt schon... der Schock und so?«

Wie entsetzlich der Schock wirklich war, das war etwas, was er niemals erfahren durfte. »Natürlich ist es mir recht«, sagte sie, und daß ihre Stimme dabei ein wenig zitterte – nun, warum schließlich nicht? Das war doch nur allzu natürlich, wenn man gerade von einem Todesfall in der Familie erfahren hatte. Erst als sich dieser »Jemand«, den sie vorbeigeschickt hatten, als Polizist entpuppte, dämmerte ihr, was wirklich geschehen war. Dies war kein natürlicher, voraussehbarer Tod infolge eines normalen Altersrisikos wie etwa Herzinfarkt oder Schlaganfall oder dergleichen. Hier handelte es sich um einen Mordfall, und deshalb stellte ihre Aussage, daß die alte Dame zwischen zwei und vier Uhr nachmittags gesund und munter (d. h. in keinem schlechteren Zustand als sonst) gewesen sei, einen entscheidenden Anhaltspunkt und eine außerordentlich wichtige Orientierungshilfe dar, was Richtung und Umfang der Nachforschungen anbetraf.

Hätte Sarah von Anfang an begriffen, was auf dem Spiel stand, hätte sie ihre Falschaussage möglicherweise zurückgenommen. Aber der Polizist war so nett gewesen und hatte ihr die Sache so schonend und mit so vielen beschönigenden

Umschreibungen beigebracht, daß sie zuerst gar nicht so richtig begriffen hatte, was passiert war oder auf was sie sich da einließ. Und als sie es begriff, war es zu spät. Sie hatte ihre Aussage gemacht, hatte sie unterschrieben, und erst viel später, nachdem der Polizist in Begleitung Grahams gegangen war, der die Leiche seiner Mutter identifizieren mußte, wie es Vorschrift war, erst da wurden ihr die Konsequenzen dessen, was sie getan hatte, voll bewußt.

»Sarah!« rief June, sobald sie allein waren. »O liebste Sarah, liebste Sal! Du bist eine Heldin! Das werde ich nie vergessen, solange ich lebe! Nie hätte ich mir das träumen lassen, daß du so für mich eintreten würdest... und sogar noch auf die Gefahr hin, dich selbst verdächtig zu machen! So tapfer! So edelmütig! Ich werde dir niemals genug dafür danken können, niemals! O Sal, *Liebste*...!«

Aufs äußerste verwirrt, befreite sich Sarah aus der unerwarteten Umarmung und starrte ihre Schwägerin an.

»Mir danken? Wofür? Was in aller Welt soll ich denn getan haben?«

»*Getan*? Du hast mir ganz einfach das Leben gerettet! *Du* hast mich rausgepaukt! Deine eindeutige Aussage, daß Mutter heute nachmittag noch am Leben war, hat die Polizei von meiner Fährte abgelenkt, denn für den Nachmittag habe ich natürlich ein hieb- und stichfestes Alibi. Einmal deinen Babysitter und dann eine Nachbarin, die noch vorbeigeschaut hat. Wie *klug* von dir, Sal, daß du genau gewußt hast, was zu tun ist... und wie mutig, wie großartig von dir, daß du es getan hast! Und alles für mich! O Sal...!«

*»June!«* Sarah trat entgeistert zurück. »Willst du damit sagen... *du* warst es?«

»Aber das *weißt* du doch! Sonst hättest du doch nicht diese ganzen Lügen erzählt, um mich zu retten... um den

Verdacht von mir abzulenken! Oh, du warst wunderbar, einfach phantastisch. Ich werde immer in deiner Schuld bleiben!«

Der Schwall ihrer Dankesbezeigungen schien nicht enden zu wollen, aber nach und nach brachten Sarahs verwirrte Fragen die Geschichte in groben Zügen ans Licht.

Der Tod sei augenblicklich eingetreten, versicherte ihr June. Ein Schlag von hinten auf den Kopf, mit einer schweren Vase. Das arme Altchen könne nicht das geringste gespürt haben, und nun sei es von seinen Qualen erlöst – und sei das nicht ein Segen?

Nein, direkt aus Mitleid habe sie sie nicht umgebracht. Sie habe doch vor nicht allzu langer Zeit diesen Brief bekommen, in dem ihre Mutter ihr mitgeteilt habe, daß sie ihr Testament geändert habe und daß sie, June, nun alles erben werde. »Mensch, hab' ich mir da gedacht, laß uns lieber Nägel mit Köpfen machen, ehe sie sich's anders überlegt! Also habe ich meinen Job an den Nagel gehängt, meine Wohnung untervermietet, bin mit dem nächsten Flugzeug, das ich kriegen konnte, rübergekommen und hab' ihr eins übergebraten. Das war kurz vor dem Mittagessen, und alles rannte rum und war beschäftigt. Ich dachte, es würde mich keiner sehen, aber unglücklicherweise bin ich beim Hinausgehen direkt in zwei der alten Schachteln hineingerannt und hatte eine Heidenangst, daß sie es jemandem erzählen könnten. Wahrscheinlich haben die beiden ja 'nen Schlag und erinnern sich sowieso an nichts, aber wissen kann man's ja nie. Ich bin den ganzen Nachmittag vor Sorge fast umgekommen, und du kannst dir jetzt vielleicht vorstellen, wie dankbar... wie in *höchstem Maße* dankbar ich war, als ich hörte, wie du alle diese Lügen für mich erzählt hast! Als du bei deiner Geschichte geblieben bist, daß das alte Mädchen nachmittags noch am Leben war... also, das war wie ein Geschenk des Himmels. Jetzt ist es völlig wurscht, *wer* mich gesehen hat oder *was* die beiden alten Schachteln erzählen oder nicht erzählen, denn alles, was so früh passiert ist, ist völlig uninteressant. Ach, Sarah, ist das nicht wundervoll? Und du hast es doch um meinetwillen getan, davon bin ich fest überzeugt, ganz egal, was du auch sagst. Na ja, schließlich bin ich ja auch die Schwester deines Mannes, nicht wahr? Es ist also ganz natürlich, daß du mich beschützt, wo Blut nun mal dicker als Wasser ist. In diesem Fall sollte ich wohl ›angeheiratetes Blut‹ sagen...«

Und so weiter und so weiter. Sarah wußte hinterher nicht mehr zu sagen, was sie auf dieses schreckliche Geständnis geantwortet hatte, das ihr da auf so merkwürdig saloppe und ungerührte Art gemacht worden war. Aber sie erinnerte sich gut an die darauffolgende Nacht mit ihren langen, stillen Stunden. Neben ihr schlief der ahnungslose Graham, während sich ihre Gedanken hierhin und dorthin neigten und immer wieder über den Rand ihres Bewußtseins schwappten wie Wasser, das man – und sei es auch noch so vorsichtig – in einer flachen Schale zu transportieren versucht.

Natürlich muß ich zur Polizei gehen und gestehen, daß ich gelogen habe, schwappte es auf der einen Seite über, um sich fast augenblicklich auf die andere Seite zu verlagern, wo dann ein Durcheinander sich widersprechender Gedanken überschwappte. Und Graham? Und die Kinder? Und die Loyalität der Familie gegenüber? Und würde mir die Polizei überhaupt glauben? Wenn ich jetzt eine andere Geschichte erzähle, bedeutet das, daß ich in einem Mordfall eine Falschaussage gemacht habe, und damit stehe ich automatisch selbst unter Verdacht...

Es könnte Grahams Karriere ruinieren. Es könnte das Leben der Kinder auf Jahre hinaus überschatten. Ihre Mutter... oder auch nur ihre Tante... wegen Mordes vor Gericht und dann im Gefängnis... und das wahrscheinlich während ihrer ganzen Kindheit und Schulzeit...

Außerdem, sagte sich Sarah, als es draußen allmählich hell zu werden begann, außerdem ist es nun mal passiert. Die alte Dame ist tot. Nichts bringt sie ins Leben zurück – selbst wenn jemand so grausam wäre, das zu wünschen...

»Tante June... Tante June, ich bin jetzt dran!«

»Guck mal, Tante June, guck doch mal! Ich mache jetzt einen Vogel, der mit den Flügeln flattert. Jetzt guck doch mal!«

Sarah mußte schließlich doch eingeschlafen sein, denn das fröhliche Geschrei von der anderen Seite des Flurs ließ sie erschreckt aus dem Schlaf hochfahren. Die kleinen Mädchen waren offensichtlich voll morgendlicher Unternehmungslust zu ihrer neuen, entzückenden Tante ins Schlafzimmer hinübergehuscht und verleiteten sie gerade zu einer zünftigen Toberei. Bald darauf erschien das Trio in der Tür des Elternschlafzimmers. Die beiden kleinen Mädchen hatten June in die Mitte genommen und klammerten sich, erhitzt und aufgeregt, an ihren rot und gold gemusterten Morgenmantel, der ihr in exotischer Pracht von den Schultern fiel.

»Mami! Steh jetzt auf, Mami! Tante June sagt, nach dem Frühstück fährt sie mit uns...«

»Mami, guck mal, was mir Tante June gegebt hat! Eine *richtige* Feder, von einem *richtigen* Pfau! Stimmt doch, Tante June?«

Und so ging es weiter. Tante June hatte eine unglaubliche

Art mit den Kindern und war, nebenbei bemerkt, Sarah eine ebenso unglaubliche Hilfe, weil sie sie ihr während dieser hektischen Zeit abnahm. Denn natürlich war jetzt sehr viel zu tun. Die Vorkehrungen für die Beerdigung mußten getroffen werden, die aufgrund der unumgänglichen gerichtlichen Untersuchung der Todesursache arg verzögert wurde. Dazu kam die komplizierte und strapaziöse Aufgabe, den Besitz der alten Dame durchzusehen und dafür zu sorgen, daß er aus dem Heim fortgeschafft wurde – und was ein Tod eben sonst noch an beschwerlichen Pflichten so mit sich bringt. Sarah war in der Tat derart eingespannt, daß sie zeitweilig ganz aus den Augen verlor, was ihr Gewissen auf so quälende Weise belastete und worüber sie sich immer noch nicht völlig im klaren war.

June war so ein reizendes Geschöpf, darin lag das Problem, und die Kinder liebten sie abgöttisch. Auch Graham fand nach der langen Trennung großes Vergnügen an der Gesellschaft seiner Schwester. Konnte sie es wirklich fertigbringen, alle diese Beziehungen, die das Leben so bereicherten, für immer zu zerstören? Bewußt und mit voller Absicht eine unausweichliche, grauenhafte Tragödie herbeizuführen, die auf immer wie eine schwarze Wolke über der ganzen Familie hängen würde?

Andererseits war June nach eigenem Eingeständnis eine Mörderin. Aber natürlich war sie nicht *nur* eine Mörderin, so wie ein Briefträger nicht nur ein Briefträger ist. Er ist außerdem auch noch Ehemann, Dartspieler, Kanarienvogelzüchter – alles mögliche. So war eben auch June nicht *nur* eine Mörderin, sondern sie war auch eine liebevolle Tante, eine amüsante Gesprächspartnerin, eine gute Köchin, eine zärtliche Schwester, eine wunderbare Geschichtenerzählerin, großzügig bis zum Exzeß und mit dem Talent zum Glücklichsein begabt.

Unwiderstehliche Eigenschaften – und mit jedem Tag ihrer erfrischenden Gegenwart rückte die Tatsache des Mordes immer weiter in die Ferne, versank immer tiefer in der Vergangenheit.

Nur daß hin und wieder etwas geschah, was sie auf beunruhigende Weise ins Gedächtnis zurückrief. Ein weiteres Gespräch mit der Polizei etwa, die natürlich noch immer gewissenhaft die falsche Fährte verfolgte, auf die Sarah sie gesetzt hatte. Und dann waren da noch Junes wiederholte und offensichtlich nicht zu bremsende Dankbarkeitsbezeugungen, bei denen Sarah ganz schlecht wurde. Ein schlimmer Augenblick war auch gewesen, als June auf ihren eigenen Weitblick hinwies, der sie dazu veranlaßt hatte, auf der Flugreise ein wirklich gutes schwarzes Kostüm zu tragen – »Denn ich wußte natürlich, daß ich zu einem Begräbnis fuhr«, hatte sie lachend gesagt.

Es war diese Art von Leichtfertigkeit, die Sarah manchmal fast ebensosehr bestürzte wie der Mord selbst und sie mit Abscheu und Beklommenheit erfüllte. Und dann fragte sie sich wieder, ob nicht gerade dieser Mangel an Schuldbewußtsein, diese absolute Gewissenlosigkeit das eigentliche Geheimnis von Junes Charme ausmachte, besonders für die Kinder. Da war ein Erwachsener, der mit leichtem Gepäck durchs Leben reiste, frei und unbeschwert wie ein Vogel, ganz ohne die Lasten, die den normalen Erwachsenen niederdrücken.

Aus den Tagen wurden Wochen. Die Beerdigung lag schon lange zurück, und die Zeitungen hatten alles Interesse an der Geschichte verloren, als wieder etwas geschah.

Es war ungefähr zwei Monate später, und June war inzwischen zu einem ständigen Mitglied der Familie geworden, als Sarah in der Zeitung auf eine Meldung stieß, vor der sie sich von Anfang an im Innersten gefürchtet hatte. Man habe den Altersheim-Mörder gefaßt, hieß es, einen jugendlichen Tagedieb, der schon eine Reihe von Einbrüchen auf dem Kerbholz habe. Er sei gesehen worden, wie er sich an jenem verhängnisvollen Tag kurz nach vier in der Nähe des Heims herumgetrieben habe. Es hätten sich auch schon zwei Frauen gemeldet, die ihn identifizieren konnten, und obendrein habe man seine Fingerabdrücke auf einem der Fenstersimse (und darum herum) gefunden, über die er hätte ins Haus gelangen können. Der Fall scheine sonnenklar zu sein.

Sarah war wie betäubt vor Entsetzen. Da fiel ein Schatten über die Zeitungsseite, und der Duft des vertrauten Parfüms umwehte sie. Es war June, die sich über ihre Schulter beugte, um den Bericht zu lesen.

»Aber das ist ja phantastisch!« rief sie voller Freude. »Jetzt sind wir *wirklich* aus dem Schneider! O Sarah, Liebste, ist das nicht *wundervoll*?!« In diesem Augenblick, als sie die Arme ihrer entzückten Schwägerin gratulierend umschlangen, in diesem Augenblick fällte Sarah endlich eine Entscheidung.

## *Hilfe in der Not*

Aber sicher doch«, sagte Linda, ohne von der Farbbeilage mit ihrem faszinierenden Beitrag über Eselrennen aufzublicken. »Ja, Liebling, ich weiß, das hast du mir schon gesagt. Nein, Liebling, natürlich vergesse ich es nicht. Ja, Roger, natürlich höre ich zu, ich habe jedes Wort gehört.«

Und das hatte sie wirklich. Seit Wochen, seit jenem verlängerten Wochenende, das Roger damit verbracht hatte, den Bungalow einbruchsicher zu machen, hörte sie kaum noch etwas anderes. Drähte und Schalter, Klingeln und Rasseln und Hupen, Infrarotmelder und elektronisch erzeugte Stimmen und, als Krönung des ganzen und erst am Vortag eingebaut, eine Vorrichtung, die wie ein Hund bellte und – genau wie ein richtiger Hund – nicht wieder aufhörte, bis man etwas dagegen unternahm.

An diesem Nachmittag nun war Linda vielleicht zum vierten oder fünften Mal von Roger darin unterwiesen worden, wie alle diese Apparate korrekt einzustellen seien. Lustlos war sie hinter ihm her von Zimmer zu Zimmer gestapft und hatte »Ja, Lieber« und »Ja, ich verstehe« und »Ja, ich werde darauf achten« gesagt, und jetzt, am Ende ihres kleinen Rundgangs angekommen, saß Linda mit ihrem Magazin gemütlich in der Sofaecke, während Roger seine Instruktionen ein letztes Mal wiederholte, bevor er zu seiner Konferenz aufbrach, um derentwillen er Linda zum ersten Mal seit ihrer Hochzeit vor ein paar Monaten die ganze Nacht über allein lassen mußte.

»Es wird alles von der Schalttafel in der Diele aus betätigt«, sagte er. »Also achte darauf, bevor du ins Bett gehst, daß der Pfeil auf ›An‹ deutet, wie ich es dir gezeigt habe. Wirst du auch bestimmt daran denken, Liebling? Versprich es mir, sonst habe ich keine ruhige Minute, während ich weg bin.«

»Ja, ich verspreche es dir«, sagte Linda bereitwillig, womit sie natürlich meinte (wie Ehefrauen meistens, wenn sie ihren Männern etwas versprechen), daß sie vorhatte, die Dinge so zu gestalten, daß sie im Endeffekt den Wünschen ihres Mannes entsprachen – in diesem speziellen Fall also, daß er bei seiner Heimkehr seinen Besitz unangetastet und sein Haus unausgeraubt vorfinden würde.

Natürlich würde es nicht ausgeraubt werden, das stand für Linda zweifelsfrei fest. Und überhaupt, was gab es schon groß zu rauben, wo sie doch erst seit so kurzer Zeit und mit wenig mehr als ihren nutzlosen Hochzeitsgeschenken plus dem schäbigen und bunt zusammengewürfelten Inventar ihrer jeweiligen Einzimmerwohnung eingezogen waren?

Sie meinte also ihr »Ich verspreche es dir, Liebling« völlig aufrichtig, als sie ihn zum Abschied küßte.

Bei Einbruch der Nacht gab sie sich wirklich Mühe und schaltete das elende Ding ein, ehe sie anfing, die Küche aufzuräumen. Aber kaum hatte sie die Milchflaschen ausgespült und vor die Haustür gestellt, als auch schon ein wildes Kreischen durch die Stille der Nacht gellte.

Das war ihr schon einmal mit den Milchflaschen passiert – sie waren beim Niedersetzen zusammengestoßen und hatten die Vorrichtung aktiviert, die bei einem Einstieg durchs Fenster auf den Klang von zersplitterndem Glas reagieren sollte. Roger hatte ihr gezeigt, was im Falle eines solchen Mißgeschicks zu tun war (irgendwie mußten die Sensoren reguliert werden), aber sie konnte sich nicht mehr genau daran erinnern. In wachsender Verzweiflung probierte sie die verschiedenen Knöpfe und Schalter durch, aber leider nicht mit dem erwünschten Resultat. Vielmehr fing der Pseudohund an zu bellen, die Rassel an der Hintertür fing an zu rasseln, das Radio stellte sich selbst an und lief mit höchster Lautstärke, das Licht im Flur ging im Abstand von zwölf Sekunden an und aus, und die Haustür brach in ein schreckliches Geheul aus wie eine Seele im Fegefeuer.

Verzweifelt suchte und fand Linda den Lautstärkeregler, und augenblicklich verwandelte sich das dumpfe Bellen des Wachhundes in ein hysterisches Kläffen, die Radiostimmen sprachen in durchdringendem Falsett, und die Vorder- und die Hintertür kreischten und ratterten gegeneinander an, als seien sie in einen Kampf auf Leben und Tod verwikkelt. Sich die Ohren zuhaltend, raste Linda zum Hauptschalter – was hätte sie anderes tun können?

Die Stille fegte durch die Räume wie ein heftiger Wind, benahm ihr mit ihrer Plötzlichkeit den Atem und dröhnte ihr in den Ohren. Bewegungslos stand sie einige Minuten vor der Schalttafel, aus Angst, sie könnte irgend etwas in Gang setzen, wenn sie sich rührte.

Aber es passierte nichts. Allmählich gewann sie ihre Fassung wieder und wagte sich in die Küche, wo sie sich einen Kakao machte. In paradiesischer Stille trug sie ihn ins Wohnzimmer, wo man sich im Radio, das glücklicherweise wieder unter menschlicher Kontrolle stand, eine beruhigende Musik suchen konnte.

Es war spät, als sie schlafen ging. Als sie im Morgenrock durch die Diele tappte, dachte sie voller Unbehagen an das Versprechen, das sie Roger gegeben hatte, und warf einen schuldbewußten Blick zu dem jetzt harmlosen Schalter hinüber, dessen Pfeil unbeirrt auf »Aus« zeigte – was er auch weiterhin tun sollte, wenn es nach ihr ging. Wirklich, wer hätte ihr das verübeln können? Selbst Roger nicht – oder? –, wenn er gewußt hätte, was sie gerade durchgemacht hatte.

Es mußte zwei Uhr durch sein, als sie mit dem unbehaglichen Gefühl aufwachte, daß etwas sie geweckt hatte. Noch vom Schlaf benommen, glaubte sie einen Augenblick lang, daß die Alarmanlage, obwohl abgeschaltet, wieder verrückt spielte – aber nein, alles war ruhig.

Oder doch nicht? Ihre Ohren schienen nichts zu registrieren, aber ihre Nerven wußten es besser. Sie hatte das unbestimmte Gefühl von etwas Störendem. Irgend etwas war nicht in Ordnung.

Hatte sie nach ihrer spätabendlichen Tasse Kakao das Gas brennen lassen? Oder murmelte das Radio noch vor sich hin, weil es nicht ausgemacht worden war? Oder sollte etwa gar... Ihr Schuldgefühl war stärker als ihre Angst, und sie beschloß nachzusehen. Erst ihr Versprechen nicht zu halten und dann auch noch einfach dazuliegen, das ging nun wirklich nicht!

Es war tatsächlich ein Einbrecher. Von der dunklen Diele aus konnte sie sehen, wie der Strahl einer Taschenlampe über die Küchenwände huschte, und sie konnte jetzt auch den kalten Luftzug spüren, der durch eine fehlende Scheibe im Fenster verursacht wurde. Das Entfernen der Scheibe hätte eigentlich den Hund zum Bellen und die Türen zum Kreischen bringen müssen, und es war einzig und allein ihre Schuld, daß hier jetzt nicht die Hölle los war.

Sie stieß einen kleinen Schrei aus und lief zum Lichtschalter.

»Ach *bitte*!« rief sie. »Bitte stehlen Sie nichts, es würde meinen Mann so wütend machen! Ich hätte nämlich die

Alarmanlage anstellen sollen, müssen Sie wissen, aber ich ... ich ...«

Der junge Mann in der anonymen Lederjacke blinzelte sie in der plötzlichen Helligkeit verwirrt an. Er hatte seine Maske auf die Stirn hochgeschoben, vermutlich um besser sehen zu können, wer ihn hier störte. Linda plapperte weiter:

»Er hat es mir nämlich *gezeigt*, wissen Sie ... immer und immer wieder hat er mir genau gezeigt, was ich tun muß, aber ich habe nicht ordentlich zugehört, und deshalb habe ich immer auf die falschen Knöpfe gedrückt oder irgend so was, jedenfalls fängt dann immer alles an zu kreischen, es ist nicht zu ertragen! Der Hund ist am schlimmsten. Entweder kläfft er wie verrückt, oder er bellt wie der Hund von Baskerville ...«

Inzwischen hatte sich der Eindringling gefaßt.

»Lassen Sie mich mal sehen«, sagte er und war schon in der Diele. »Schauen Sie mal, *diesen* Hebel hier hätten Sie betätigen müssen, der Knopf reguliert nur die Lautstärke. Ganz klar, wenn Sie an dem Knopf drehen, solange der Hebel noch nicht umgelegt ist ... Hören Sie mal ...« Seine behandschuhten Finger bedienten sicher die Knöpfe und Regler, und es ertönte ein leises, schrilles Fiepen wie von einem sehr winzigen, erst wenige Wochen alten Pekinesenwelpen.

»Und wenn Sie es jetzt lauter haben wollen ...« Der Klang wurde tiefer und das dumpfe Gebell eines Mastiffs dröhnte durchs Haus.

»Und wenn Sie es dann abstellen wollen, brauchen Sie bloß ... Aber«, unterbrach er die plötzlich eingetretene Stille, »für mich hätten Sie natürlich die Fenstersicherung anstellen sollen. Auch wenn ich die Scheibe nicht zerbrochen habe – und ich hab' verdammt gut aufgepaßt, daß mir das nicht passiert, das können Sie mir glauben –, so hätte wahrscheinlich mein Glasschneider den Alarm trotzdem ausgelöst. Meine ich jedenfalls... Versuchen wir's doch mal...«

Er holte einen kleinen, scharfen Gegenstand aus der Tasche und setzte ihn am Rand einer der übriggebliebenen Scheiben an – und richtig, die Vordertür kreischte, die Hintertür heulte, und der Eindringling lächelte zufrieden.

»Ganz groß, diese kleine Anlage!« war sein Kommentar, als er sie abschaltete. »Ihr Mann versteht was von der Sache, das muß ich sagen. Und er hat das alles selbst installiert? Ich würde ihn wirklich gern mal kennenlernen! Aber jetzt noch die Sache mit dem Radio – soll ich's Ihnen mal zeigen? Wenn Sie das Haus verlassen und niemand hier ist, dann müssen Sie...«

Wirklich, es war ganz genauso wie mit Roger, und als er seinen Vortrag beendet hatte, fand Linda, daß die Zeit für eine Tasse Kaffee und einen Schwatz gekommen sei.

Sie machten es sich im Wohnzimmer vor dem elektrischen Heizofen gemütlich, und während sie ihren Kaffee tranken (nein danke, keinen Zucker, er mußte bei seinem Beruf auf seine Figur achten), erfuhr Linda eine ganze Menge über Dirks (so hieß er nämlich) Berufsethos. Zum Beispiel bestahl er prinzipiell nur Leute, die so wohlhabend waren, daß es ihnen nichts ausmachte. Irrtümlicherweise hatte er angenommen, daß Lindas Bungalow das Zweithaus irgendeiner reichen Familie sei, und er entschuldigte sich überschwenglich für seinen Fehler. Linda erzählte ihm ihrerseits ein wenig von ihrem Leben – von den Problemen, die man hatte, wenn man neu zugezogen war und außerdem sein Haus beinahe von Grund auf einrichten mußte, eine

Aufgabe, die durch einen Haufen unerwünschter Hochzeitsgeschenke noch komplizierter wurde. Würde er vielleicht in Erwägung ziehen (die blendende Idee war ihr ganz plötzlich gekommen), ein paar davon zu *stehlen*? Diese scheußliche Obstschale aus Kristall zum Beispiel? Oder das mit ihren Initialen versehene Reisenecessaire mit den Ledereinsätzen im Kroko-Look? Das würde sie nie im Leben benutzen – es war nicht nur grauslich, sondern auch viel zu schwer. Lachend war sie gerade mitten dabei, diese teure Monstrosität zu beschreiben, als ein plötzliches Geräusch sie zum Schweigen brachte. Ein vor dem Haus haltendes Auto ... das Knirschen von Schritten ... und dann ein Gesicht, das von außen durch die nur halb zugezogenen Vorhänge ins Zimmer spähte.

Rogers Gesicht. War die Konferenz frühzeitig abgebrochen worden? Deshalb seine unerwartete Rückkehr? Blitzartig sah sie die Szene mit seinen Augen: Seine Frau, wie sie um drei Uhr morgens mit einem fremden, gutaussehenden jungen Mann behaglich vor dem Heizöfchen saß, lachte und schwatzte ...

Was würde er wohl denken? Würde nicht *jeder* Ehemann angesichts einer solchen Szene denken ...

Als er, bleich vor Zorn, ins Zimmer gestürzt kam, war sie schon aufgesprungen und versuchte, ihn zu beruhigen.

»Roger, Liebling! Es ist nicht so, wie du denkst, wirklich nicht! Das hier ist Dirk. Ich habe ihn gerade erst kennengelernt, ehrlich. Er ist nur ein Einbrecher.«

»Ein Einbrecher!« Drohend musterte Roger den Besucher von oben bis unten, und seine Miene drückte in rascher Folge Wut, Erleichterung und Argwohn aus. »So, ein Einbrecher, ja? Ist das wahr, was sie da sagt?« Um dann, als Dirk stumm nickte, plötzlich loszubrüllen: »Sie lügen!

Ihr lügt beide! Woher soll ich wissen, daß Sie wirklich ein Einbrecher sind! Können Sie mir das beweisen?«

Dirk öffnete den Mund... und schloß ihn wieder. Wie beweist man schon, daß man ein Einbrecher ist? Man hat schließlich keine Zeugnisse, die man vorweisen kann. Es hat auch keinen Sinn, seine Taschen umzudrehen, wenn man noch nichts gestohlen hat.

»Ich kann es nicht beweisen«, sagte er nach einer kurzen Pause. »Aber ich kann Ihnen eins sagen – dieses sich ein- und ausschaltende Licht in der Diele, also das verrät alles, todsicher. Das hat mich überhaupt erst angelockt. Alle zwölf Sekunden an und aus! Darauf fällt doch nicht einmal ein Kind rein! Was Sie da brauchen...«

»Aber es *schaltet* sich nicht alle zwölf Sekunden ein und aus!« widersprach Roger voller Entrüstung. »Da muß Linda den Intervallschalter auf ›Regelmäßig‹ gestellt haben. Wie oft habe ich ihr gesagt, daß er auf ›Unregelmäßig‹ stehen muß, damit der Rhythmus nicht konstant ist! Kommen Sie, ich zeig's Ihnen mal. Ich habe das Programm selbst entworfen...«

Schon waren die beiden Männer draußen in der Diele. Linda hörte das Auf und Ab ihrer erregt diskutierenden Stimmen.

»Nein, keine synthetischen Stimmen, das wäre zu...«

»Ja, aber angenommen, man schaltet das extra...«

Linda kuschelte sich entspannt in ihren großen Sessel, lächelte und schloß die Augen. Alles war in bester Ordnung. Die beiden Männer waren auf und davon in ihr High-Tech-Paradies, wo die Tatsache, daß der eine ein Krimineller und der andere ein ehrbarer Bürger war, nicht die geringste Rolle spielte. In der Bruderschaft, der sie beide angehörten, kannte man solche Unterschiede nicht.

# *Celia Fremlin im Diogenes Verlag*

## *Klimax*

oder Außerordentliches Beispiel von Mutterliebe
Roman. Aus dem Englischen von Dietrich Stössel

Eine ganz normale Familie: der Mann manchmal etwas mürrisch, aber man weiß ja, was im Beruf verlangt wird, und die Frau vergöttert ihre zwei Töchter. Eines Tages verlobt sich die älteste mit einem tüchtigen Buchhalter – und langsam zieht ein ganz gewöhnliches Grauen ein…

»Celia Fremlin erzählt so spannend, daß man unter Garantie eine wohlige Gänsehaut bekommt.«
*Freundin, München*

## *Wer hat Angst vorm schwarzen Mann*

Roman. Deutsch von Otto Bayer

»Kein Anblick konnte dieser Tage mehr Schrecken einflößen als der eines gutgekleideten Mannes mit Notizbuch in der Hand beim Betrachten eines Grundstücks.« So beginnt ein psychologisch ebenso hinterhältiger wie spannender Roman um eine Familie auf dem Land: eine mißtrauische, etwas schwerhörige Großmutter, ihre zu Höherem berufene Tochter Claudia und das Enkelkind Helen.

## *Die Stunden vor Morgengrauen*

Roman. Deutsch von Isabella Nadolny

Nacht um Nacht schreit das Baby, ohne ersichtlichen Grund. Schlaflose Nächte lang beobachtet Louise ihr Baby und hofft auf Ruhe – für sich, ihre Familie und die neue Untermieterin, Miss Brandon. Aber aus ihrem halbwachen Dämmerzustand gibt es kein Entrinnen, sie gleitet hinüber in einen langen, quälenden Alptraum.

»Der Engländerin Celia Fremlin könnte es gelingen, der verehrten Spannungsautorin Margaret Millar den Rang abzulaufen.« *Wochenpresse, Wien*

## *Rendezvous mit Gestern*

Roman. Deutsch von Karin Polz

Milly macht sauber bei anderen Leuten in Seacliffe. Allabendlich kehrt sie müde und allein in ihre Pension zurück. Bei ihr ist nur die Erinnerung an ein ganz anderes Leben, an die Hölle, die Ehe hieß. Doch vor der Hölle flieht man nicht so leicht...

»Eine Psycho-Krimi-Gruselstory von einer Spezialistin für die Abgründe im ganz alltäglichen Hausfrauendasein.« *Frankfurter Rundschau*

## *Die Spinnen-Orchidee*

Roman. Deutsch von Isabella Nadolny

Mit Entsetzen stellt Adrian fest, daß es vorbei ist mit seiner kostbaren Privatsphäre, als seine ›Frau für schöne Stunden‹, Rita, plötzlich bei ihm einzieht. Mit ihr hält auch der Haß Einzug: Adrian beginnt Rita zu hassen, Rita haßt dafür Amelia, Adrians 14jährige Tochter, die seine ungeteilte Liebe genießt, und Amelia – liebt ihren Lehrer. Als Rita eines Tages das Tagebuch des Mädchens, voller erotischer Tagträumereien, findet, sieht sie ihre Chance. Denn etwas muß geschehen – etwas wie Mord zum Beispiel...

»Celia Fremlin säße schon längst im Gefängnis, würde sie nicht schreiben.« *Emma, Köln*

## *Onkel Paul*

Roman. Deutsch von Isabella Nadolny

»Mit *Onkel Paul* übertrifft Celia Fremlin sogar ihren ersten Roman *Die Stunden vor Morgengrauen*. Ihre unheimliche Fähigkeit, die Kleinigkeiten des häuslichen Einerleis, die Langeweile und Enge des Familienalltags mit Merkwürdigem, Makabrem und Katastrophalem zu verbinden, macht ihre Geschichten einmalig.« *Times Literary Supplement, London*

*Ein schöner Tag zum Sterben*

Erzählungen. Deutsch von Ursula Koesters-Roth

»Eine minutiöse psychologische Studie von subtiler, aber seltener Bösartigkeit.«
*Süddeutscher Rundfunk, Stuttgart*

»Ein Feuerwerk von gescheiten und spöttischen, bissigen und treffsicheren Formulierungen und Szenen.«
*Die Zeit, Hamburg*

»Ganz sicher wünscht sich frau, daß noch viele Thriller von Celia Fremlin in deutscher Sprache auf den Markt kommen.« *Emma, Köln*

*Gibt's ein Baby, das nicht schreit?*

Roman. Deutsch von Isabella Nadolny

Ein verträumtes fünfzehnjähriges Schulmädchen aus ›gutem Hause‹ wird schwanger und ist furchtbar stolz, Mutter zu werden. Da ihre besorgten Eltern aber glauben, daß Miranda gar nicht absehen kann, was es heißt, mit fünfzehn ein Kind zu bekommen, überreden sie sie zu einer Abtreibung. Danach beginnt sie ihre Eltern zu hassen und läuft von zu Hause weg. Fast wie von selbst entsteht durch Mirandas Tagträume eine verhängnisvolle Lüge: Sie behauptet, wegen ihrer Schwangerschaft von zu Hause ausgerissen zu sein. Diese Lüge zieht andere nach sich.

»Eine ausgezeichnete, geschickt angelegte Puzzle-Story, die sich einmal nicht um einen Toten, sondern um eine Geburt dreht. Ein scharfsinniger, witziger Roman.« *The Times, London*

## *Parasiten-Person*

Roman. Deutsch von Monika Elwenspoek

»Celia Fremlins Roman *Parasiten-Person* verknüpft zwei Geschichten: Die Geschichte eines männlichen Parasiten, der eine entsprechende weibliche Person gefunden hat, die sich von ihm gerne, wenn auch unter Qualen, aussaugen läßt, und dann – als zweite Geschichte – die von der ›Psychologie‹, von einer Wissenschaft, welche, wie der Leser bald erkennen muß, bei Fremlin über Leichen nicht nur im übertragenen Sinne geht.« *Franz Schuh / ORF, Wien*

## *Zwielicht*

Roman. Deutsch von Ursula Kösters-Roth

Alice Saunders trennt sich von ihrem Mann und zieht in ein heruntergekommenes Mansardenzimmer in einer Londoner Pension. Bei der Renovierung des Zimmers stößt Alice auf eine Kiste mit Zeitungsausschnitten und Tagebuchnotizen, in denen von der Zerstörung eines Fledermaus-Biotops die Rede ist. Die junge Mary, der die Aufzeichnungen gehören, reagiert panisch auf Alices Fund…

»*Zwielicht*, virtuos erzählt, ist reich an verblüffenden Wendungen der Handlung, plausiblen Details und geistreichen Gags.«
*Eckart Krumbholz / Frankfurter Allgemeine Zeitung*

## *Die Eifersüchtige*

Roman. Deutsch von Barbara Rojahn-Deyk

Rosamond haßt die neue Nachbarin. Lindy läßt keine Gelegenheit aus, allen Ehemännern zu erzählen, daß sie ein Recht darauf hätten, von einer liebenden, treusorgenden Frau verwöhnt zu werden. Wenn sie, Lindy, verheiratet wäre, würde sie das selbstverständlich tun. Eines Tages ist Lindy spurlos verschwunden…

»*Die Eifersüchtige* kombiniert alle Tugenden einer Erzählung mit der schillernden Spannung eines Firstclass-Thrillers.« *The Guardian, London*

## *Unruhestifter*

Roman. Deutsch von Monika Elwenspoek

Kathy ist mit den Nerven herunter: Eine gute Gelegenheit für die lieben Nachbarinnen, ihr Beistand zu leisten und sich als Unruhestifter zu betätigen...

»Eine raffiniert aufgebaute Handlung. Miss Fremlin legt das Ganze als sehr hübsches Horror-Crescendo an.« *Julian Symons/The Sunday Times, London*

»Sie spielt in derselben Klasse wie Highsmith und Millar, ganz oben, in der Oberliga der Psychothriller-Autorinnen.« *Gudrun Boch/Radio Bremen*

## *Der lange Schatten*

Roman. Deutsch von Peter Naujack

Imogen, die gerade verwitwet ist, möchte nichts anderes als in Ruhe über ihren Schmerz hinwegkommen. Aber genau diese Ruhe will man ihr nicht gönnen. Nacheinander ziehen der Stiefsohn mit seiner Freundin und die Stieftochter mit Ehemann und zwei Kindern ein. Kurze Zeit später taucht ein Erpresserbrief auf, in dem Imogen beschuldigt wird, ihren geliebten Mann umgebracht zu haben.

»Ein blendender klaustrophobischer Thriller mit einem überzeugenden Schluß; Mal wieder echt Fremlin!« *Cambridge Evening News*

»Eine ganz hohe Punktzahl für Spannung und Einfallsreichtum.« *Observer Review, London*

## *Ingrid Noll im Diogenes Verlag*

### *Der Hahn ist tot*

Roman

Mit zweiundfünfzig Jahren trifft sie die Liebe wie ein Hexenschuß. Diese letzte Chance muß wahrgenommen werden, Hindernisse müssen beiseite geräumt werden. Sie entwickelt eine bittere Tatkraft: Rosemarie Hirte, Versicherungsangestellte, geht buchstäblich über Leichen, um den Mann ihrer Träume zu erbeuten.

»Die Geschichte mit dem überraschenden Schluß ist eine Mordsgaudi. Ein Krimi-Spaß speziell für Frauen. Ingrid Noll hat das mit einem verschwörerischen Augenblinzeln hingekriegt. Wenn die Autorin so munter weitermordet, wird es ein Vergnügen sein, auch ihr nächstes Buch zu lesen.«
*Martina I. Kischke/Frankfurter Rundschau*

»Ein beachtlicher Krimi-Erstling: absolut realistisch erzählt und doch voll von schwarzem Humor. Der Grat zwischen Karikatur und Tragik ist haarscharf gehalten, die Sache stimmt und die Charaktere auch. Gutes Debüt!« *Ellen Pomikalko/Brigitte, Hamburg*

»Wenn Frauen zu sehr lieben... ein Psychokrimi voll trockenem Humor. Spielte er nicht in Mannheim, könnte man ihn für ein Werk von Patricia Highsmith halten.« *Für Sie, Hamburg*

### *Die Häupter meiner Lieben*

Roman

Maja und Cora, Freundinnen seit sie sechzehn sind, lassen sich von den Männern so schnell nicht an Draufgängertum überbieten. Kavalierinnendelikte und böse Mädchenstreiche sind ebenso von der Partie wie Mord und Totschlag. Wehe denen, die ihrem Glück in der Toskana im Wege stehen! *Die Häupter meiner Lieben* ist ein rasanter Roman, in dem die Heldinnen ihre Familienprobleme auf eigenwillige Weise lösen.

»Eine munter geschriebene Geschichte voll schwarzen Humors, richtig süffig zu lesen. Ingrid Noll kann erzählen und versteht es, zu unterhalten, was man von deutschen Autoren bekanntlich nicht oft sagen kann.«
*Frankfurter Allgemeine Zeitung*

»Ein herzerquicklich unmoralischer Lesestoff für schwarze Stunden.« *Der Standard, Wien*

»Spätestens seit im Kino *Thelma & Louise* Machos verschreckt haben, floriert überall der biestige Charme gewissenloser Frauenzimmer. Ihre Waffen: flinke Finger, Tränen, Zyankali.« *stern, Hamburg*

»So schamlos amoralisch, charmant und witzig wurden Männer bisher nicht unter den Boden gebracht.«
*SonntagsZeitung, Zürich*

*Margaret Millar*
*im Diogenes Verlag*

»Margaret Millar beweist in ihren Krimis ein psychologisches Gespür für die Abgründe menschlichen Denkens und Handelns hinter den bürgerlichen Fassaden. Ohne Schnörkel, ohne jemals langatmig zu werden, erzählt sie spannende und beklemmende Geschichten, die den Leser nicht loslassen.«
*Radio Bremen*

»Margaret Millars Blick ist so scharf wie der von Patricia Highsmith; noch entschiedener enthält sie sich jeden Effektes, jeder Extravaganz.«
*Die Zeit, Hamburg*

*Die Feindin*
Roman. Aus dem Amerikanischen von Elizabeth Gilbert

*Liebe Mutter, es geht mir gut…*
Roman. Deutsch von Elizabeth Gilbert

*Ein Fremder liegt in meinem Grab*
Roman. Deutsch von Elizabeth Gilbert

*Die Süßholzraspler*
Roman. Deutsch von Georg Kahn-Ackermann und Susanne Feigl

*Von hier an wird's gefährlich*
Roman. Deutsch von Fritz Güttinger

*Fragt morgen nach mir*
Roman. Deutsch von Anne Uhde

*Der Mord von Miranda*
Roman. Deutsch von Hans Hermann

*Das eiserne Tor*
Roman. Deutsch von Karin Reese und Michel Bodmer

*Nymphen gehören ins Meer!*
Roman. Deutsch von Otto Bayer

*Fast wie ein Engel*
Roman. Deutsch von Luise Däbritz

*Die lauschenden Wände*
Roman. Deutsch von Karin Polz

*Banshee die Todesfee*
Roman. Deutsch von Renate Orth-Guttmann

*Kannibalen-Herz*
Roman. Deutsch von Jobst-Christian Rojahn

*Gesetze sind wie Spinnennetze*
Roman. Deutsch von Jobst-Christian Rojahn

*Blinde Augen sehen mehr*
Roman. Deutsch von Renate Orth-Guttmann

*Wie du mir*
Roman. Deutsch von Renate Orth-Guttmann

## *Patricia Highsmith im Diogenes Verlag*

»Die Highsmithschen Helden, gewöhnt an die pflaumenweiche Perfidie und hämisch-sanfte Tücke des Mittelstandsbürgertums, trainiert aufs harmlose Lügen und Verstellen, begehen Morde so, als wollten sie mal wieder Ordnung in ihre unordentlich gewordene Wohnung bringen. Da gibt es keine moralischen Skrupel, die bremsend eingreifen, da herrscht nur die Logik des Faktischen. Meist sind es Paare, enttäuschte Liebhaber, Beziehungen, die in der Sprachlosigkeit gestrandet sind, sich nur noch mittels Mißverständnissen einigermaßen arrangieren, ehe das scheinbar funktionierende Getriebe einen irreparablen Defekt bekommt. Diese ganz normalen Konstellationen sind es, übertragbar auf alle Gesellschaften, die die Autoren und Filmer im deutschsprachigen Kulturraum so faszinieren. Denn Patricia Highsmith findet für ihre seelischen Offenbarungseide immer die schauerlichsten, alptraumhaftesten Rahmen, die ihren ›Beziehungskisten‹ den rechten Furor geben.
Die Highsmith-Thriller sind groteske, aber präzise Befunde unserer modernen bürgerlichen Gesellschaft, die an Seelenasthma leidet.«
*Wolfram Knorr/Die Weltwoche, Zürich*

*Der talentierte Mr. Ripley*
Roman. Aus dem Amerikanischen von Barbara Bortfeldt

*Ripley Under Ground*
Roman. Deutsch von Anne Uhde

*Ripley's Game*
oder Ein amerikanischer Freund
Roman. Deutsch von Anne Uhde

*Der Junge, der Ripley folgte*
Roman. Deutsch von Anne Uhde

*Ripley Under Water*
Roman. Deutsch von Otto Bayer

*Venedig kann sehr kalt sein*
Roman. Deutsch von Anne Uhde

*Das Zittern des Fälschers*
Roman. Deutsch von Anne Uhde

*Lösegeld für einen Hund*
Roman. Deutsch von Anne Uhde

*Der Stümper*
Roman. Deutsch von Barbara Bortfeldt

*Zwei Fremde im Zug*
Roman. Deutsch von Anne Uhde

*Der Geschichtenerzähler*
Roman. Deutsch von Anne Uhde

*Der süße Wahn*
Roman. Deutsch von Christian Spiel

*Die zwei Gesichter des Januars*
Roman. Deutsch von Anne Uhde

*Kleine Geschichten für Weiberfeinde*
Eine weibliche Typenlehre in siebzehn Beispielen. Deutsch von Walter E. Richartz. Zeichnungen von Roland Topor

*Kleine Mordgeschichten für Tierfreunde*
Deutsch von Anne Uhde

*Der Schrei der Eule*
Roman. Deutsch von Gisela Stege

*Tiefe Wasser*
Roman. Deutsch von Eva Gärtner und Anne Uhde

*Die gläserne Zelle*
Roman. Deutsch von Gisela Stege und Anne Uhde

*Ediths Tagebuch*
Roman. Deutsch von Anne Uhde

*Der Schneckenforscher*
Elf Geschichten. Deutsch von Anne Uhde. Mit einem Vorwort von Graham Greene

*Leise, leise im Wind*
Zwölf Geschichten
Deutsch von Anne Uhde

*Ein Spiel für die Lebenden*
Roman. Deutsch von Anne Uhde

*Keiner von uns*
Elf Geschichten
Deutsch von Anne Uhde

*Leute, die an die Tür klopfen*
Roman. Deutsch von Anne Uhde

*Nixen auf dem Golfplatz*
Erzählungen. Deutsch von Anne Uhde

*Suspense*
oder Wie man einen Thriller schreibt. Deutsch von Anne Uhde

*Elsie's Lebenslust*
Roman. Deutsch von Otto Bayer

*Geschichten von natürlichen und unnatürlichen Katastrophen*
Deutsch von Otto Bayer

*Meistererzählungen*
Deutsch von Anne Uhde, Walter E. Richartz und Wulf Teichmann

*Carol*
Roman einer ungewöhnlichen Liebe
Deutsch von Kyra Stromberg

Als Ergänzungsband liegt vor:

*Über Patricia Highsmith*
Zeugnisse von Graham Greene bis Peter Handke. Mit Bibliographie, Filmographie und zahlreichen Fotos. Herausgegeben von Franz Cavigelli und Fritz Senn

# *Fanny Morweiser im Diogenes Verlag*

*Das Medium*
Roman. Leinen

*Lalu lalula, arme kleine Ophelia*
Eine unheimliche Liebesgeschichte
detebe 20608

*La vie en rose*
Ein romantischer Roman
detebe 20609

*Indianer-Leo*
und andere Geschichten aus dem
Wilden Westdeutschland
detebe 20799

*Die Kürbisdame*
Kleinstadt-Trilogie
detebe 20758

*Ein Sommer in Davids Haus*
Roman. detebe 21059

*O Rosa*
Ein melancholischer Roman
detebe 21280

*Voodoo-Emmi*
Erzählungen. detebe 21541

*Ein Winter ohne Schnee*
Roman. detebe 21693